KB237294

청
명
淸明

청명절에 비 어지럽게 내리니
길 가는 나그네는 시름겨워지네
술집이 어디 있는가 물으니
목동이 멀리 살구꽃 핀 마을을 가리키네

清明時節雨紛紛
路上行人欲斷魂
借問酒家何處有
牧童遙指杏花村

野獸
Fantastic Oriental Heroes
나투 新무협 판타지 소설
아수

야수 6
나투 新무협 판타지 소설

초판 1쇄 찍은 날 § 2006년 11월 9일
초판 1쇄 펴낸 날 § 2006년 11월 19일

지은이 § 나투
펴낸이 § 서경석

편집장 § 문혜영
편집 § 장상수

펴낸곳 § 도서출판 청어람
등록번호 § 제1081-1-89호
등록일자 § 1999. 5. 31
어람번호 § 제2-1057호

주소 § 경기도 부천시 원미구 심곡1동 350-1 남성B/D 3F (우) 420-011
전화 § 032-656-4452 팩스 § 032-656-4453
http://www.chungeoram.com
E-mail § eoram99@chollian.net

ⓒ 나투, 2005

ISBN 89-5831-872-4 (SET)
ISBN 89-251-0396-6 04810

野獸
6
완결
Fantastic Oriental Heroes
나투 新무협 판타지 소설
도서출판
청어람

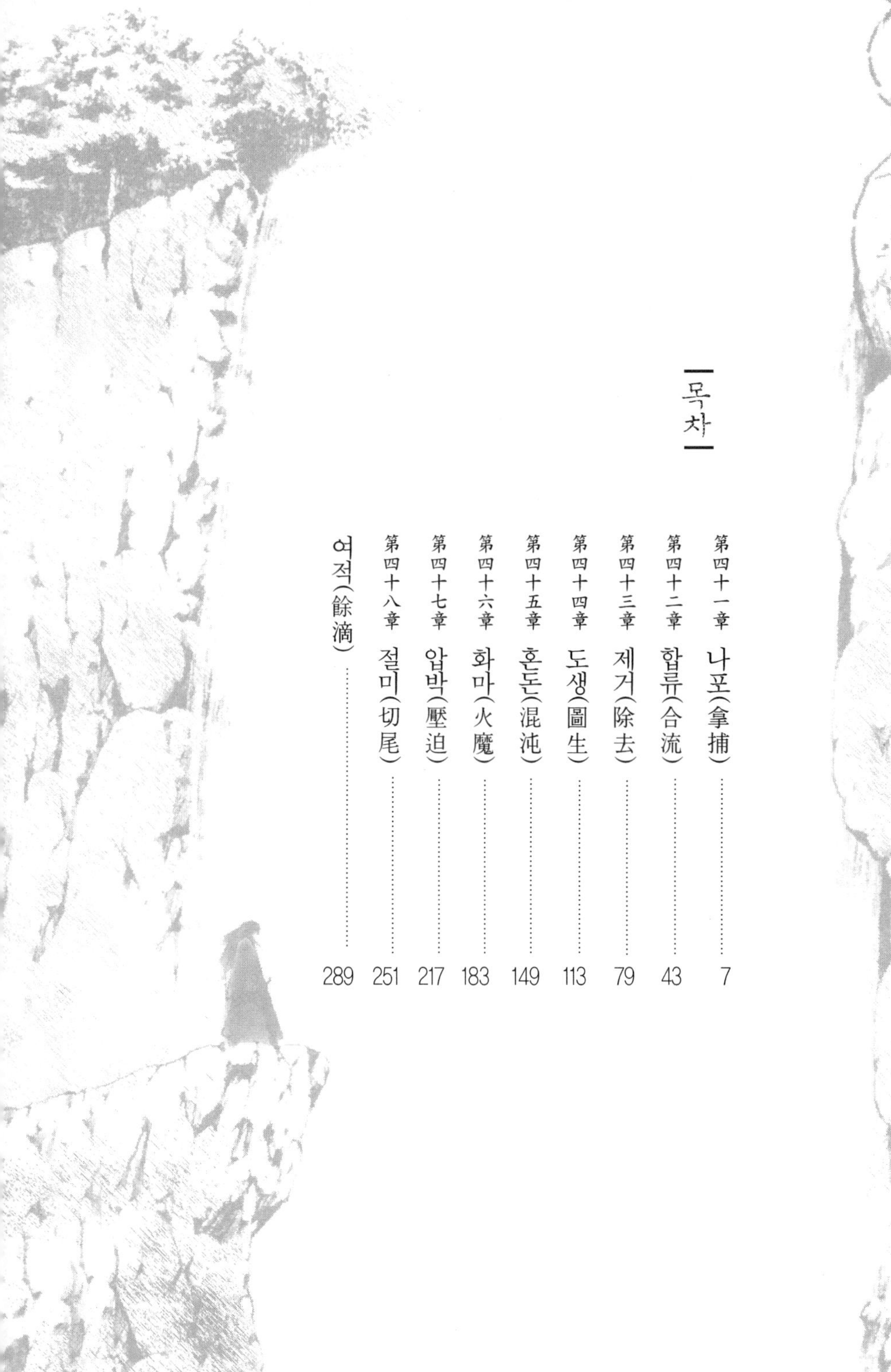

목차

第四十一章
나포(拿捕)

1

안전하게 돌아왔지만 천면요희는 불안감을 떨칠 수가 없었다.

'어디서 실수했을까?'

조금 전 미로에서 있었던 일에 대한 자기 반성이 지금 천면요희의 가슴을 휩쓸고 있었다.

미로의 끝이 황제의 용상 바로 뒤라는 걸 알았을 때만 해도 천면요희의 심정은 환호성이라도 지르고 싶을 정도였다.

그런데 공격은 바로 그 순간 일어났다.

아니, 문제는 공격 그 자체가 아니었다. 황제의 용상 바로 뒤였으니 경호하는 자들의 눈과 귀가 어디에 깔려 있어도 이상할 일이 전혀 없었다.

요는 자신이 전혀 그 낌새를 알아채지 못했다는 데 있었다. 황제의 바로 뒤라는 걸 알았을 때 그 어느 때보다 긴장했었고, 주의를 기울였음에도 불구하고 말이다.

그 이후의 일도 예사로 넘길 수 없었다. 통로로 짓쳐 들어 자신의 뒤를 쫓던 파면인들이 갑자기 방향을 바꾸었다.

'누군가 또 있었다!'

이렇게밖에는 달리 생각할 도리가 없었다.

그게 천면요희의 가슴에 음울한 그림자를 드리우게 했다. 같은 장소에 함께 있었으면서도 상대를 눈치채지 못했으니 자칫 목이 달아났어도 모를 뻔하지 않았던가.

누군지는 몰라도 적의는 전혀 느껴지지 않았었다. 그랬다면 그처럼 감쪽같이 모를 수도 없었을 테고, 또 쉽사리 몸을 빼내지도 못했으리라.

그러나 적의가 없다고 해서 끝날 문제는 아니었다. 어떤 경로를 통해 그 자리에 있게 되었는지는 모르지만, 황제의 주변에 또 하나의 움직임이 있다는 건 간과할 수 없었다.

'어쨌든 황제의 주변을 좀더 세밀히 지켜봐야겠군.'

이쯤에서 천면요희는 생각을 돌리기로 했다. 아무리 궁리를 거듭한다고 해도 모르는 건 모르는 거다. 모르는 일에 매달려 있기보다는 앞으로 해야 될 일을 고심하는 게 바람직하다.

천면요희는 곧장 수중의 지도를 탁자 위에 펼쳤다.

'일단 비밀 통로는 어느 정도 파악되었다!'

이게 바로 오늘의 소득이었다. 적어도 황제의 용상 뒤로 접근할 수 있는 몇 개의 통로를 확인한 것 말이다.

'여기와 여기, 또 여기는 반드시 매복을 심어야겠고……'

기존의 지도 위에 자신이 덧붙인 경로를 참고 삼아 천면요희는 일을 벌였을 때 사람들을 배치할 곳을 꼼꼼하게 표시하기 시작했다.

그러다 문득 뇌리로 하나의 불길한 생각이 스치고 지나갔다.

'혹시……?'

조금 전 미로에 같이 있었던 자가 묵귀가 아니었을까 하는 의심이었다.

묵귀가 황궁에 들어와 있다는 건 이미 알고 있는 사실이다.

그러나 그가 정확하게 어디에 있는지, 또 최근에 어떻게 움직이고 있는지는 알지 못한다.

한번 그쪽으로 생각이 쏠리자 불안감은 걷잡을 수 없어졌다.

게다가 지금은 향지도 소마에게 뺏긴 상태이다. 묵귀를 제압할 수단이 아무것도 없다는 얘기이다.

서로 손을 잡은 후, 묵귀의 일거수일투족을 알려주겠다고 했던 소마에겐 지금껏 쓸 만한 정보가 나오지 않았다. 겉으론 제휴한 척하고 속으로 다른 뜻을 품고 있는지, 아니면 그 역시 묵귀의 행적을 모르고 있다는 얘기였다.

어느 쪽이든 천면요희로선 달갑지 않은 일. 차라리,

'향지가 소마에게 있다는 걸 묵귀에게 슬쩍 흘릴까?'

하는 생각까지 들었다.

하지만 그건 오히려 상황을 악화시킬 공산이 컸다. 향지를 돌려보낸다고 해서 묵귀가 자신들을 그냥 두지 않을 건 뻔하기 때문이었다. 이쪽이 역모의 음모를 거두지 않는 한 말이다.

그렇다면 다소 위험하더라도 향지가 여전히 이쪽에 잡혀 있다는 인상을 풍기는 게 낫다. 단지 그것만으로도 묵귀는 함부로 손을 쓰지 못할 터이다.

'최악의 경우 향지와 비슷한 여인을 골라 인질극을 벌여도 된다!'

사태가 그 지경에 이른다면 묵귀도 잔뜩 흥분한 상태가 될 것이다. 가짜를 내세워도 얼마간의 시간은 충분히 벌 수 있다는 의미였다.

생각이 정리됨에 따라 천면요희의 불안감도 점차 가라앉기 시작했다.

어쨌든 여긴 제독부다. 황궁 내에서 황제 다음으로 막강한 실권을 행사하는 곳이라고 해도 과언은 아니었다. 두려워할 이유는 별로 없었다.

'얼른 이걸 보고하고 최대한 빨리 인력을 배치해야 될 텐데…….'

이젠 언제 일이 터져도 이상하지 않을 만큼 분위기는 무르익었다. 모든 걸 서둘러야만 한다.

그래도 천면요희는 선뜻 일어서지 못했다. 자신이 하는 보고지만 직접 제독이나 당왕에게 하지 못한다는 사실을 떠올린 탓이었다.

그건 바로 금 대야란 존재 때문이었다. 중간에 딱 가로막고 선, 자신과 실권자들 사이를 철저하게 차단하는 그가 진정으로 미웠다.

'이 보고로 그 늙은이는 또 얼마나 생색을 낼까.'

그 생각만 해도 인두를 갖다 댄 것처럼 가슴속이 지글지글 타오르는 천면요희였다.

하지만 어쩔 수 없었다. 만에 하나 일이 실패로 돌아갔을 때 금 대야는 그 모든 책임을 자신에게 씌울 게 뻔하니 그걸 피하기 위해서라도 순종하는 척해줘야 한다. 그래야 뒤에 할 말이 있을 게 아닌가.

펼쳤던 지도를 다시 말아서 갈무리한 천면요희는 몸을 일으켰다. 금 대야에게 가려는 길이었다.

마음을 정하기까진 약간의 시간이 필요했지만, 일단 결정하자 천면요희는 뒤도 돌아보지 않고 밖으로 나갔다.

탁!

문이 닫히는 것과 동시에 여태 천면요희가 지도를 펼쳐 놓았던 탁자의 다리가 녹아내리기 시작했다.

아니, 탁자 다리가 녹은 게 아니었다. 그 아래 있던 그림자가 꿈틀거리며 천천히 위로 솟구친 것이었다.

운무처럼 꿈틀거리는 기묘한 형체가 서서히 한 사람의 모습을 갖추기 시작했다.

묵귀였다. 제독부에 잠입하자마자 천면요희의 행적을 찾았고, 그가 탁자 위에 지도를 펴는 것과 동시에 그 그림자 속으로 스며들었다.

이제 막 형체를 갖췄다 싶었던 묵귀의 모습은 이내 다시 흐릿하게 지워졌다.

삐익!

문이 조금 열렸다.

도저히 사람이 빠져나가기엔 무리다 싶을 정도로 작은 틈. 그러나 문은 다시 닫혔다.

어느새 묵귀는 복도로 나와 있었다. 저만치 막 모퉁이를 꺾고 있는 천면요희의 뒷모습이 보였다.

그 다음부터는 쉬웠다. 같은 방에서 불과 몇 치도 되지 않는 거리에 있었으면서도 들키지 않을 정도이니 이런 미행은 식은 죽을 먹는 거나 마찬가지였다.

문제는 천면요희가 곧장 향지에게 가느냐 아니냐 하는 점이었다.

'서두르지 말자!'

조급해지려는 자신을 묵귀는 스스로 억눌렀다. 이제 막 위기를 넘기고 돌아온 천면요희가 곧바로 향지에게 갈 확률은 지극히 희박하다. 괜히 혼자 서두르다가 자칫 실수라도 한다면 일만 어렵게 꼬일 따름이었다.

천면요희의 뒤를 따르면서 묵귀는 그가 가장 먼저 어디부터 갈 것인지를 예상해 보았다.

역시 제독에게 먼저 갈 것만 같았다. 지금까지의 일을 보고해야 되니까 말이다.

그동안 뭘 할지를 묵귀는 생각해 보았다. 천면요희가 제독에게 보고하는 동안 멍하니 있을 수는 없기 때문이었다.

맨 처음 떠오른 생각은 제독부를 둘러보자는 것이었다. 그러다 향지를 발견하면 좋고, 그렇지 않더라도 적어도 이곳의 구조는 알 수 있을 거라는 판단에서이다.

그러나 이내 묵귀는 고개를 가로저었다. 여기까지 온 건 향지를 구하기 위해서이다. 섣불리 움직이기보다는 끝까지 천면요희를 미행하는 게 좋을 것 같았다.

'아니, 이왕 여기까지 온 김에…….'

구문제독을 납치하는 것도 하나의 방법이다 싶었다.

지금 이들은 역모를 꾸미고 있다. 그렇다면 구문제독의 무력(武力)이 절대적으로 필요할 터. 그를 인질로 잡아 향지와 교환하자고 해도 될 것 같았다.

그게 좋을 것 같았다. 제독에게 보고를 끝낸 천면요희가 곧바로 향지에게 간다는 보장도 없으니 시도해 볼 수 있는 건 뭐든 해야만 한다.

마음을 정하자 묵귀의 눈동자는 새삼 어둡게 번들거리기 시작했다.

'저긴가?'

천면요희가 어떤 방으로 들어가는 걸 보며 묵귀는 자신도 모르게 마른침을 삼켰다.

저 안에 구문제독이 있을 게 틀림없다.

이미 결정한 일을 망설일 묵귀는 아니었다. 언제든 기습일 수밖에 없는 공격. 빠르다고 해서 손해볼 건 없었다.

쓰웃!

복도의 부실한 그늘에 은신하고 있던 묵귀의 신형이 마치 엿가락처럼 쭉 늘어졌다. 그가 향하고 있는 곳은 천면요희의 뒤. 이제 막 닫히기 시작한 문이었다.

묵귀는 천면요희의 등판을 향해 주먹을 내질렀다. 부상을 입히거나 죽이려는 건 아니었다. 단지 제독과 자신 사이에 낀 그를 치울 작정이었다.

확실히 천면요희는 그 이름값을 하는 자였다. 비록 작정하고 가한 공격은 아니었지만 예기치 않았을 묵귀의 공격을 아주 가볍게 피해 버렸다.

"웬놈이냐?"

피하는 것과 동시에 천면요희는 묵귀에게 공격을 퍼부었다. 기다렸다는 듯이 아릿한 장향이 실내에 자욱히 퍼져 나갔다.

그러나 이번엔 천면요희가 늦어도 한참 늦었다. 첫 번째 공격이 채 마무리도 되기 전에 벌써 묵귀는 탁자에 앉아 있던 노인의 목을 휘감은 뒤였다.

'뭔가 잘못됐다!'

묵귀가 이상하다는 걸 느낀 것도 거의 동시였다. 제독이 있는 곳이라고는 믿기 어려운 방이었고, 노인의 행색도 너무나 초라했다.

그렇다고 마냥 평범하기만한 노인은 아닌 것 같았다. 천면요희는 물론 이 방에 들어서자마자 곳곳에서 느껴지던 살기가 급격히 사그라드는 걸 보면 알 수 있었다.

"묵귀?"

천면요희의 입에서 중성적인 목소리가 스며 나왔다. 믿기 힘들다는, 도저히 있을 수 없는 일을 목격한 것처럼 놀람에 찬 음색이었다.

묵귀는 대답하지 않았다. 대신 잔뜩 목소리를 낮춘 채,

"향지는?"

하고 간단하게 물었을 뿐이다.

부르르!

천면요희의 몸이 눈에 띌 정도로 심하게 떨렸다. 묵귀의 목소리가 가진 자체의 위압감도 있었지만 그보다는 향지를 데리고 있지 않다는 사실

을 깨달은 탓이었다.

"여기가 어딘지 알고 부리는 난동인가? 어서 이 손을 놓지 못할까?"

천면요희보다 묵귀에게 목을 제압당한 노인이 훨씬 더 침착하고 대담했다. 이 상황에 전혀 굴하지 않고 오히려 호통까지 치고 있었다.

그러나 상대가 나빴다. 혹시 다른 사람이었다면 그 호통에 위축되었을지 몰라도 묵귀에겐 역효과만 나타났다.

"끄으윽!"

목을 휘감은 팔에 묵귀가 힘을 가하자 노인의 입에선 다급하게 호흡이 끊어지는 소리가 새어 나왔다.

"향지를 데려오너라! 그렇지 않으면 이자를 죽이겠다!"

다시 한 번 묵귀의 스산한 협박이 이어졌다.

그 순간 천면요희는 정신이 번쩍 들었다. 묵귀에게 잡혀 있는 노인, 즉 금 대야의 안전 때문이 아니었다.

오히려 지금 천면요희의 생각은 그 반대였다. 묵귀가 금 대야를 죽여주길 바란 것이다.

"어, 어서 이자를, 마, 막아… 크륵!"

천면요희의 대답이 늦어지자 금 대야가 다시 뭔가를 말하려고 했다.

그걸 그대로 지켜보고 있을 묵귀가 아니었다. 팔에 더욱 힘을 가했고, 금 대야의 얼굴은 흙빛으로 죽어가기 시작했다.

금 대야를 죽일 생각은 애당초 하지 않았던 묵귀이다. 향지와 교환하자면 살려둬야만 할 터. 그의 몸이 축 늘어지기 전에 팔에서 힘을 조금 뺐다.

"향지는?"

"여긴 없어!"

또 한 번의 질문이 묵귀의 입에서 흘러나왔을 때, 천면요희도 발작적으로 대꾸했다.

아직은 제대로 정신을 차리기 힘든 천면요희였다. 어떻게 묵귀가 이곳에 모습을 나타내게 되었는지, 또 이처럼 맥없이 금 대야가 제압당할 수 있는지…….

그건 금 대야가 죽기를 바라는 것과는 다른 문제였다. 그만큼 이곳 제독부의 경비가 허술하다는 얘기였으니 말이다.

그래도 한 가지만은 아주 확고하게 결심을 굳혔다.

'이 기회를 이용해 저 늙은이를 제거한다!'

금 대야가 묵귀의 손에 죽어주기만 한다면 천면요희로선 더 이상 바랄게 없었다. 배신자라는 오명(汚名)을 쓰지 않아도 좋을뿐더러, 구문제독이나 당왕과 곧장 연결될 수도 있다.

아니, 얻을 수 있는 이득은 그것만이 아니었다. 하기에 따라선 제독부의 병권이나 당왕의 권력 일부도 이용할 수 있을지 모른다.

그래서 묵귀의 질문에 향지는 여기 없노라고 대답할 수 있었다.

그렇다고 소마가 향지를 데리고 있다고도 말하지 않았다. 금 대야의 생사와는 상관없이 그녀는 어디까지나 자신이 장악하고 있다고 믿게끔 해야만 한다.

"당장 데려와!"

목소리는 여전히 낮고 스산했지만, 지금 묵귀의 가슴은 터질 것처럼 빠르게 요동치고 있었다.

뭔가 잘못되었다는 느낌!

처음부터 어긋난 것 같은 이 상황이 묵귀는 도무지 견디기 힘들었다.

게다가 천면요희는 향지가 여기 없다고 분명히 말했다. 비록 제독은 아닐지 몰라도 상당히 중요한 듯한 늙은이를 사로잡고 있는데도 말이다.

그 순간 묵귀는 방 구석에서 미세한 움직임을 감지했다. 은신하고 있던 누군가가 움직인 것이다.

그래도 묵귀는 무시해 버렸다. 공격을 하려는 게 아니라 어디론가 사라지고 있었기 때문이다.

그게 뭘 의미하는지는 쉽게 짐작할 수 있는 일이다. 도움을 청하러 가는 일일 터이다.

다른 때 같았으면 차단했을지도 모르는 묵귀였다. 어떤 경우든 적의 숫자가 늘어난다는 건 그리 반가운 일이 아니니까.

그러나 오늘, 지금 이 상황에선 적의 숫자가 얼마가 되든 별 상관 없다고 묵귀는 생각했다. 이대로 향지를 구해서 이 방을 빠져나간다 해도 제독부 전체엔 비상이 걸린 뒤일 터. 쉽게 벗어날 순 없는 노릇이다.

"마지막으로 한번만 더 얘기하겠다. 당장 향지를 데려와. 그렇지 않으면 이 늙은이의 목숨은 없다."

이번엔 묵귀의 말이 조금 길어졌다. 자신도 모르게 초조해진 탓일 터이다.

"바, 반유, 어, 어서 이자의 요, 요구를… 끄윽!"

"반유?"

재차 금 대야의 입에서 약해진 목소리가 새어 나왔을 때, 묵귀의 팔에는 저절로 힘이 가해졌다. 반유라는 이름이 가져다 준 충격 탓이었다.

"네, 네놈이 반유인가?"

천면요희를 향해 묻는 묵귀의 어조는 어쩔 수 없이 떨리고 있었다. 동공 속의 어둠이 급격하게 팽창되고, 검은 얼굴이 오히려 하얗게 보인다 싶을 정도로 창백하게 질려갔다.

왜 아니겠는가?

반유라는 이름은 묵귀로선 죽어서도 잊을 수 없었다. 고독에 중독된 향지의 입에서 가끔 새어 나왔던 바로 그 이름이 아니던가 말이다.

주춤!

천면요희는 한 걸음 물러섰다. 의지와는 상관없는 움직임이었다. 묵귀의 눈빛과 마주친 순간 저절로 그렇게 된 것이었다.

'도, 도대체……?'

천면요희로선 갑자기 바뀐 묵귀의 기세를 이해할 수 없었다. 향지가 여기 없다고 얘기했을 때에도 이처럼 강한 살기는 띠지 않았다.

그런데 갑자기 이런 무지막지한 살기를 피워 올린다. 이름 하나 때문에 묵귀가 이처럼 변했으리라곤 꿈에도 생각지 못하고 있는 천면요희였다.

퍼드득! 퍼득!

묵귀의 손에 잡혀 있던 금 대야의 육신이 극심한 경련을 일으켰다. 목에 둘러진 팔에서 힘이 빠지지 않았기에 그 목숨이 경각에 달한 탓이었다.

그러나 묵귀는 전혀 개의치 않았다. 그저 쏘아보는 것만으로도 죽여 버릴 것만 같은 눈빛으로 한 걸음씩 천면요희에게 다가가고 있을 뿐이었다.

천면요희로선 불가항력이었다. 그저 주춤거리며 물러서기에 급급했다.

"당장 그 손을 놓지 못할까?!"

밖에서 우렁찬 고함 소리가 들린 건 바로 그때였다.

동시에 문이 왈칵 열리며 한 무리의 사람들이 모습을 드러냈다.

살기에 절어 짙은 어둠으로 번질거리는 묵귀의 눈이 그쪽으로 향했다.

그리고 이내 옅은 희열의 빛이 그 눈동자에서 반짝거렸다.

2

나타난 자들은 이십여 명에 달하는 군사들이었다. 마치 전쟁에라도 나선 듯 중무장한 차림이었다.

그러나 묵귀의 눈에 군사들은 들어오지도 않았다. 그의 시선이 고정된 곳은 오직 한 사람, 그들의 호위 속에 서 있는 관복 차림의 오십대 초로의 사내였다.

'구문제독!'

묵귀는 한눈에 그가 누군지 알 수 있었다. 붉은 빛이 은은하게 내비치는 비색(緋色)의 관복에, 가슴에 달린 사자(獅子) 문양의 보자(補子)가 바로 그 신분을 말해주고 있었다.

잡고 있던 금 대야의 몸이 축 늘어지는 걸 묵귀는 느꼈다.

죽은 건 아니었다. 다만 기도의 폐쇄로 인해 혼절한 것뿐이었다.

묵귀는 금 대야를 그대로 던져 버렸다. 저대로 두면 죽을지도 모르지만 신경 쓰지 않았다.

'우선 천면요희를 죽이고, 그 다음엔 제독을 사로잡는다!'

이 상황을 타개할 수 있는 최선의 방책으로 묵귀가 선택한 것이었다.

어떤 경우든 천면요희는 죽여야 한다. 향지의 입에서 그의 이름이 나왔다는 것만으로도 그는 이 지상에서 말살되어야만 한다.

유치한 질투심이라고 해도 좋았다. 자신의 목숨보다 더 깊이 사랑하는 여인의 입에서 그 이름이 나왔다는 건 정녕 견디기 힘들었다.

쓰윽!

거대한 먹물의 바다가 출렁거리는 것처럼 묵귀의 시선이 제독에게서 천면요희에게로 돌려졌다. 어느새 그의 손에는 착명조가 단단히 쥐어져 있었다.

그러나 선뜻 공격을 감행하지는 못했다. 눈에 보이는 군사들이야 허수아비에 다름 아니었지만, 제독이 모습을 보인 순간부터 보이지 않는 움직임이 방 안 곳곳에서 감지되었기 때문이다.

아니, 그보다 더 절박하게 묵귀의 행동을 제지한 게 있었다. 바로 향지였다.

천면요희를 죽이고 제독을 사로잡는 건 지극히 쉬운 일일지도 모른다. 지금 자신의 능력이라면 설사 그 어떤 자들이 은신해서 그들을 지킨다고 해도 아무 소용이 없으리라.

그러나 천면요희를 죽이고 나면?

향지는 분명 여기 없다고 했다. 설사 있다고 하더라도 이 너른 제독부에서 숱한 방해를 받으며 그녀를 찾을 수 있다는 보장이 없었다.

그럴 바엔 차라리 제독보다 천면요희를 인질로 잡는 게 낫겠다 싶었다. 쉽게 입을 열 거란 기대는 없었지만 적어도 고문은 가해볼 수 있을 테니 말이다.

쓰와웅!

돌연 묵귀의 배후에서 거친 파공성과 함께 넓적한 날을 가진 언월도가 불쑥 날아들었다. 생각에 잠겨 있느라 자신도 모르게 틈을 보였고, 그걸 놓치지 않은 누군가가 공격을 감행한 것이었다.

그러나 묵귀는 배후의 언월도는 무시해 버렸다. 대신 진작부터 들고 있던 착명조를 전면을 향해 맹렬히 휘둘렀다.

티디디딕!

경미한 기척이 착명조에 전해지며 바닥으로 쇠털보다 가는 암기들이 우수수 떨어져 내렸다.

애당초 언월도의 공격은 묵귀의 이목을 속이기 위한 것에 지나지 않았다. 엄청난 파공성을 냄으로써 암기가 내는 미세한 소리를 감추자는 의도였다.

그런 잔재주에 속을 묵귀는 아닌 터. 암기를 떨궈낸 기세 그대로 묵귀는 전면을 향해 치달렸다. 제독을 향해서였다.

"앗, 막아라!"

다급한 외침과 함께 군사들이 일제히 제독을 둘러싸고 인간의 벽을 형성했다.

순간 묵귀의 눈동자에 이채가 어렸다. 군사들의 움직임은 확실히 무림인들보다 느렸지만, 그들의 동작에는 오랜 세월 동안 엄격한 훈련을 거친 절도가 배어 있어 묘한 위압감을 동반했기 때문이다.

또한 그들이 입은 갑옷과 손에 든 방패도 무시할 수 없었다. 예리하기 이를 데 없는 착명조인지라 그들 몇몇을 한꺼번에 베어버릴 수 있다손 쳐도 맨몸뚱어리를 베는 것과는 확연한 차이가 있을 터이다.

물론 묵귀가 그 점에 대해 신경 쓴 건 아니었다. 목표는 천면요희. 제독을 향한 일련의 동작들은 군사들이나 경호인들의 주의를 끌기만 하면 그만이었다.

군사들이 제독을 완전히 둘러쌌을 때,

스릇!

돌연 묵귀의 모습이 홀연히 사라져 버렸다.

아니, 정확하게는 검은 안개가 되어 허공 중에 그대로 흩어져 버렸다고 해야 옳았다.

"위치를 이탈하지 마라! 무슨 일이 있어도 제독 합하(閤下)는 보호해야 한다!"

지휘관의 웅혼한 목소리가 방 안을 진동시켰다.

군사들로선 더없이 긴장되는 순간이었다. 만약 제독의 신변에 무슨 일이라도 생긴다면 그들은 모가지가 열 개라도 모자라기 때문이었다.

그러나 정작 꽁무니에 불이 붙은 것처럼 급하게 서두른 건 천면요희였다. 흩어졌던 검은 안개가 한꺼번에 그에게로 엄습해 왔기 때문이다.

그럼에도 불구하고 천면요희의 반응은 놀라웠다. 강력한 소맷바람을 일으켜 묵귀의 접근을 저지한다 싶더니 어느새 한 명의 군사에게서 뺏어 들은 도끼로 안개의 한가운데를 쪼개고 들어갔다.

이건 묵귀로서도 의외였다. 미로에서 본 이후로 어쩌면 그는 천면요희의 실력을 약간 깔보고 있었는지도 모른다.

어쨌든 우선 정면으로 날아드는 도끼부터 처리하고 볼 일이었다.

묵귀는 재빨리 수중의 착명조를 들어 도끼를 막았다. 휘둘러 부딪치는 것도 생각하지 못할 정도로 천면요희의 반격은 빠르고 의외였던 것이다.

창!

두 개의 병기가 서로 부딪쳤을 때, 묵귀는 내심 자신의 부주의를 책망했다.

언월도의 형태를 취하고 있긴 하지만 착명조는 어디까지나 가벼운 병기다. 그걸로 중병(重兵)인 도끼를 막았으니 그 충격은 컸다.

게다가 묵귀는 미처 준비하지 못한 상태. 한차례의 격돌로 그의 팔은 저릿한 마비감을 호소하기에 이르렀다.

쓰와욱, 위웅!

기선을 잡았다는 건 누구보다 천면요희가 잘 알았다. 더욱 세찬 기세로 도끼를 휘두르며 묵귀를 핍박하기 시작했다.

"너희들은 뭘 하고 있느냐, 당장 저 무례한 놈을 잡아 꿇리지 않고?!"

제독도 그냥 있지는 않았다. 부하 군사들에게 명을 내려 묵귀를 공격하게끔 했다.

"쳐라!"

제독의 명을 받자마자 예의 지휘관이 재차 커다란 외침을 발했다.

"하이얍, 하아!"

군사들의 입에서 기묘한 기합이 터져 나왔다. 여러 명이 동시에 토한 것이라 묘한 힘이 실려 있었다.

그건 일종의 신호 역할도 한 모양이었다.

"우와아아아아!"

"우오오오오오!"

제독부의 전각 바깥에서도 마치 천둥처럼 커다란 고함 소리가 들려왔
다. 포위하고 있던 군사들이 지른 모양이었다.

순간적으로 묵귀는 당황하고 말았다. 이런 싸움엔 익숙지 않은 탓이었
다. 침묵 속에서 진행되는 살수들의 싸움. 설사 다수를 상대하더라도 이
처럼 노골적으로 함성을 지르며 싸운 적은 거의 없었다고 해도 과언이
아니었다.

실제로 밖에서 들려온 고함은 방에 있는 군사들을 실체 이상으로 강하
게 느끼도록 했다.

그래도 여전히 가장 급한 건 천면요희의 도끼 공격이었다.

이형분신을 최고조로 펼치며 묵귀는 착명조를 휘둘렀다.

따앙!

도끼가 착명조의 철봉 부분에 재차 부딪쳤다.

차락!

동시에 착명조의 칼날이 분리되었다. 가죽 끈에 매달린 그건 곧바로
허공을 휘젓기 시작했다.

"어엇!"

"피해라!"

묵귀를 향해 덤벼들던 군사들이 극심한 혼란에 휩싸였다. 이런 식의
반격을 예상치 못했다기보다는 그들 역시 무림인과의 싸움에 대해선 제
대로 훈련되지 못한 까닭일 터이다.

하긴 그건 기묘한 광경이었다. 사람이 아니라 시커먼 안개 뭉치가 예

리한 칼날을 휘두르고 있었으니, 간이 작은 사람이 봤다면 제풀에 놀라 자빠졌을지도 모를 일이었다.

하지만 그 혼란도 잠깐이었다. 전쟁에 대비해서 혹독한 훈련을 쌓은 탓에 그들은 금방 대형을 유지하며 수비에 임했다.

그 사이에도 묵귀를 괴롭힌 건 천면요희의 도끼였다. 그가 착명조의 칼날을 막아주지 않았다면 아마 군사 서너 명은 벌써 시체가 되어 뒹굴었을지도 모른다.

그래도 등줄기에 식은땀을 흘리는 건 천면요희였다. 시간이 지날수록 묵귀를 상대하는 게 점점 버거워진 탓이었다.

'실수였다!'

이게 지금 천면요희의 뇌리를 가득 메운 생각이었다. 이렇게 싸울 게 아니라 묵귀가 조금 전 틈을 보였을 때 그대로 몸을 빼서 달아나는 게 옳았다.

물론 처음 공격할 때만 해도 충분히 승산이 있다고 여겼다. 틈을 파고든 병사들의 공격이 주효했고, 맨 처음 날린 도끼는 충분한 효과를 발휘했으니까 말이다.

바로 그 점에 천면요희는 고무되고 말았었다. 어쩌면 이길 수 있을지도 모른다는 생각에 계속 공격을 퍼부었고, 시간이 지날수록 그게 잘못된 판단이었다는 걸 절감하게 되었다.

그렇기에 지금 천면요희가 할 수 있는 일은 더욱 세차게 도끼를 휘두르는 것뿐이었다. 그래야 조금이라도 더 버틸 수 있을 것이다.

돌연 천면요희의 눈앞에서 너울거리던 착명조 칼날이 홀연히 사라져 버렸다.

그리고 기다렸다는 듯 방 천장에 자그마한 달이 나타났다.

검은 달이었다. 마치 어린애들이 가지고 노는 공처럼 작고 앙증맞은

크기의 달이 천장에서 선명하게 검은빛을 뿌리고 있었다.

갑작스런 정적이 방 안에 찾아들었다. 밖에선 여전히 군사들이 고함을 지르고 있었지만 그건 현실이 아닌 꿈속의 일처럼 느껴졌다.

그리고 다음 순간,

파앗!

눈부심보다 훨씬 현란하게 와 닿는 검은 빛줄기를 동반한 채 검은 달이 산산조각으로 깨지며 사방으로 그 파편을 날렸다.

흑월강. 그 살 떨리게 무서운 초식은 이처럼 좁은 방에서도 그 위력을 여실히 증명했다.

비명보다 피 냄새가 먼저 물씬 피어올랐다. 좁은 방의 사방으로 튄 피는 모든 것에 우선해서 인간의 후각을 자극한 것이었다.

"아아악!"

"크흐으윽!"

요란한 비명이 쏟아진 건 그 다음이었다.

또한 그 비명은 한 가지 사실을 알려주고 있었다. 죽은 자가 아무도 없다는 것.

비록 부상은 입었지만, 아니, 부상을 당했기에 고통을 호소하는 수단으로 비명을 지르는 걸 택했으리라.

그제야 구문제독 정화강(鄭和剛)은 감았던 눈을 떴다. 흑월강이 폭산될 때 자신도 모르게 질끈 감았던 것이다.

하지만 그 눈은 아직도 사물을 제대로 식별하지 못했다. 그저 자신의 몸이 멀쩡하다는 걸 믿지 못하는 불신만 가득할 뿐이었다.

간신히 정신을 수습한 구문제독이 주위를 둘러봤을 때, 이미 천면요희와 시커먼 괴한의 모습은 보이지 않았다.

대신 바깥에서 군사들이 지르던 함성이 극심한 혼란에 빠진 외침으로 바뀌었다는 걸 알 수 있었다.

눈앞에서 착명조 칼날이 사라진 것과 동시에, 천면요희는 전력을 다해 창으로 빠져나왔다. 흑월강의 검은 달이 천장에 그려진 것과 거의 동시였다.

일단 밖으로 나오자 약간은 안심할 수 있었다. 아무리 빨라도 흑월강을 완전히 펼치고 나온 묵귀가 자신을 따라잡을 수는 없다고 생각한 까닭에서였다.

구문제독의 안위가 걱정되긴 했지만 그건 다음 문제였다. 지금 당장은 묵귀의 그 살벌한 살기와 막강한 무공에서 벗어나고 싶기만 했다.

밖에서 듣는 군사들의 함성은 더욱 크게 마음을 진동시켰다.

그래도 천면요희는 무시하고 달렸다. 이처럼 많은 군사 중 자신의 존재를 알아챌 만한 사람은 거의 없을 터이다.

이제 조금만 더 달리면 제독부를 완전히 빠져나오게 된다. 보다 넓은 곳으로 사라질 수도 있다는 의미였다.

'이곳만 빠져나가면!'

궁녀들이 있는 곳으로 가서 여자로 변용할 생각이었다. 그렇게 되면 아무리 묵귀라도 함부로 하지 못할 것이기 때문이다.

그러나 천면요희의 달콤한 바람은 뒤에서 군사들의 불규칙한 외침이 들려왔을 때, 그 빛이 바래고 말았다.

'벌써?'

라는 의구심에 천면요희의 고개가 저절로 뒤로 돌려졌다.

확실히 거기엔 묵귀가 있었다. 아니, 검은 안개로 화한 흐릿한 형체가 군사들 사이를 헤집으며 빠른 속도로 다가오는 게 보였다.

천면요희는 입술을 깨물었다. 그 역시 미욱한 자는 아닌 터. 묵귀를 떨구고 무사히 제독부를 빠져나갈 수는 없다고 순간적으로 판단했다.

입술을 짓깨무는 것과 동시에 그의 몸이 홱 돌려졌다. 뒤를 이어 새하얀 두 손이 허공에 어지러운 그림자를 남기며 검은 안개를 향해 곧장 쏟아져 나갔다.

홀연 아릿한 장향이 물씬 피어올랐다. 마치 짙은 지분을 바른 수십 명의 여인이 이 자리에 있는 듯 그 향기는 짙디짙었다.

사실 천면요희에겐 딱히 애용하는 병기가 없었다. 달리 말하자면 온갖 병장기를 다 다룰 줄 안다는 얘기도 되고, 한편으론 그의 손발이 그 무엇보다 치명적인 무기라는 얘기와도 통한다.

그러니만치 천면요희의 두 손 공격은 그 어떤 병기보다 위력적으로 묵귀를 두들겼다.

그러나 이미 방 안에서처럼 당황하고 있는 묵귀는 아니었다. 심지어 이형분신을 전력으로 펼치고 있는 그의 실체를 파악하는 것조차 힘들었다.

묵귀로선 더 이상 주춤거릴 이유가 없었다. 이미 구문제독 앞에서 군사들에게 상해를 입혔다. 그 숫자가 조금 더해진다고 해서 있었던 일이 없어지지는 않을 터이다.

씨이옷, 와웅!

어느새 다시 철봉과 분리된 착명조 칼날이 묵귀의 머리 위에서 유성추(流星鎚)처럼 흉포하게 휘둘러지고 있었다.

지나치다 싶을 정도로 큰 파공성이 울렸지만 이건 다분히 의도적이었다. 이 소리에 놀란 군사들이 스스로 물러나 주길 바랐기 때문이다.

군사들에겐 허초를 날렸지만 천면요희의 공격까지 무시해도 좋은 건 아니었다.

천면요희의 어지러운 손 그림자가 엄습해 왔을 때, 묵귀의 신형은 허공으로 둥실 떠올랐다. 다시 한 번 흑월강을 펼치기 위함이었다.

이제 해는 서쪽으로 향한 지붕에 반 넘어 잠겨 있었다. 붉은 노을이 서서히 퍼져 가는 그 하늘에 홀연 검은 달이 하나 둥실 떠올랐다.

그 기묘한 광경 탓이리라. 함성을 질렀든, 아니면 놀람에 찬 외침을 발했든 간에 병사들의 입에서 터져 나오던 소리가 단번에 뚝 그치고 말았다.

하지만 이번의 흑월강은 조금 전처럼 전체가 폭산되지는 않았다. 전체가 기우뚱 기울어지는가 싶더니 곧장 천면요희를 향해 떨어져 내렸다.

툭!

깨물고 있던 천면요희의 입술이 터지며 한줄기 피가 흘러내렸다. 그만큼 지금 휘두르는 손발에 사력을 다하고 있다는 의미였다.

하지만 그건 무기력한 발버둥에 지나지 않았다. 검은 달의 그림자에 닿은 천면요희의 손 그림자는 허무하게 잦아들어 버렸던 것이다.

'끝인가?'

그런 생각이 천면요희의 뇌리를 스쳤을 때, 엄청난 압력이 그의 전신을 터뜨릴 것처럼 내리눌렀다.

마치 쓰러지는 고목처럼 천면요희의 신형이 서서히 한쪽으로 기울어지기 시작했다.

묵귀는 황급히 휘두르던 착명조 칼날을 회수했다. 여기서 멈추지 않으면 천면요희의 전신이 갈가리 찢길 것이기 때문이었다.

눈만은 천면요희에게서 떼지 않았다. 혹시라도 저게 속임수일지도 모른다는 생각에서였다.

풀썩!

천면요희의 신형이 완전히 무너졌을 때, 묵귀는 재차 수중의 착명조를 휘둘렀다.

스파앗!

이젠 검게 퇴색하기 시작하는 노을 서린 하늘을 눈부신 빛 무리가 채워 나갔다. 유성환이었다.

이 한 수로 인해 군사들은 움직이지 못하는 꼭두각시가 되고 말았다. 눈이 너무 부셔서 묵귀고 천면요희고 간에 제대로 볼 수 없었기 때문이다.

유성환의 빛 무리가 스러지고 군사들이 다시 시력을 회복했을 때, 거기엔 벌써 묵귀와 천면요희의 모습은 보이지 않았다.

더욱 짙어진 저녁의 어스름만이 지붕을 타고 넘어 바닥으로 깔리고 있을 뿐이었다.

3

병사들이 발하는 함성은 건청궁의 지붕 위에 있던 엽혈의 귀에도 파고들었다.

'뭐야, 이 소리는? 대체 어디서……?

엽혈의 가녀린 얼굴 선을 타고 긴장이 흘렀다. 역모가 진행된다는 걸 빤히 알고 있는 마당인지라 이런 함성은 예사로 들어 넘길 수 없었다.

엽혈의 눈길은 빠르게 사방을 넘나들었다. 오던 날부터 건청궁과 그 주변을 떠나지 않았던 탓에 황궁의 구조를 묵귀만큼은 알지 못했다. 이 함성의 진원지부터 알아야 될 것 같았다.

'웃!'

돌연 엽혈은 숨을 삼키며 몸을 웅크렸다. 파면인 하나가 지붕 위로 올라온 탓이었다.

동시에 건청궁 주변에서도 미세한 움직임들이 감지되었다. 황제를 경호하던 자들이 함성에 반응한 것이었다.

"제독부 쪽이다! 가서 무슨 일인지 알아보라!"

누군가의 입에서 명이 떨어졌고, 그제야 엽혈도 이 함성의 진원지가 제독부임을 알 수 있었다.

엽혈의 표정이 더욱 굳어졌다. 지붕 위에 올라온 파면인에게 들킬 염려가 있어서는 아니었다.

'제독부라면?'

역모에 제독이 개입되어 있다는 건 엽혈도 익히 아는 사실이었다. 거기서 이 함성이 들려오니 벌써 일이 시작된 게 아닐까 하는 염려로 인해 그의 몸이 굳어진 것이었다.

문득 엽혈은 황제의 안전으로 생각을 돌렸다. 이 함성에 이끌려 파면인이나 금의위들 중 적어도 절반은 제독부로 달려갈 터이다.

그렇다면 아무래도 황제의 경호에 틈이 생길 수밖에 없다.

'돌아가야겠군!'

생각은 그랬지만 당장 움직일 수는 없는 엽혈이었다. 머리카락 한 올 잘못 움직였다간 당장 저기 서 있는 파면인에게 발각될 테니 말이다.

그렇게 숨을 죽이며 파면인의 동정을 살피던 엽혈의 얼굴이 돌연 핼쑥하니 핏기가 가셨다.

그것만이 아니라 하마터면 공중으로 펄쩍 뛰어오를 뻔했다.

기세!

건청궁 안에서 얼마 전에 느꼈던 바로 그 기세가 또다시 밀려들었기 때문이다.

'도, 도대체 이건?'

살기라고는 한 점도 잡히지 않는 기세였다. 게다가 많이 익숙한 느낌…….

하지만 결코 기분은 좋을 수 없었다. 자신이 어디에 있는지 빤히 알고 보내오는 것이기에 흡사 발가벗은 채 서 있는 것 같았다.

별안간 파면인이 움직였다. 뭔가 찾는 듯 주변을 두리번거리더니 곧장 몸을 날려 지붕 아래로 맹렬하게 꽂혀들었다.

그 이유를 엽혈은 짐작할 수 있었다. 이 정체 모를 기세가 파면인에게 영향을 준 것이리라. 그래서 그가 그처럼 흉포한 기세로 지붕 아래로 내려갔을 터이다.

'본격적으로 시작하겠다는 건가?'

이 기세를 발출한 자는 파면인을 먼저 유인한 후에 자신과 상대할 의도라고 엽혈은 판단했다.

씨익!

문득 핼쑥해진 엽혈의 입가에 미소가 걸렸다. 이 정도 되는 자라면 상대해 볼 재미가 있겠다 싶어서였다.

싸르릇!

엽혈의 등과 어깨에서 철삭이 스멀거리며 뻗어 나오기 시작했다. 저녁의 으스름 빛 속에서 그건 더욱 섬뜩한 느낌을 풍겼다.

"치워!"

갑자기 들려온 말소리에 엽혈은 그야말로 놀란 토끼처럼 펄쩍 뛰어 저만치 물러섰다.

"무, 묵귀?"

자신에게 말을 건 자가 묵귀임을 알아본 엽혈은 멍청해져 버렸다. 이처럼 갑자기 나타날 줄은 생각지 못한 탓이었다.

그제야 엽혈은 그 기세가 왜 그처럼 낯익었는지 알 것 같았다.

‘너무 긴장하고 있었군.’

엽혈은 가볍게 자책했다. 아무리 황제의 경호 때문에 빡빡하게 생활했다고 해도 묵귀의 기세를 알아채지 못한 건 확실히 불찰이었다.

“그런데 그자는?”

묵귀의 옆구리에 끼어 있는 사람을 발견한 엽혈이 궁금한 듯 물었다.

“천면요희!”

“뭐?”

너무 간단하게 대꾸하는 묵귀의 말에 엽혈은 자신의 귀를 의심했다.

“그, 그자가 처, 천면요희?”

자신도 모르게 엽혈은 더듬거리며 되물었다. 그만큼 놀라고 있다는 반증이었다.

“주, 죽었어?”

재차 묻는 엽혈의 말에 묵귀는 고개를 가로저었다.

그 순간 엽혈은 한 가지 사실을 퍼뜩 깨달았다. 묵귀가 왜 천면요희를 사로잡아 왔는지를 말이다.

‘하지만 향지는 소마에게 있는데…….’

입 밖으로 튀어나오려는 그 말을 엽혈은 간신히 도로 삼켰다. 만약 진작부터 알고 있었으면서 말하지 않았다는 걸 알면 묵귀가 어떤 행동을 할지 모르기 때문이었다.

“어디로든 가자!”

“자, 잠깐!”

금방 몸을 돌려 지붕에서 내려가려는 묵귀를 엽혈은 반사적으로 제지했다.

그러나 할 말이 있을 턱이 없었다. 그저 소마에게 향지가 있다는 걸 조금이라도 늦춰보려는 본능에 의한 행동이었다.

“왜?”

“아, 그게, 저어, 아, 황제의 경호는 어떡하고?”

“당분간 제독은 아무것도 할 수 없을 거야.”

“그, 그럼 아까의 그 함성은……?”

그 말에 묵귀는 그저 고개만 끄덕였다.

“그런데 어디로 가려고?”

“이자를 심문할 수 있는 곳이라면 어디든.”

그 말에 엽혈은 자신도 모르게 미간을 찌푸렸다. 예전에 낚싯바늘로 사유란 자의 눈알을 뽑아버렸던 묵귀의 행동을 떠올렸던 탓이다.

물론 자신도 도착적인 살인 방법을 선호하지만 그건 고문과는 다르다고 엽혈은 생각했다.

“생각해 둔 곳이라도 있어?”

황궁 내에서는 딱히 심문할 곳이 없을 것이라 여기며 엽혈은 물었다.

이번에도 묵귀는 가볍게 고개만 끄덕였다.

“이봐, 너무 위험해!”

묵귀가 황궁 내에서 심문할 뜻을 비치자 엽혈은 황급히 그를 제지했다. 여기선 적들만이 아니라 같은 편의 눈도 조심해야 하기 때문이었다.

그러나 묵귀는 엽혈의 말을 묵살하고 곧장 지붕 아래로 몸을 날렸다.

뒤에 남은 엽혈은 잠깐 동안 망설였다. 묵귀를 따라가야 할지, 아니면 황제의 곁으로 돌아가 경호를 계속해야 할지 갈피를 잡을 수 없어서였다.

그러다 이내 묵귀의 뒤를 따랐다. 향지를 소마에게 뺏긴 천면요희가 그에 대해 무슨 말을 할지 궁금했던 것이다.

묵귀가 천면요희를 거칠게 바닥에 팽개친 곳은 언제나 황궁 내의 적들을 심문했던 가산이었다.

"괜찮을까?"

다시 한 번 노파심을 표하며 엽혈은 자신도 모르게 사방을 경계하는 자세가 되었다.

묵귀는 무반응이었다. 천면요희를 내려놓은 후부터 줄곧 바닥에 쓰러진 그를 쏘아보고만 있었다.

'뭔가 있군!'

엽혈은 직감적으로 알 수 있었다. 심문해야 될 자를 앞에 두고 망설일 이유가 없는 묵귀였다.

그런데 그는 마치 목상처럼 굳어진 채 멍하니 천면요희를 보고만 있다.

그럴수록 엽혈은 가슴이 답답해졌다. 왜 진작 향지가 소마에게 있다는 얘기를 해주지 않았는지 후회가 되기도 했다.

그렇다고 지금 얘기할 수는 없는 노릇이다. 일이 여기까지 진행되었으니 이젠 흘러가는 대로 지켜볼 수밖에 없었다.

툭! 툭!

돌연 묵귀가 쓰러져 있는 천면요희의 뒷덜미를 가볍게 걷어찼다.

"컥! 쿨럭!"

동시에 천면요희는 격한 기침을 토하며 정신을 차렸다.

"후후후!"

정신을 차리자마자 천면요희는 나직하게 웃었다. 벌써 자신의 처지를 알았다는 그런 웃음이었다.

잠깐 동안 묵귀는 그런 천면요희를 지켜보기만 했다. 그러다 그 입에서 처음으로 질문을 흘렸다.

"그대가 반유인가?"

그 말을 들었을 때, 천면요희보다 엽혈이 더 놀란 표정을 지었다.

'바, 반유라고?'

엽혈도 반유라는 이름이 어떤 의미를 갖는지 익히 알고 있다. 그래서 두 어깨가 긴장으로 인해 더욱 굳어졌다.

"그렇다. 후후훗……."

뻐억! 콰작!

천면요희의 웃음은 미처 끝을 맺지도 못했다. 묵귀의 발이 그의 입술 위에 강하게 꽂힌 탓이었다.

묵귀의 발이 부순 건 비단 천면요희의 입술만이 아니었다. 이도 부러졌는지 흐르는 피 속에는 허연 물체가 몇 개 섞여 있었다.

천면요희에겐 안된 일이지만 그게 시작이었다.

뻐억! 빠작! 퍽! 퍼억!

묵귀는 무차별적으로 발길질을 퍼부었다. 천면요희가 어떤 자세를 취하든 어떤 소리를 내뱉든 전혀 상관 없다는 태도로 묵묵히 차기만 할 뿐이었다.

그런 점에서 보면 천면요희도 확실히 대단한 구석이 있었다. 그 외중에도 여전히 그 입에선 웃음소리가 새어 나오고 있었으니 말이다.

"그러다 죽이겠어!"

보다못한 엽혈이 묵귀와 천면요희 사이를 가로막고 나섰다. 정말이지, 여름날 잡아먹으려는 개도 이렇게까지 마구잡이로 패지는 않을 터이다.

"비켜!"

퍼석거리는 묵귀의 음성이 말리는 엽혈의 귓속으로 날아와 꽂혔다. 살기보다 훨씬 강한 피 내음이 물씬 배어 있는 음색이었다.

"네 마음은 이해해. 하지만 기왕 잡아온 놈이라면 뭔가 얻어내야 할 거 아냐! 그냥 패 죽일래?"

말처럼 묵귀의 심정은 십분 알 것 같은 엽혈이었다. 천면요희가 반유라면 그 중오는 몇 갑절 더할 게 분명하다.

그래도 이건 너무 심하다. 아무리 천면요희가 특급 살수라고 해도 이런 무방비 상태로 당한다면 목숨이 위태롭다.

게다가 차는 사람이 다름 아닌 묵귀다. 천면요희가 멀쩡하다고 해도 견딜 수 없을 터이다.

엽혈의 개입이 천면요희로서는 고맙기 짝이 없는 일이었다. 자결을 할 수 있는 기회를 얻었기 때문이다.

천면요희는 재빨리 오른손을 들어 정수리를 내려쳤다.

하지만 그건 마음뿐이었다. 견갑골(肩胛骨)은 물론 상완골(上腕骨)이 몇 조각으로 부서져 버려 팔이 의지대로 움직여 주지 않았다.

하더라도 천면요희는 실망하지 않았다. 그 외에 자결할 수 있는 수단은 몇 가지 더 있었다.

그중 한 가지. 천면요희는 어금니를 깨물었다.

그 역시 마음대로 되지 않았다. 양쪽 턱에 찌르는 듯한 통증이 느껴졌을 뿐 입을 다물 수가 없었다.

그제야 천면요희는 아득한 절망감을 느꼈다. 어금니 사이에 숨겨뒀던 독단도 그 이가 부러지면서 빠지는 바람에 없어져 버려 자결할 수단이 모두 사라졌기 때문이다.

"후후후……."

다시 목구멍 깊숙한 곳을 울리는 웃음소리가 천면요희의 불어 터진 입술 사이를 헤집고 나왔다.

자결까지 하지 못하게 된 지금, 저항할 수단이 아무것도 없는 천면요희였다. 이렇게 웃음으로써 결코 마음만은 꺾이지 않겠다는 의지를 내비칠 뿐이었다.

"재미있나?"

그 웃음이 거슬렸나 보다. 묵귀는 조금 전보다 더 퍼석거리는 음색으로 천면요희에게 말을 돌렸다.

"후후후……."

다시 웃는 걸로 천면요희는 묵귀의 그 말을 묵살해 버렸다. 그로선 할수 있는 최대한의 저항이었다.

"재미있나 보군. 그럼 좀더 재미있게 해주지."

말과 발이 날아가는 게 동시인 묵귀였다.

퍼억!

이번엔 천면요희의 옆구리 깊숙이 묵귀의 발이 꽂혔다.

"커억! 쿨럭쿨럭!"

다시 기침을 토하는 천면요희의 입에선 선명한 붉은 피가 꾸역꾸역 밀려 나왔다. 내장을 다쳤다는 증거였다.

그뿐만이 아니었다. 옆구리는 인체의 급소 중 하나. 거길 가격당했으니 천면요희는 금세라도 멈출 것처럼 거칠게 숨을 헐떡거렸다.

아주 잠깐 동안 묵귀는 그 광경을 지켜보았다. 천면요희에게 동정을 느껴서가 아니었다. 계속해서 몰아치는 것보다 숨을 돌릴 시간을 준 후에 다시 두들기는 게 훨씬 효과가 크다는 걸 아는 까닭에서였다.

"크르르……."

헐떡거리던 천면요희의 목구멍에서 물 끓는 소리가 들렸다. 솟구치던 피가 조금 진정되며 다시 가라앉는 증상이었다.

그걸 기다리고 있던 묵귀의 발이 재차 천면요희의 명치로 파고들었다.

퍼억!

둔탁한 소리와 함께 천면요희의 신형이 저만치 날려가 거칠게 바닥에 처박혔다.

"컥! 크으으……!"

이젠 더 이상 피도 올라오지 않는 모양이었다. 다만 숨이 막히는지 바닥에 쓰러진 채 전신을 퍼덕거리며 경련을 일으키는 천면요희였다.

"괜찮을까?"

천면요희의 상태가 어떻다는 건 엽혈도 잘 알고 있었다. 이렇게 걱정스럽게 묻지 않을 수 없었다.

그 말에도 묵귀는 대꾸하지 않았다. 그저 어둠이 출렁거리는 시선으로 퍼덕거리고 있는 천면요희를 바라볼 뿐이었다.

천면요희의 경련이 서서히 멎었다. 다시 숨결을 진정시킨 것이었다.

그걸 확인한 묵귀는 천면요희를 향해 천천히 걸어갔다.

"더 이상 하면 진짜 죽어!"

자신의 말을 듣지 않을 거란 걸 뻔히 알면서도 말할 수밖에 없는 엽혈이었다.

다른 이유가 있는 게 아니었다. 묵귀가 천면요희에게 어떤 질문을 할지 알기 때문이었다.

문제는 그 답을 아는 게 천면요희가 아니라 자신이라는 데 있었다. 곁에 있는 것만으로도 괜히 마음이 찔려 묵귀를 말리지 않을 수 없었다.

엽혈의 예상대로 묵귀는 들은 척도 하지 않았다. 조금도 흔들리지 않는 발길로 천면요희에게 다가간 후 그의 머리를 지그시 밟았다.

"딱 한 번, 단 한 가지만 묻겠다. 향지는 어디 있나?"

이제 묵귀의 어조는 제대로 알아듣지 못할 정도로 메마르고 갈라져 나왔다. 쇳가루를 문지른다면 바로 저런 소리가 날 터이다.

"끄으으으……."

천면요희의 입에서 기묘한 소리가 새어 나왔다. 신음인지, 아니면 뭔가 말을 하려는 것인지 알 수 없었다.

머리를 밟은 발에 약간의 힘을 더 보태며 묵귀는 기다렸다.

사실 지금 묵귀의 지각이 인식하고 있는 건 지극히 한정되어 있었다. 이 자리에 자신이 있고, 또 천면요희가 있다는 것!

그리고 천면요희의 입을 통해 하나의 대답을 들어야 한다는 것밖에 없었다.

그런데 그 대답은 들을 수 없을 것 같았다. 딱 한 번만 묻겠다고 했으니 더 이상 다그칠 수도 없었다.

뿌득, 찍!

밟힌 천면요희의 머리에서 기묘한 소리가 들렸다. 어쩌면 두개골이 함몰되고 있는 건지도 모른다.

"이제 그만!"

더 이상은 안 된다고 판단한 엽혈이 묵귀를 밀어냈다.

"죽여서 어쩌겠다는 거야? 향지의 일이 아니더라도 이놈의 입을 통해 알아내야 할 것이 많아! 더 이상 너에게만 맡겨둘 순 없어!"

조금은 억지스럽다는 걸 알면서도 엽혈은 우겼다. 그렇지 않으면 묵귀가 당장 천면요희를 죽일 것 같아서였다.

꿈틀!

묵귀의 동공 속에 고여 있던 어둠이 크게 출렁거렸다. 명백한 살기였다. 방해받았다는 사실에 크게 자극을 받은 게 분명했다.

그러나 곧 폭발하지는 않았다. 한 가닥 이성이 여기서 천면요희를 죽이면 안 된다고 속삭이고 있었기 때문이다.

"일단 놈을 황궁 밖으로 데려가겠다. 노야차와 의논해서 적당한 곳에 감금해 놓을 테니 나중에 다시 심문해."

말과 함께 엽혈은 바닥에 쓰러진 천면요희를 어깨에 둘러메었다.

사실 깊이 생각하고 한 말은 아니었다. 그저 이 순간만 넘겨보자고 한 얘기였다.

그런데 막상 해놓고 보니 썩 괜찮은 생각 같았다. 황궁 밖으로 나가면 소마를 만날 수 있으니 말이다.

'향지의 안전을 확인하고, 될 수 있으면 넘겨받아야겠군.'

지난번 소마와 얘기했을 때, 향지를 돌려줄 뜻을 얼핏 비쳤었다. 설득하기에 따라서 자신이 그녀를 맡을 수도 있을 터이다.

아니, 그 일은 반드시 해내야만 한다. 그렇지 않고 다시 묵귀가 천면요희를 심문해서 향지가 그의 손에 없다는 걸 알게 된다면 그야말로 일이 어떻게 전개될지 짐작조차 하기 어렵다.

납득했다고는 생각되지 않았지만 어쨌든 묵귀는 더 이상 말이 없었다. 출렁거리던 동공의 어둠도 가라앉은 걸 보면 마음이 진정된 것 같았다.

"어쩌면 며칠 걸릴지도 몰라."

그 말을 남기고 엽혈은 몸을 날려 가산을 빠져나갔다. 이대로 황궁을 나갈 작정이었다.

묵귀는 그 자리에 뿌리라도 내린 것처럼 움직이지 않았다.

딱히 무슨 생각을 하고 있는 건 아니었다. 그저 진득하게 밀려든 허탈감에 젖어 있을 뿐이었다.

묵귀가 움직인 건 제독부로 달려갔던 파면인이나 금의위들이 돌아오기 시작했을 때였다.

길었다고 생각되지만 아직 이경도 끝나지 않은 시각이었다.

第四十二章
합류(合流)

1

쐐액!

'일흔여덟, 일흔아홉······.'

칼을 한번씩 휘두를 때마다 엽군영은 숫자를 헤아렸다. 오늘은 기필코 백 번을 채울 생각이었다.

예전에 사용했던 귀두도가 아니었다. 지금의 몸 상태를 감안하면 그건 너무 무거워서 쓸 수가 없었다.

대신 그가 선택한 건 왜도(倭刀)였다. 가볍고 실전에서의 위력도 귀두도 못지않기 때문이었다.

가벼운 왜도였지만 웃통을 벗어젖힌 엽군영의 상체는 땀으로 흠뻑 젖어 있었다. 그사이 몸이 반쪽이 되었다 싶은 정도로 여위었다.

쐐액! 쐐액!

'여든넷, 여든다섯, 여든여, 웃!'

땡그랑!

여든여덟 번째 휘두르던 엽군영은 그만 칼을 놓치고 말았다. 어제보다는 다섯 번 늘었지만 그래도 백 번을 채우지는 못했다.

"흐음!"

잔뜩 가라앉은 침음성이 엽군영의 입에서 토해졌다. 진한 허무감도 더불어 묻어 나왔다.

"실망하지 마세요. 그래도 많이 좋아지신 거예요. 의생들은 모두 정상적인 생활도 힘들다고 했었는데……."

처음 칼질할 때부터 쭉 지켜보고 있던 설염봉이 위로의 말을 건넸다.

기실 설염봉은 엽군영과 함께 재기 과정을 거쳤다고 해도 과언이 아니었다. 젓가락도 쥐기 힘든 몸 상태로 여기 향양점으로 왔을 때부터 쭉 그를 격려하며 지금까지 온 것이다.

설염봉이 본 엽군영은 초인적인 의지의 소유자였다. 자신을 위해 오게 된 향양점이었지만, 그는 여기 도착하자마자 북경에 있는 일행을 걱정하며 칼을 잡았다.

물론 처음엔 제대로 들지도 못했다. 어쩌다 한번 휘두르기라도 하면, 그날 밤엔 밤새도록 고통에 시달리며 잠을 이루지 못했다.

그러나 날이 밝으면 그는 다시 칼을 잡았고, 피를 토하며 쓰러지길 여덟 차례, 깊은 혼절에 빠져 촌각 뒤의 생명을 보장할 수 없는 지경을 세 번이나 겪고서야 오늘에 이르렀다.

오늘도 목표로 했던 칼질 백 번은 채우지 못했지만 그래도 어제보다는 나았다.

엽군영의 곁으로 다가간 설염봉은 젖은 수건으로 그의 몸을 닦아주었다.

부르르!

엽군영의 몸이 가늘게 떨렸다. 땀으로 흠뻑 젖은 몸에 닿은 차가운 수건 탓만은 아니었다.

칼을 휘두르기 시작한 이후로 설염봉은 늘 그의 몸을 닦아줬다.

그럴 때마다 엽군영의 몸은 떨렸다. 여자를 전혀 모르지도 않았지만 그녀의 손길이 닿을 때마다 육신은 물론 영혼까지 마구 진동하는 것만 같았다.

그러나 나오는 말투만은 투박하기 그지없었다.

"사람들이 또 늘어난 것 같던데……."

엽군영은 말꼬리를 흐렸다. 질문도 아니고 확인도 아닌 애매한 말투였다.

"사람이 늘어난 게 아니라 어디론가 떠날 준비를 하는 것 같아요."

설염봉의 대답에 엽군영의 표정이 굳어졌다.

지금 이들이 나누는 대화는 이 향양점에 모여드는 이방인들에 대한 것이었다.

그들 대부분이 북방의 몽골족이었지만 더러 서역에서 온 듯이 보이는 색목인(色目人)도 섞여 있었다.

향양점에 도착한 이후 엽군영은 쭉 그들의 농태를 예의 주시했다. 둘씩, 혹은 셋씩 짝을 지어 모여든 그들의 숫자가 어느덧 백 명을 훌쩍 넘어서 더 이상 간과할 수 없었다.

"장 포두는 뭘 하고 있소?"

이 역시 습관적으로 내뱉는 엽군영의 질문이었다. 그가 심상치 않다고 여기는 이방인들의 동태를 포두인 장호량이 그냥 보고만 있을 턱이 없었다.

물론 그가 뭘 하고 있는지는 엽군영도 잘 알고 있다. 그래도 매일 묻지 않을 수 없는 건 위험할지도 모른다는 판단 때문이었다.

사실 장호량은 지나치게 노골적으로 그들에 대해 조사를 했다. 관인의 신분인지라 어쩔 수 없었는지도 모르지만 지켜보는 사람은 조마조마할 때가 한두 번이 아니었다.

그렇다고 이렇다 할 소득이 있는 것도 아니었다. 이방인들은 대개 장호량을 피했고, 정 귀찮을 때는 중화어(中華語)를 모르는 척했다.

"오실 때가 됐어요."

대답을 하면서 설염봉은 미간을 조금 찌푸렸다. 오늘의 엽군영이 조금 다르게 보여서였다.

그건 곧바로 한 가지 생각으로 이어졌다.

"돌아가실 건가요?"

설염봉의 질문에 엽군영은 대답하지 않았다. 그러나 마음은 이미 결정된 상태였다.

이 향양점에 모여든 자들이 갈 곳은 뻔하다. 바로 소마의 곁, 묵귀가 있는 곳이다.

지금 거기서 대체 무슨 일이 벌어지고 있는지 엽군영은 정확하게 알지는 못한다. 그걸 알아보기 위해서라도 돌아가야만 한다.

게다가 엽군영이 이 향양점에 와서 느낀 건 묘한 적의였다. 딱히 대상은 알 수 없었지만 여기 모여든 자들 대부분은 마치 전쟁에라도 나가는 듯한 표정들이었다.

그걸 알면서도 이대로 머물러 있을 엽군영이 아니었다. 가다가 쓰러져 두 번 다시 일어나지 못하더라도 돌아가야 할 것 같았다.

"장 포두를 불러주시오!"

벗어뒀던 웃옷을 입으며 엽군영은 나직이 내뱉었다. 속마음을 감추려고 한 것이었지만, 그래서 더욱 그의 의지가 드러나 보였다.

"알겠어요."

설염봉 역시 엽군영의 뜻을 짐작할 수 있었다. 말려서 될 일이 아니라면 그가 원하는 대로 해주는 것도 좋을 것 같았다.

그녀는 곧바로 몸을 돌려 밖으로 나갔다.

그제야 엽군영은 조금 전에 떨어뜨렸던 칼을 집어 들었다. 휘두를 때마다 바닥에 떨어뜨려 도신에 자잘한 흠집이 나 있었다.

지금까지 엽군영은 한번도 칼을 손질하지 않았다. 그래봐야 사용할 일이 없으리라 여긴 탓이었다.

그런데 이젠 필요할 것 같았다. 돌아가서 단 한 명의 적과 같이 죽어도 묵귀에게 도움이 될 테니 말이다.

솔직히 왜 자신이 묵귀에게 이처럼 끌리고 있는지 알 수 없었다.

'향지에 대한 그 순수한 사랑 때문일까?'

그럴 수도 있다. 같은 남자로서 과연 저렇게까지 한 여자를 사랑할 수 있을까 싶을 때도 많았다.

하지만 그게 전부는 아니었다. 한 여자를 향한 한 남자의 사랑에 감동해서 자신의 생명까지 맡길 정도로 엽군영은 녹록한 사내가 아니었다.

'강자에 대한 동경!'

바로 이게 주된 이유라고 엽군영은 생각했다.

묵귀가 어떤 삶을 살았는지는 알 수 없다. 어떤 수련을 거쳐 지금의 모습이 되었는지도 모른다.

한 가지 분명한 것은 묵귀는 엄청나게 강하다는 점이었다. 어쩌면 엽군영 자신이 도달하고픈 '그곳'에 그는 먼저 가 있었고, 그 점을 동경하며 끌려가고 있다고 여겼다.

문득 엽군영은 자신이 아직도 칼을 닦고만 있다는 걸 깨달았다.

'날을 다시 세워야겠군.'

방을 뒤진 엽군영은 작은 보퉁이 하나를 찾아냈다. 이 왜도와 함께 얻은 물건들이었다.

보퉁이엔 숫돌과 분말이 들어 있는 것 같은 작은 주머니, 그리고 못처럼 생긴 금속이 들어 있었다.

그 못처럼 생긴 금속을 이용해 엽군영은 왜도의 손잡이를 분리했다. 대륙의 무기와는 사뭇 달랐기에 처음부터 손질법을 자세히 알아뒀다.

손잡이를 빼내고 도격(刀格:코등이)까지 분리된 칼은 도신만이 남았다.

'발가벗은 미인 같군!'

헐벗은(?) 도신을 보고 있는 엽군영의 솔직한 심정이었다. 그만큼 그는 칼을 사랑했다.

도신만 남은 칼을 엽군영은 숫돌에 대고 갈기 시작했다. 물이 없어서 식은 차를 대신 사용했다.

쓰윽, 싸악!

한번씩 마찰될 때마다 칼날은 파릇한 눈을 뜨며 되살아나기 시작했다.

살아나는 건 그것만이 아니었다. 한동안 가슴 한 켠에서 웅크리고 있던 투지도 아주 오랜만에 기지개를 켜며 꿈틀거렸다.

"이건 아주 섬뜩한 소리구먼!"

장호량이 안으로 들어서며 큰 소리로 말했다. 칼을 가는 소리를 가리킨 것이었다.

"돌아가겠다고?"

이번엔 목소리를 확 낮춘 장호량이었다. 누군가 엿듣고 있었더라도 처음의 큰 소리에 비해 터무니없이 작아진 이건 듣기 힘들었으리라.

말없이 엽군영은 고개만 끄덕였다. 지금은 칼을 가는 데 온 신경을 집중해야 될 때. 한마디라도 하게 되면 그게 흩어져 버릴 것 같았다.

"언제 갈 건가?"

장호량이 재차 물었을 땐 대답하지 않을 수 없는 엽군영이었다.

"오늘!"

"오늘이라? 그럼 난 가서 몇 가지 더 알아봐야겠네. 아무래도 이 항양 점은 냄새가 고약해. 앵속이 아니더라도 말일세."

확실히 장호량은 포두다웠다. 항양점 전체에 흐르는 이상한 기류를 피부로 감지하고 있는 듯했다.

"굳이 같이 돌아가지 않아도 좋소."

이건 장호량에 대한 엽군영의 배려였다.

어쨌든 장호량은 관인이다. 계속 자신들과 어울려선 안 되는 신분인 것이다.

게다가 여기 항양점은 포두로서 조사해야 될 게 넘치고 있다고 해도 과언이 아니다. 알아볼 만큼 알아본 뒤에 곧바로 자기 상관에게 보고하러 가는 게 그를 위해선 더 좋을지도 모른다.

"내 앞가림은 내가 할 수 있네. 말없이 떠나지나 말게."

엽군영보다는 설염봉에게 다짐을 두듯이 말한 후 장호량은 밖으로 나갔다.

쓰윽, 싸악!

장호량이 나간 뒤에도 엽군영은 한참 동안 칼 가는 일에 몰두했다.

이윽고 칼은 처음 구했을 때보다 더 예리한 날을 갖게 되었다. 들여다보고 있는 눈이 아릿해질 지경이었다.

쐐액!

한차례 허공에 대고 칼을 휘둘러 엽군영은 도신에 묻어 있는 찻물을 떨었다.

그리고는 부드러운 천을 꺼내 도신을 깨끗이 닦고 분해했던 부품들을 다시 결합한 후 칼집에 넣었다.

"준비되었소?"

그 후에야 엽군영은 설염봉에게 물었다. 이미 자신은 준비가 끝난 상태였다.

"장 포두의 준비만 끝나면요."

그녀 역시 자신의 준비는 끝낸 상태였다. 다만 장 포두가 기다려 달라고 했으니 아직 떠나서는 안 될 뿐이었다.

잠시 서 있던 설염봉은 갑자기 밖으로 나갔다. 아직은 몸이 불편한 엽군영을 위해 마차를 준비해야겠다고 생각했던 것이다.

*　　　　*　　　　*

궁절은 여전히 안절부절못했다. 묵귀와 대적하지 말라는 명령 때문에 싸울 일은 없었지만, 그래도 도무지 마음이 놓이질 않았다.

생각해 보라. 이쪽이 아무리 싸우지 않으려 해도 상대가 그걸 몰라주면 아무 효과가 없다.

게다가 묵귀는 살수다. 언제 어떤 형태로 암살을 기도할지 모른다.

그래서 요즘의 궁절은 자기들의 뜻을 어떻게 묵귀에게 알릴까 고심하고 있었다.

철옥 사람들을 이용한다는 건 말도 안 된다. 그랬다가는 오히려 묵귀를 자극할 공산이 컸다.

'상 옥주를 통하는 수밖에 없을 것 같은데……'

묵귀를 치라는 말도, 더 이상 적대시하지 말라는 명령도 모두 상용에게서 나왔다. 자기들이 모르는 곳에서 서로 통할 수도 있을 터. 이 일은 역시 그에게 맡기는 게 좋을 것 같았다.

'지금 당장 가봐야겠군!'

"철옥주께서 오셨습니다!"

궁절은 자신도 모르게 동작을 멈추고 숨을 죽였다. 이제부터 찾아가려

는 사람이 한발 빨리 찾아왔다니 또 무슨 일일까 싶어 저절로 긴장되었
다.

그러나 마냥 멍청하게 서 있을 수는 없는 노릇.

"어디 계시느냐? 내가 직접 영접을 나가겠다!"

"그럴 것 없네!"

수하들에게 말하며 막 방을 빠져나가려는 순간, 이번에도 상융이 궁절
보다 한발 앞서 방으로 들어왔다.

"옥주를 뵈옵니다. 그런데 무슨 일로……?"

예를 갖추는 둥 마는 둥 하며 궁절은 급히 용건부터 물었다. 그만큼
상융은 침착함을 잃고 당황하고 있었다.

"천면요희가… 천면요희가 납치되었다고 하네."

"예?!"

자기도 모르게 궁절은 큰 소리를 내고 말았다.

그러다 이내 자신이 이렇게 놀랄 일은 아니라는 생각이 들었다. 천면
요희가 적이면 적이지 결코 한 편은 아닌 터. 그가 납치되었다고 해서 당
황할 필요는 없었다.

"우선 고정하십시오, 옥주. 천면요희가 납치된 일이 뭐 그리 대수겠습
니까? 오히려 우리로선 잘된 일인지도……."

"그 납치범이 바로 묵귀일세. 그것도 제독부에서 제독부의 군사들을
상당수 살상하고 말일세."

'헙!'

묵귀의 이름이 나오자 궁절의 호흡은 저절로 끊어졌다.

'묵귀는 아직도 활발하게 움직이고 있다.'

그렇다면 자신의 목숨도 언제 어떻게 될지 알 수 없다고 궁절은 생각
했다.

문득 궁절은 주변을 둘러보았다. 이 방 어디엔가 묵귀가 있을 것 같은 불길한 느낌 때문이었다.

그건 전혀 근거 없는 불안이 아니었다. 천면요희 정도 되는 인물을 죽인 것도 아니고 산 채로 납치해 갈 정도라면 자신의 모가지 하나 따는 건 묵귀에게 있어 냉수 한 사발 마시는 것에 다름 아닌 일일 터이다.

"뭘 그리 두리번거리나?"

궁절의 이상한 태도를 상융은 즉각 질책하고 나섰다.

"그렇게 멍청하게 서 있지 말고 대책을 강구해 보게, 대책을!"

"예?"

궁절은 또다시 멍하니 되물을 수밖에 없었다. 밑도 끝도 없이 찾아와서는 별 상관도 없을 것 같은 천면요희 납치 건에 대한 대책을 내놓으라니 할 말이 없는 것도 당연했다.

"천면요희라면 우리 철옥의 동료들을 꾀어내 몰살시킨 원수가 아닙니까? 묵귀에게 잡혀가 죽어버린다면 더할 나위 없이 좋은 일이라고 생각됩니다만……."

"모르는 소리!"

반쯤 얼을 빼놓은 채 하는 궁절의 말을 상융이 매섭게 잘라 버렸다.

"난 지금 천면요희를 걱정해서 이러는 게 아닐세! 묵귀에 대한 걸세, 묵귀!"

상융의 이 말은 그나마 반쯤 남아 있던 궁절의 정신을 완전히 빼버리고 말았다.

상융은 분명 천면요희가 납치됐다는 얘기부터 시작했다. 그게 묵귀에게로 비약되었으니 궁절이 정신을 차리지 못할 만도 했다.

"아직도 모르겠나? 묵귀가 제독부에서 천면요희를 납치해 가는 바람에 지금 황궁이 벌컥 뒤집혔다네! 괴한이 제독부까지 침입한 걸 왜 막지 못했냐며 황제 폐하의 진노가 여간 아니시란 말일세!"

그래도 아직 궁절은 감을 잡지 못했다. 어쩌면 천면요희의 납치와 자신의 죽음이 그대로 결부되어 다른 생각을 하지 못하고 있는 건지도 몰랐다.

"천면요희를 찾게! 묵귀야 자기 스스로 나타나지 않는 이상 찾기 힘들 테니 대신 천면요희를 찾으란 말일세! 그럼 묵귀도 찾을 수 있을 게 아닌가!"

"묵귀를 찾으면 어떻게 하라는 말씀입니까?"

묻지 않을 수 없는 궁절이었다. 도대체가 오늘 상용의 말은 하나도 알아들을 수가 없었다.

"어떻게든 묵귀를 말려야 하네. 다른 곳은 몰라도 황궁 내에서까지 그처럼 설치고 다니게 해선 안 돼! 제독부의 군사들을 상하게 하면서까지 천면요희를 납치해 가다니……."

'묵귀를 찾아도 누가 그를 말려?'

속으로 이렇게 생각하던 궁절은 갑자기 원래의 자기 목적을 깨달았다.

"그렇다면 묵귀는 소인이 책임지고 찾아내겠습니다. 하지만 그를 말리는 건 옥주께서 맡아주셔야겠습니다. 아무래도 소인은 그와 몇 차례 싸운 적이 있는지라……."

"그런 염려는 말고 찾기나 하게! 화급을 다투는 일일세!"

"명을 받자옵니다!"

의외로 일이 쉽게 풀렸다고 궁절은 생각했다. 직접 묵귀를 찾아야 하는 것도 아니고, 천면요희만 찾으면 된다.

그 뒤는 상용이 맡겠다고 확실히 얘기했으니 즉각 움직이는 게 좋을 것 같았다.

그제야 제대로 된 예를 갖춘 후 궁절은 재빨리 방을 빠져나갔다.

2

‘대체 어디 있는 거야? 분명이 가까이 있는 것 같은데…….’

벌써 이각 동안이나 엽혈은 속을 태우며 묵귀를 찾았다.

다른 곳을 헤매는 것도 아니었다. 늘 은신해 있는 건청궁의 천장 위였다.

사실 건청궁은 넓다. 당연히 그 지붕도 넓을 수밖에 없고, 군데군데 칸막이로 구역이 나뉘어져 있어 사각지대도 존재했다.

하지만 그건 일반인들의 생각일 뿐이고, 엽혈 정도의 실수는 이 건청궁 지붕을 손바닥 들여다보듯 환하게 파악하고 있었다.

지금도 마찬가지다. 온몸의 신경을 곤두세워 은밀하게 움직이는 쥐 한 마리의 동태까지 감시하고 있었지만, 도저히 묵귀의 기척은 감지할 수 없었다.

‘혹시 몰래 노야차에게 간 거 아냐?’

지난번 사로잡았던 천면요희는 지금 노야차에게 맡겨져 치료를 받고 있는 중이었다.

그러나 엽혈은 고개를 가로저었다. 지금까지 묵귀가 말없이 자릴 비운 적은 단 한 번도 없었다. 심지어 볼일을 보러 갈 때조차 간다고 말하고 갔다.

경호라는 게 원래가 그래야 한다. 누군가 자릴 비운다면 그 구멍을 메울 수가 없게 된다.

묵귀는 누구보다 그 점을 잘 알았고, 지금까지 잘 지켜왔던 걸 새삼 깨지는 않을 터이다.

'그럼 도대체 어디 있는 거야?'

속으로부터 은근히 끓어오르던 짜증을 깨물어 삼키던 엽혈은 문득 한 가지 사실을 깨달았다.

'묵귀는 여기 있다!'

다만 자신이 그를 찾지 못하고 있을 뿐이다.

엽혈은 으스스한 한기가 엄습해 오는 걸 느꼈다. 같은 공간에 있으면서도 묵귀의 흔적을 찾지 못한다는 건 실수로서 그 능력 차이가 엄청나다는 얘기다.

'대체 이놈은 어디까지 가려는 걸까?'

노야차의 거래처에서 처음 묵귀를 만났을 때만 해도 자기와 별 차이가 없는 실력이었다.

그런데 같이 지내면서 그는 일취월장(日就月將)했다. 특별한 수련을 하는 것 같지도 않았는데 말이다.

"날 찾나?"

갑작스레 들려온 속삭임에 엽혈은 그 자리에서 펄쩍 뛰어오를 뻔했다.

그러나 그 목소리가 묵귀임을 알게 되자 놀란 가슴을 쓸어내렸다.

"대체 어딜 갔었어?"

"난 여기 쭉 있었어! 근데 왜?"

대수롭지 않게 대꾸한 묵귀는 역시 대수롭지 않게 되물었다.

"어떻게 할 거야? 제독부를 그렇게 발칵 뒤집어놓았으니 뭔가 대책이 있어야 될 거 아냐?"

"내가 황궁에서 나갈까?"

마치 기다렸다는 듯 묵귀가 반문을 던졌다.

'정말로 황궁을 빠져나갈 구실을 찾고 있는 건지도 모르겠군.'

실제로 묵귀의 말속에는 그런 바람이 강하게 묻어 나왔다.

"누가 나가래? 노야차라도 동원해서 어떻게든 무마해야 될 거 아냐? 연일 제독부의 군사들이 저렇게 설치고 다니니 신경이 쓰여서……."

정말이었다. 묵귀가 천면요희를 납치한 이후 그 흉수를 잡는다며 제독부의 군사들이 연일 황궁을 들쑤시고 다녔다.

그건 황제도 말릴 수 없었다. 제독부에 괴한이 뛰어들어 군사들을 상하게 했다는 건 황제 자신의 안전도 장담할 수 없기 때문이었다. 오히려 제독에게 전권을 주어 황궁의 경비를 강화하고 있는 입장이었다.

그게 엽혈로서는 죽을 맛이었다. 경계나 순시를 한다는 제독부의 군사들이 언제 역모의 무리로 돌변할지 알 수 없기 때문이었다.

"노야차에게 그만한 힘이 있나?"

낮게 속삭이는 묵귀의 어조는 조금 뒤틀려 있었다. 노야차라고 해봐야 제독부에 영향을 미칠 수 없다는 얘기이다.

엽혈은 할 말이 없었다. 답답한 마음에 노야차의 이름을 거론했지만, 그 방법이 소용없다는 건 잘 알고 있었다.

"제독을 죽여야겠다!"

이어진 묵귀의 말을 들었을 때, 엽혈은 어깨를 흠칫 떨었다.

"조심해. 그러다 들키겠어."

이 천장에는 없지만 제독부의 일 이후 황제 주변엔 그 어느 때보다 엄밀한 감시의 눈이 번뜩이고 있었다. 비록 엽혈의 움직임은 작았지만 들킬지도 모르는 일이었다.

하지만 방금 들었던 묵귀의 말은 그냥 간과할 수 없었다. 역모의 중심에 있는 제독을 죽이는 건 그리 어려운 일도 아니다.

문제는 그 다음이다. 지금도 제독부에 침입했던 괴한을 잡는다며 온 황궁이 들썩거리고 있는 지경이다. 제독이 죽는다면 그 강도는 더 심해지고, 그에 따라 걷잡을 수 없는 혼란도 생길 게 뻔하다.

'그때 만약 누군가가 황제를 노린다면?'

그 가능성이 존재한다는 것만으로도 목덜미가 선뜻해지는 엽혈이었다.

묵귀에게 있어 황제의 안위 따위는 그리 중요한 일이 아닐지도 모른다. 그의 모든 삶은 향지에게 꽂혀 있다고 해도 과언이 아니니까. 그녀만 안전하게 되면 다른 건 전혀 상관하지 않을지도 모른다.

그러나 그게 끝이 아니다. 일국의 제독이 살해되었다면 그 경위야 어떻든 황제의 입장에선 그 배후를 캐내지 않으면 안 된다. 온 나라의 추적을 받게 된다는 얘기다.

그때 가장 위협이 될 것은 당연히 노야차다. 지금은 동료라고 할 수 있지만, 그도 관인의 신분이다. 황제의 명을 어길 수 없을 테니 가장 앞장서서 자신들을 추적해 올 게 뻔하다.

그렇게 되면 정말이지, 서 있을 곳이 없다. 살수들의 생리를 누구보다 잘 아는 노야차인지라 언제라도 자신들을 찾아낼 테니 말이다.

"뭘 그리 긴장해? 농담해 본 거야."

'묵귀가 농담을?'

다시 묵귀의 말이 들렸을 때, 엽혈은 차라리 정신을 놔버리고 싶었다. 늘 어둠에 찌들어 있는 자에게 있어 농담이란 몸에 맞지 않는 옷과 마찬가지로 어울리지 않는 것이다.

어울리지 않는다는 건 위험하다는 말과 통한다. 특히 모든 일상이 자로 잰 듯 반듯해야 되는 살수들에게 그건 치명적인 요소가 되기도 한다.

하지만 그건 겉으로 표현할 일이 못 된다.

"정말 방법이 없어?"

어떻게든 제독부의 저 난리는 진정시켜야 된다. 조사를 한답시고 건청궁에 들이닥쳐 불쑥 황제라도 시해해 버린다면 눈 빤히 뜨고 당할 수밖에 없는 노릇이다.

"노야차에게 가봐. 내가 가보고 싶지만, 그건 반대겠지?"

이 경우 매달릴 수 있는 사람은 노야차밖에 없다는 건 묵귀도 잘 알고 있었다.

게다가 자신이 황궁을 빠져나가 노야차를 찾아가는 건 엽혈이 반대할 게 분명하다고 묵귀는 생각했다. 거기엔 천면요희도 같이 있으니까 말이다.

천면요희라는 이름을 떠올리자 묵귀의 가슴엔 새삼 살기가 스멀거렸다.

"진정해."

묵귀의 살기를 눈치챈 엽혈이 나직이 주의를 주었다.

"여기 있을 거지?"

신경에 거슬리는 제독부의 군사들 때문에 묵귀가 무슨 짓을 할지도 모른다는 염려 탓이었다.

"걱정 마라. 꼼짝도 않고 이 자릴 지키고 있을 테니."

말과 함께 가슴에 일렁거리고 있던 살기조차 지워 버리는 묵귀였다.

"그럼 난 이대로 나가서 노야차를 만나볼게. 그가 일하는 곳이……."

"그의 집으로 가서 기다려. 천면요희가 어떤지 알아보고 놈에게 향지가 어디 있는지도 물어봐. 그 문제로 두 번 다시 날 보고 싶지 않다면 너한테 대답하라고 해."

"아, 알았어."

대답하는 엽혈의 말이 조금 더듬거렸다. 향지가 소마에게 있다는 걸 알고 있는 그로선 그녀의 이름이 거론될 때마다 가슴이 켕기는 건 어쩔 수 없었다.

“소마를 어떻게 생각해?”

이렇게 묻지 않을 수 없었던 건 엽혈이 느끼고 있는 가책(呵責)의 또 다른 표현이었다.

“별 생각 없어.”

묵귀는 간단하게 흘려버리고 말았다.

설사 있더라도 말로 할 묵귀는 아니라고 엽혈은 생각했다. 또한 결코 좋은 쪽으로만 생각지 않는다는 것도 알고 있었다.

‘그런데 향지까지 그에게 있다는 걸 안다면……?’

묵귀는 무슨 짓을 벌일지 알 수 없다.

‘제기랄, 언제 말할 기회를 줘야 말을 하지.’

속으로 투덜거리며 엽혈은 조금씩 이동하기 시작했다. 지금 가봐야 노야차는 집에 없을 테지만, 그사이 천면요희를 심문해 볼 생각이었다. 그가 어느 정도 회복되었는지도 알아보고…….

여전히 형체없는 존재로 남은 묵귀는 사라지는 엽혈을 바라보았다.

묵귀는 한참 동안 움직이지 않았다. 벌써 엽혈이 간 지 한 시진이 넘었는 데도 말이다.

지금 묵귀는 한 가지 생각에 골똘히 사로잡혀 있었다.

‘여긴 내가 있을 곳이 아니다.’

자신은 오직 향지를 찾기 위해 철옥주의 제의를 받아들였다. 그리고 마침내 그녀를 찾게 되었다.

그런데 다시 정신을 차려보니 향지는 손에서 떠나 버렸고, 자신과는 전혀 상관 없는 일에 휘말려 황궁에 들어와 있는 자신을 발견했다. 이건 결코 자신이 원한 게 아니었다.

문득 묵귀는 구호 옥방에 있던 전대 묵귀를 떠올렸다. 자신에게 묵귀라는 이름을 물려주고, 그에 걸맞는 자유를 주기 위해 그는 기꺼이 죽었다. 자신이 이런 삶을 살기를 결코 바라지 않았을 거란 얘기다.

그렇다면 이 상황을 타개해야만 한다. 그게 바로 죽은 자를 위해서 산 자가 할 수 있는 일이기도 했다.

그걸 위해서 가장 먼저 해야 할 일은……?

'주근덕을 죽인다!'

자신이 향지로 인해 철옥이라는 사슬에 매이게 된 것도, 이 역모라는 엉뚱한 바람에 휩쓸리게 된 것도 따지고 보면 모두가 주근덕 때문이다. 그자만 죽여 버리면 이 모든 일을 끝낼 수도 있을 터이다.

물론 주근덕을 죽인 뒤에 밀어닥칠 파장이 얼마나 클 것인지는 충분히 알고 있다. 어쩌면 이 대륙을 떠나야 할지도 모른다.

하지만 그건 어디까지나 '다음'의 일이다. 향지와 함께라면 세상 끝에 가서 살아도 후회할 건 없었다.

묵귀는 다시 한 번 자신의 생각을 검토했다. 가장 우선적으로 고려되어야 할 사항은 향지였다.

그런데 그 향지가 어디 있는지 아는 게 분명한 천면요희가 지금 수중에 들어와 있다. 시간이 걸리더라도 반드시 그녀가 있는 곳을 알아낼 생각이었다.

'후후……'

돌연 묵귀는 속으로 웃었다. 자신이 주근덕을 죽이겠다는 대담한 계획을 세우게 된 것도 따지고 보면 향지를 안전하게 되찾을 수 있는 가능성을 발견한 탓이었다. 바로 천면요희 말이다.

다음엔 집요하게 이어질 추적을 끊어야만 한다. 주근덕을 죽이는 그 순간부터 지금까지 동료라고 여겼던 모든 자들이 적으로 돌아선다고 봐야 한다.

'어차피 각오했던 일이다.'

실수는 기본적으로 혼자서 행동한다. 부득불 누군가와 연관을 맺게 되더라도 일이 끝나면 그 일에 관련된 모든 자들을 제거해야 한다. 소위 '꼬리 자르기'다.

'너무 많군!'

그 꼬리 자르기의 대상자들을 꼽아보던 묵귀의 눈동자가 조금 더 어두워졌다. 일일이 제거할 수 없을 정도로 그 숫자가 많았다.

그렇다면 이 역시 방법을 강구해야 한다. 하나씩 해결하는 게 힘들면 한꺼번에 처리할 수 있는 방법을 말이다.

홀연 아무것도 없던 건청궁의 천장에서 묵귀의 형체가 서서히 드러났다.

묵귀는 천장에 등을 대고 편안히 누웠다. 지금부터는 정말 머리 아픈 생각과 방법들을 떠올려야 한다. 편안한 자세가 무엇보다 필요했다.

＊　　　＊　　　＊

그날 노야차는 입궐하지 않았다. 황궁에서 제법 멀리 떨어진 곳에 은밀히 마련해 둔 사저에서 그 역시 머리를 싸잡고 생각에 몰두하고 있었다.

'묵귀가 너무 크게 일을 벌였어.'

바로 이게 지금 노야차의 머리를 지끈거리게 만드는 일이었다.

실제로 묵귀가 제독부에서 천면요희를 납치해 간 일은 반황제파에게 마음대로 활개를 칠 수 있는 빌미를 제공했다. 당장 제독이 마음껏 군사력을 동원할 수 있게 만들었다.

'이 사태를 수습할 사람은 사례태감밖에 없는데, 그 역시 이번 사안에

대해선 할 말이 없을 테고······.'

다름 아닌 황궁 경호에 대한 일이었다. 제독부에만 국한된 일이 아니라는 얘기다. 황제가 신변의 위협을 느껴 제독에게 전권을 일임한 것도 무리는 아니었다.

'방법을 찾아야 한다, 방법을······.'

"대인, 손님이 오셨습니다!"

"손님이라니?"

자신의 생각을 자른 보고에 노야차는 의아한 표정을 지었다.

여기는 노야차가 극비리에 구입한 사저다. 아는 사람의 수는 극히 제한되어 손님이라 밝히고 방문을 할 만한 사람이 없다는 얘기다.

"누구시라더냐?"

어쨌든 손님이 왔다니 모른 척할 수는 없다. 일단 그 신분부터 물었다.

"소마라는, 어려 보이는 분이십니다."

"소마? 얼른 들라 이르라! 그래, 소마가 왔단 말이지?"

이 역시 노야차에겐 의외였다. 그렇지 않아도 소마를 찾아야겠다고 생각하던 차에 그가 먼저 찾아왔으니 반갑기도 하고 약간 섬뜩한 기분도 들었다.

"오랜만에 보네요. 잘 지냈나요?"

여전히 해사한 미소를 앞세운 소마가 안으로 들어서며 인사를 했다. 뒤에는 검로와 마로가 여전히 그림자처럼 따르고 있었다.

"어서 오게. 대체 어딜 가 있었나? 얼마나 찾았는데······."

"날 찾았다고요? 무슨 일이 있었나요?"

짐짓 놀랐다는 듯한 표정을 짓는 소마의 어조는 심각했다.

"다른 게 아닐세. 예비대를 구성해서 유사시를 대비해 줬으면 좋겠네."

이건 묵귀를 황궁에 들여보냈을 때부터 노야차가 생각했던 것이다. 제독이 설치고 다니는 요즘에 와서 그 필요성이 더욱 가중되었다.

"예비대?"

"일이 좀 급하게 전개될 것 같네."

"대체 무슨 일이 있었는지 얘기부터 해줘요! 그래야 뭘 하든 말든 하죠!"

서두르기만 하는 노야차에게 소마가 빼액 소리를 질렀다.

"아, 그렇군. 그게 어떻게 된 건가 하면 말일세. 며칠 전 묵귀가 제독부에서……."

천면요희를 납치해 와서 지금 황궁이 발칵 뒤집혔고, 제독이 설치는 품새가 금방이라도 일이 벌어질 것 같다고 노야차는 소마에게 설명해 주었다.

연신 눈빛을 번쩍거리며 소마는 노야차의 얘기를 끝까지 다 들었다.

"묵귀가 큰일을 저질렀네요."

근심 가득한 표정으로 소마가 노야차의 말에 맞장구를 쳤다.

하지만 속마음은 조금 달랐다.

'오길 정말 잘했군.'

너무 오랫동안 모습을 숨기고 있어서 그간의 사정이 궁금한 나머지 노야차를 찾았었고, 결국 이 사저까지 알아내 찾아온 길이었다.

그런데 오자마자 묵귀의 소식을 들으니 귀가 번쩍 트였다.

아니, 묵귀 때문이 아니었다. 천면요희란 말이 그의 전 신경을 사로잡았다.

게다가 노야차는 지금 자신과 천면요희의 관계를 모르고 있는 것 같았다. 엽혈이 아직은 비밀을 지키고 있다는 얘기이다.

"알았어요. 그럼 난 곧장 돌아가서 노야차의 말대로 예비대를 결성하겠어요.”

“그래 주겠나? 뭐 필요한 건 없고?”

노야차는 반색을 띠었다. 소마가 선선히 부탁을 들어주니 고맙기 그지 없었다.

“괜찮아요. 나도 필요한 건 다 있으니……. 그보다 천면요희를 한번 보고 싶어요.”

“천면요희를? 아무도 접근시키지 말라고 했는데…….”

생각지도 못했던 소마의 부탁에 노야차는 고개를 갸웃거리며 난감한 표정을 지었다.

“그냥 궁금해서 그래요. 대체 어떻게 생긴 사람인지…….”

“흐음!”

노야차는 침음성을 토했다. 처음 천면요희를 데려왔을 때, 엽혈은 분명히 경고했었다. 의생을 제외하곤 그 누구도 가까이 접근시키지 말라고.

그게 다른 사람의 경고라면 무시할 수 있을지 모른다. 묵귀의 입에서 나왔을 게 뻔하니 아무리 노야차라도 망설일 수밖에 없었다.

“에이, 그냥 얼굴만 한번 보자는 거예요. 얼굴 보고 난 곧바로 가서 예 비대를 준비할게요. 네?”

이럴 때의 소마는 영락없이 떼쓰는 소년에 불과했다.

“알겠네. 그럼 아랫사람들에게 안내를 하라고 해두겠네.”

“고마워요. 잠깐 얼굴만 보고 곧바로 갈게요.”

말하자마자 소마는 검로와 마로를 데리고 밖으로 나갔다.

‘일단 예비대 구성은 된 것 같고, 제독의 폭주를 막을 수 있는 구실을 찾아야 되는데…….’

소마가 나간 후로도 한참 동안 노야차의 생각은 이어졌다. 그만큼 절실한 문제였다.

　노야차가 다시 생각에서 깨어난 것은 하나의 속삭임이 들려왔을 때였다.

　"뭐 하고 있소?"

　그 소리에 놀란 노야차는 벌떡 몸을 일으켰다.

　"여, 엽혈인가?"

　"천면요희는?"

　"염려 말게, 단단히 감시하고 있으니. 의생의 말로는 상당히 좋아졌다고 하더군. 참, 소마가 잠깐 들러서 천면요희의 얼굴을 보겠다고 해서……."

　"소마? 언제 왔었소?"

　목소리가 다급해진 엽혈은 은신하고 있던 모습까지 드러내며 물었다.

　"글쎄, 한 시진 정도 된 거 같은데……."

　"갑시다!"

　그 말을 듣자마자 엽혈은 먼저 몸을 돌려 방을 빠져나갔다.

　엽혈의 불안은 그대로 맞아떨어졌다. 천면요희를 지키던 무사들은 모두 피살되었고, 의생도 혈도를 짚여 혼절한 모습으로 발견되었던 것이다.

　그리고 천면요희의 모습은 어디에도 찾아볼 수 없었다.

3

묵귀가 움직이기 시작한 건 인시(寅時) 중간 무렵이었다.

이 시간이면 아무리 제독이라도 군사들을 동원해 황궁을 헤집고 다니지 못할 터이다.

'한 시진 내에 해치워야 한다!'

주근덕을 죽이기까지 자신이 사용할 수 있는 시각을 가늠한 것이었다.

시간이 촉박했다. 무엇보다 주근덕이 피살된 게 아니라 자연사처럼 보여야 하기에 무엇보다 어려웠다.

그래도 해야만 한다. 이 황궁 안에서 역모의 무리들이 일을 일으킬 때까지 마냥 기다릴 순 없는 노릇이다.

스릇!

천장에 반듯하게 누워 있던 묵귀의 신형이 홀연히 사라져 버렸다.

그리고 그의 모습이 다시 보인 건 황제의 침소로 사용되는 교태전 지붕 위였다.

'좋은 날씨군.'

사방은 자욱한 물안개 천지였다. 은밀하고 신속하게 움직이는 데는 그만이었다.

묵귀의 시선이 한차례 아래로 향했다. 바로 이 지붕 밑에서 대륙의 절대 권력자인 황제가 잠들어 있다.

그리고 자신은 그 경호를 맡았다. 비록 파면인이나 금의위가 호위하고 있다지만 이렇게 자리를 비우는 건 맘이 편치 않았다.

'엽혈은 왜 오지 않았을까?

노야차에게 보냈던 엽혈은 지금까지 돌아오지 않고 있었다.

엽혈이 이대로 몸을 빼서 사라졌다고는 생각지 않았다.

아니, 설사 그렇게 했다고 해도 괜찮다고 여겼다. 오히려 아주 먼 곳까지 가서 두 번 다시 만나지 않았으면 싶었다. 이 일이 끝나고 향지만 무사히 되찾게 되면 서로가 서로의 목숨을 노리는 사이가 될지도 모르니까 말이다.

'한 시진 정도는 괜찮겠지.'

그 정도라면 파면인들이나 금의위에서 별일 없이 황제를 지킬 수 있을 터이다.

쓰웃!

묵귀의 신형이 교태전 지붕 위에서 길게 끌리기 시작했다.

그리고 막 사라지려는 찰나,

푸드득!

야조(夜鳥) 한 마리가 그를 향해 정면으로 날아들었다.

더욱 놀라운 건 그 야조가 입이 있어 말을 한다는 것이었다.

"기다려, 묵귀."

엽혈의 목소리였다. 밤새라고 여겼던 형체는 그가 급하게 날아드는 모습이 그렇게 보였을 뿐이다.

그 바람에 사라지려던 묵귀의 형체가 다시 선명하게 드러났다.

"어딜 가려는지 모르겠지만 내 말부터 먼저 들어. 천면요희가 사라졌다."

"뭐?"

다급하게 반문해 놓고 묵귀는 재빨리 자신의 입을 손으로 막았다. 소리가 너무 컸던 것이다.

"어떻게 된 거야?"

다시 질문하는 묵귀의 목소리는 스산하게 깔렸다. 벽돌을 서로 비비는 듯한 마찰음도 섞여 있었다.

"소마다. 소마가 감시원들을 죽이고 천면요희를 빼내갔어."

"소마가?"

묵귀의 검은 동공에 자욱한 의문이 서렸다. 평소 소마가 영악한 짓을 많이 해서 좋은 감정은 아니었지만, 애써 잡은 천면요희를 빼돌릴 정도는 아니었다. 그것도 노야차가 붙여둔 감시원까지 죽이면서…….

"그 흔적은 쫓아봤나?"

엽혈이 이 시간에야 돌아온 걸 보면 분명 어느 정도 조사를 했으리라 짐작하고서 던진 묵귀의 질문이었다.

"북경을 빠져나간 것 같아. 성밖으로 나가서는 놓쳐 버렸어."

잔뜩 일그러진 표정으로 엽혈은 고개를 저었다. 그 속에는 실수의 구겨진 자존심도 섞여 있었다. 흔적을 추적해서 대상을 제거하는 것도 살수의 능력을 가늠하는 척도 중 하나니까 말이다.

하지만 묵귀는 이해할 수 있었다. 어리지만 어른 서너 명을 합친 것보다 더 영악한 소마의 뒤를 쫓는 건 그리 쉬운 일이 아닐 터이다.

어쩌면 북경을 빠져나갔다는 것도 조작된 흔적에 엽혈이 속은 건지도 모른다.

부득이 묵귀는 오늘의 계획을 수정해야만 했다.

"가보자."

주근덕을 죽이는 건 언제든 할 수 있는 일이다.

그러나 천면요희를 놓치면 언제 다시 향지를 찾을 수 있을지 알 수 없다. 최대한 빨리 소마가 남기고 갔을 흔적을 쫓아야만 한다.

"잠깐 기다려."

"넌 여기 남아. 나 혼자 가겠다."

자신을 제지하는 이유가 황제의 안전 때문이라고 생각한 묵귀는 재빨리 말한 후 그 형체를 흐렸다.

"그게 아냐. 내 말을 들어봐."

다급해진 엽혈은 묵귀의 어깨를 움켜쥐었다. 어쩌면 칼이 날아올지 모르는 상황이었지만 어쩔 수 없었다.

확실히 묵귀는 화가 난 것 같았다. 동공 속의 어둠이 크게 출렁이며 몸 전체가 여린 떨림을 보였다.

"향지는 소마가 데리고 있어."

이렇게 얘기할 수밖에 없는 엽혈이었다. 그렇지 않으면 정말 묵귀가 공격을 감행해 올 것 같아서였다.

하지만 방금 이 한마디가 묵귀에게 던진 충격은 엄청나게 컸다.

"다시, 다시 한 번 얘기해 봐! 향지가 어떻다고?"

말까지 조금 더듬으며 묵귀는 엽혈의 멱살을 거칠게 거머쥐었다.

"들은 그대로다. 지난번 소마가 천면요희에게 잡혔다는 건 사실 속임수였어. 그렇게 향지를 빼낸 것 같더군."

"알면서……!"

목소리가 생각 이상으로 크게 나와 묵귀는 황급히 입을 닫았다.

그러나 그 질문 자체가 없어진 건 아니었다.

"알면서 왜 지금까지 얘기하지 않았나?"

이 말속에 실린 스산한 살기에 엽혈은 자신도 모르게 몸이 떨렸다.

그러나 이미 시작된 얘기다. 여기서 확실한 매듭을 지어야 한다.

"말을 꺼낼 기회가 없었어. 사실 내 나름대로는 향지를 넘겨받으려고 시도도 해보았고……."

"그걸 말이라고 하는 거야?"

"그리 나쁠 것도 없잖아? 천면요희에게 있는 것보다는 소마에게 있는 게 더 안전하고, 또 소마도 향지를 너에게 돌려주려고 생각 중이야."

그 말에 묵귀는 잠시 할 말을 잃었다. 감정상으론 도저히 용납하기 힘들었지만 이성적으로 생각하면 엽혈의 말도 틀린 게 아니었다.

"어쨌든 노야차에게 가봐야겠어."

"같이 가자."

엽혈이 따라나서려고 했을 때, 벌써 묵귀의 신형은 사라지고 없었다.

노야차는 날밤을 꼬박 새웠다. 천면요희를 소마에게 도둑(?) 맞았으니 당연한 일인지도 몰랐다.

그러나 이제 곧 날이 밝을 터, 조금이라도 눈을 붙여야 한다.

무거운 몸을 이끌고 침소로 가는 노야차의 귀에 다시 가슴이 철렁 내려앉는 소리가 들렸다.

"대인, 손님이 오셨습니다!"

"손님? 손님이라고? 이 새벽에?"

손님이라는 말이 정말이지, 커다란 망치가 되어 노야차의 머리를 강타했다. 소마도 손님으로 오지 않았던가 말이다.

"이, 이번엔 대체 누, 누구라더냐?"

"장호량이라고, 웅산부의 포두라고 그 신분을 밝혔습니다만… 아무래도 공무로 온 것 같아 안으로 맞아들였습니다. 어떻게 하오리까?"

수하가 물었지만 노야차는 선뜻 대답하지 못했다. 소마도 그처럼 믿었다가 뒤통수를 맞았으니 장호량이라고 해서 의심이 안 가는 건 아니었다.

"오라고 해."

이 속삭임이 들렸을 땐 노야차는 정말로 펄쩍 뛰어올랐다. 바로 귀 뒤에서 들려왔기 때문이다.

노야차는 재빨리 몸을 돌렸다. 촛불의 밝음이 미치지 않는 그늘 속에 묵귀가 서 있었다.

"이, 이보게. 그, 그게 소마가 와서……."

노야차는 두서없이 중얼거렸다. 묵귀가 여기에 온 건 뻔하다. 천면요희를 놓친 걸 문책하러 온 것일 터이다.

그래서 황급히 변명부터 늘어놓은 것이다. 밖의 수하가 들을세라 목소리를 한껏 낮춘 상태로 말이다.

"일단 그들부터 들어오라고 해."

비록 관인이라고는 하지만 장호량을 피할 이유가 없는 묵귀였다.

게다가 장호량이 왔다면 엽군영과 설염봉도 같이 왔을 공산이 크다.

'모두 모이는 거다.'

이게 묵귀가 염두에 두고 있는 것이었다.

어차피 한번은 서로가 칼을 겨눠야 한다. 자신에 대해 알고 있는 자들은 동료든 적이든 살려둘 수 없다.

결코 비정한 건 아니었다. 묵귀뿐만이 아니라 다른 모든 살수들도 지키고 있는 철칙이니까 말이다.

"여보게, 내 말을 들었는가? 소마가 와서 천면요희를……."

"알아!"

묵귀는 노야차의 말을 잘랐다. 그러면서 천천히 움직여 탁자에 가 앉았다.

그 뒤를 이어 퍽 하는 소리라도 낼 듯한 기세로 엽혈도 실내에 모습을 보였다.

"아니, 자네들?"

엽혈의 등장을 보는 노야차의 얼굴엔 놀람과 노여움이 동시에 나타났다.

이건 천면요희를 잃어 미안한 것과는 별개의 문제였다. 황제의 신변을 지키고 있어야 될 사람들이 모두 몰려왔으니 관인으로서 용납할 수 없는 문제였다.

그러나 누구도 노야차의 반응엔 신경 쓰지 않았다. 묵귀의 정신은 온

통 향지에게 꽂혀 있을 게 뻔하고, 엽혈은 묵귀의 눈치를 살피느라 바빴
다.

더 이상 얘기해 봐야 아무 소용 없다는 걸 깨달은 노야차는 밖을 향해
버럭 고함을 질렀다.

"손님을 이리 모셔오너라!"

그렇게 한차례 고함을 지르고 나자, 비로소 노야차는 아랫배에 힘이
들어가는 게 느껴졌다.

"소마는 어디에 머물고 있다고 하던가?"

어느 정도 안정을 되찾은 표정으로 탁자 맞은편에 앉는 노야차에게 묵
귀가 나직이 물었다.

"그, 그건……."

간신히 안정을 되찾았다 싶었던 노야차의 얼굴이 다시 당혹감으로 물
들어갔다. 소마에게 미처 그걸 물어보지 않았던 걸 기억해 낸 탓이었다.

"하긴 물어봤어도 제대로 대답해 줬을 소마도 아니지."

묵귀는 더 이상 그 문제는 추궁하지 않았다. 말처럼 소마가 얼마나 영
악한지 잘 알기 때문이었다.

"최선을 다해 소마를 찾겠네. 그렇게 날 감쪽같이 속일 줄이야……."

"당신은 죽었다 깨어나도 못 찾아. 찾는 건 내가 알아서할 테니 당신
은 황궁 내의 소란이나 진정시킬 방도를 강구해."

묵귀의 어조는 여전히 차가웠지만 노야차는 한숨 돌릴 수 있었다. 만
약 묵귀가 계속해서 소마의 문제를 물고늘어졌다면 정말이지, 숨이 막혔
을지도 몰랐다.

밖에서 발자국 소리가 들리자 노야차가 재빨리 문을 열고 밖으로 나갔
다. 혹시라도 수하들이 방까지 들어올까 싶어서였다.

밖에서 물러가라는 노야차의 목소리가 들린다 싶더니 장호량을 필두

로 엽군영과 설염봉이 안으로 들어왔다.

"어? 다들 모여 있네? 우리가 올 걸 알고 있었나?"

묵귀와 엽혈까지 방에 같이 있는 걸 확인한 장호량이 의외란 듯 목소리를 조금 높였다.

"좋아 보이는군."

장호량에겐 일별도 주지 않고 묵귀는 엽군영에게 아는 척을 했다.

엽군영은 심한 부상을 당한 채 떠났을 때보다 오히려 더욱 여위어 있었다.

그런데도 묵귀의 눈에는 엽군영을 처음 만났을 때보다 더 좋게 보였다.

"푹 쉬었으니까. 자네야말로 정말 좋아졌구먼. 피부색도 많이 돌아온 것 같고……."

장호량도 묵귀에게 인사를 건넸다.

그의 말도 그리 틀린 건 아니었다. 피부색이 많이 돌아온 건 아니지만 확실히 전보다는 더 하얗게 변했고, 무공 역시 늘었다는 걸 한눈에 알아볼 수 있었다.

"나도 별일이 없었으니까. 조금 전까지는."

말을 하면서 묵귀는 노야차를 흘낏 노려보았다. 말은 하지 않았지만 소마에게 속은 걸 책망하는 눈길이었다.

"왜? 대체 무슨 일이 있었나?"

그제야 분위기가 어색하다는 걸 눈치챈 장호량이 궁금하다는 표정으로 물었다.

"소마……."

엽혈의 입에서 나직한 목소리가 새어 나왔다. 그 역시 지금의 묵귀 앞에선 할 말이 별로 없었다.

“소마? 소마가 왜? 향양점에 있을 때 그가 각별히 신경을 썼는지 아주 편하게 지내다 왔네만……. 뭐, 수상쩍은 점은 한두 가지가 아니었지만.”

장호량의 입장에선 충분히 할 수 있는 말이었다. 어쨌든 그는 지금까지 향양점에서 신세를 지고 있었으니까 말이다.

그러나 이어진 묵귀의 말에 장호량은 물론 엽군영과 설염봉의 표정이 딱딱하게 굳어지고 말았다.

“그놈을 잡아! 수단을 방법을 가리지 말고 최대한 빨리!”

묵귀의 마지막 말은 엽혈을 향한 것이었다. 그에게 다른 사람들을 이끌고 소마를 찾으라는 의미였다.

“황제는?”

소마를 찾으라고 시켰다고 해서 황궁으로 돌아가 황제를 지킬 묵귀가 아니었다. 그 점을 잘 아는 엽혈이 재빨리 묻는 것도 당연한 일이었다.

“이제 황궁으로 돌아가는 일은 없을 거야. 앞으로 황궁에서 어떤 일이 발생하든 그건 노야차가 알아서 무마해야 될 거야.”

묵직한 묵귀의 말에 다들 할 말을 잃었다.

단순히 분위기에 눌린 탓만은 아니었다. 그가 무슨 말을 하는지 얼핏 알아들을 수 없었기 때문이다.

“날이 밝으면 다들 알게 될 거야.”

말을 맺으며 묵귀는 몸을 일으켰다. 이젠 밤새 세웠던 계획을 실행해야 될 시간이었다.

솔직히 시간이 너무 촉박했다. 이제 곧 날이 샐 터, 실제로 움직일 수 있는 시간은 별로 없었다.

그건 그대로 좋다고 묵귀는 생각했다. 날이 밝으면 밝는 대로의 방법을 강구하면 되니까 말이다.

“대체 무슨 짓을 하려는 거야?”

엽혈이 묵귀의 앞을 막아서며 물었다. 가뜩이나 모든 상황이 복잡하기만 한 요즘이다. 묵귀가 일을 더 만든다면 감당할 수 없게 될지도 모른다.

“넌 소마나 찾아.”

한마디 더 던진 후 묵귀는 엽혈을 지나쳐 문으로 향했다.

“향지는… 아직 안전한가요?”

설염봉이었다. 묵귀가 문을 빠져나가기 직전 질문을 던졌다.

“나도 그렇게 믿고 있소. 만약 아니라면…….”

차마 더 이상은 말하지 못하겠다는 듯 묵귀는 입을 닫았다.

하지만 그 순간 그의 전신에 솟구친 엄청난 기세의 살기는 그의 마음을 여실히 대변해 주고 있었다.

묵귀는 그대로 문을 열고 밖으로 나갔다. 그리고는 곧장 사라져 버렸다.

“빨리 따라가 보게. 빨리!”

사람들 중에서 그나마 묵귀의 흔적을 따라갈 수 있는 사람은 엽혈뿐이었다.

노야차의 말에 따라 그 역시 사람들의 시야 속에서 재빨리 사라졌다.

第四十三章

제거(除去)

1

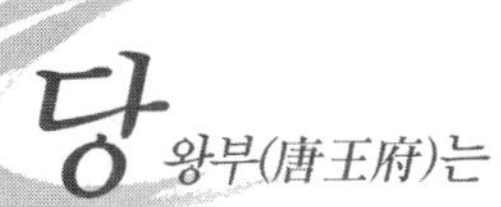

당 왕부(唐王府)는

이제 막 잠에서 깨어나기 시작했다.

그렇다고 날이 훤하게 밝은 건 아니었다. 새벽이라고는 하지만 아직 밝아지려면 좀더 있어야만 할 시각이었다.

당왕의 전용 마부인 장이(張二)는 오늘도 어제와 같은 시각에 마구간으로 갔다. 바야흐로 그의 하루가 시작되려는 참이었다.

마구간에 도착한 장이가 가장 먼저 한 일은 즐비하게 준비되어 있는 유등에 불을 켜는 것이었다.

그 많은 유등 중 절반 정도 불을 켜자 겨우 마구간에 있던 어둠이 어느 정도 비켜섰다.

이제 간신히 사물을 분간할 수 있게 된 장이는 주변을 둘러보았다. 이 역시 그의 버릇 중 하나였다.

하지만 오늘 장이는 자기의 그 해묵은 버릇을 원망하고야 말았다. 채

물러가지 않은 마구간 속의 어둠이 꿈틀꿈틀 살아 움직이는 걸 본 사람이라면 누구나 그렇듯이 말이다.

게다가 장이가 본 건 그게 다가 아니었다. 꿈틀거리던 어둠이 어느 순간 화악 솟구쳐 올라 자신을 곧장 뒤덮어왔다.

"아으으옹!"

기묘한 신음성을 토하며 장이는 그대로 혼절해 버리고 말았다.

장이가 혼절하자 넓게 확산되었던 어둠이 서서히 응축되기 시작했다.

이윽고 그 어둠은 사람의 형체를 띠기 시작했고, 종내는 묵귀의 모습이 되었다.

묵귀는 쓰러진 장이를 내려다보았다. 바닥에 짚과 건초가 수북히 쌓여 있어 넘어지면서 다친 것 같지는 않았다.

히히히힝! 푸르륵! 푸륵!

말들이 연신 투레질을 해댔다. 낯선 묵귀의 존재를 동물적 감각으로 알아채고 거부감을 표시하는 것이리라.

하지만 그건 단순한 말의 감정일 뿐, 묵귀는 이 말들에게 볼일이 있었다.

그는 재빨리 말의 숫자를 헤아렸다.

'스무 필!'

과연 왕부(王府)답게 고르고 고른 준마만 스무 필이었다.

재빨리 말이 있는 곳으로 뛰어든 묵귀는 그 말들의 앞다리를 한번씩 쓰다듬었다.

끼히히히힝!

말들이 놀라 날뛰었지만 그건 잠시일 뿐이었다. 한 바퀴를 돈 묵귀가 다시 장이 앞에 섰을 땐 말들도 진정한 듯 조용해졌다.

묵귀는 장이의 뇌해혈을 손가락을 슬쩍 찔렀다. 그리고는 다시 어둠에 동화되어 사라져 버렸다.

"으응……."

역시 기묘한 신음성과 함께 장이가 깨어났다.

"허억!"

정신이 들자마자 장이는 화들짝 놀라 일어서며 주변을 두리번거렸다. 혼절하기 직전에 어둠이 자신에게 덮쳤던 기억을 떠올린 탓이었다.

아직도 마구간 안은 어두웠다. 유등이 흔들릴 때마다 드리워져 있는 어둠도 같이 출렁거렸다.

단지 그뿐이었다. 조금 전처럼 어둠이 덤비거나 하는 일은 없었다.

'내가 헛것을 보았나?'

그렇게 생각할 수밖에 없었다. 어둠이 덮쳤다고 다른 사람에게 얘기한다면 틀림없이 미친놈 취급을 당할 게 분명했다.

장이는 얼른 말들을 살펴보았다. 아무 이상 없는 것 같았다.

'그럼 됐지, 뭐!'

좋은 게 좋은 거다. 별일이 없었다면 아무렇지도 않게 하루를 시작하는 게 좋은 것이다.

장이는 곧바로 오늘 마차를 끌 말들을 손질하기 시작했다.

묵귀는 멀리 가지 않았다. 당왕부에서 황궁으로 이르는 길의 중간쯤에서 쭈그리고 앉아 청석판(靑石板)을 들어내고 있었다.

조금 전에 말 다리를 만진 것만큼이나 이 일도 중요했다.

이윽고 일을 끝낸 묵귀는 바로 옆 담장 위에 올라가 길게 누웠다. 단지 그것만으로도 그의 모습은 보이지 않게 되었다.

안개가 눅눅하게 옷과 피부를 적셨다.

'이 정도 안개라면…….'

적어도 사시(巳時)는 되어야 완전히 걷힐 것 같았다. 그만큼 묵귀가 자유로이 움직일 수 있는 시간이 길어진다는 의미였다.

게다가 그 전에 당왕 주근덕은 입궐을 할 게 틀림없다. 생애 마지막이
될 입궐을 말이다.

묵귀는 눈을 감았다. 아무리 강철 같은 체력을 지녔다고 해도 며칠 밤을
긴장 속에서 보낸 피로가 안개처럼 끈적하게 들러붙어 육신을 무겁게 했다.

그러나 정신만은 그 어느 때보다 또렷하니 맑았다. 무엇보다 향지가
소마에게 있다는 새로운 소식이 그의 신경 끈을 바짝 당기게 만들었다.

'향지…….'

언제나 그 이름은 묵귀의 가슴을 아리게 만들었다. 이제는 꽁꽁 얼어
버려 더 이상은 피가 돌지 않을 것 같은 혈관까지도 훈훈하게 녹여주는
존재였다.

그런데 그녀가 소마의 수중에 떨어졌다. 어떤 짓을 할지 종잡을 수 없
는 아이였기에 묵귀의 입술은 더욱 바짝 타 들어갔다.

'서두르지 말자.'

지금 당장 소마를 찾아 나선다고 해서 단시간 내에 찾는다는 보장은
없다.

아니, 어쩌면 영영 찾을 수 없을지도 모른다. 소마는 그 정도는 충분히
할 수 있는 능력을 갖고 있다. 당장 향양점으로 돌아가 서역이나, 아니면
서방의 다른 나라로 사라져 버릴 수도 있다.

흔히 세상 끝까지라도 찾아간다란 말을 자주 한다.

그러나 막상 그렇게 했다는 사람에 대한 얘기는 들은 기억이 없다. 그
처럼 어렵고 힘들다는 소리일 게다.

요컨대 일단 한번 숨어버린 소마는 그만큼 찾기 힘들다는 얘기다. 비
록 엽혈 등을 시켜 찾으라고 했지만 별로 기대할 바가 못 된다.

그래서 묵귀는 지금 자신이 하고자 하는 일에 대해 후회가 없었다. 화

근의 뿌리를 자르는 의미도 있고, 또 지금 맞닥뜨리고 있는 상황에 변화를 줄 수도 있을 터이다.

'그러면 소마도 꼬릴 드러내겠지.'

이게 소마를 잡기 위한 최선의 방법이 될 것이다. 상황이 변하면 어떻게든 그도 움직일 게고, 그러면 찾기도 쉬워질 게다.

해가 떴다. 아직은 짙은 안개에 가려 희뿌연 유등처럼 빛나지만 지금부턴 급속히 안개가 걷힐 것이다.

그러나 시간은 충분했다. 이제 곧 주근덕이 입궐하기 위해 이 길을 지나갈 테니까 말이다.

'그게 누군가에겐 끝이겠지만 내겐 시작이지.'

향지를 찾기 위한 새로운 시작이라고 묵귀는 생각했다. 두 번 다시 그녀를 놓치지 않기 위한 것이기도 하고…….

"물렀거라! 당왕 전하(唐王殿下)의 행차시다! 길을 비켜라!"

얼마 지나지 않아 호종꾼들의 시윗 소리가 들렸다. 길엔 아무도 없음에도 불구하고 위용을 보이기 위함이었다.

'좀 빠르군.'

이건 묵귀가 예상했던 것보다 빠른 입궐이었다.

그 역시 별 상관 없는 문제였다. 이제부터 죽어갈 자에겐 상관이 있겠지만 말이다.

생각만 열심히 하고 있을 뿐 묵귀는 꼼짝도 하지 않았다.

이윽고 호종꾼들이 묵귀가 누운 담장 아래로 지나갔고, 달그락거리는 마차 소리가 가볍게 들려왔다.

묵귀의 전신이 저릿해지기 시작했다.

긴장은 아니었다. 그저 곧 해야 할 일에 대한 준비 과정일 따름이었다.

따각따각!

두근두근!

묵귀의 심장이 말발굽 소리와 더불어 뛰기 시작했다. 이건 거리와 시각을 조절하는 것이었다.

돌연 묵귀의 손이 착명조를 꽉 움켜쥐었다. 담장 위에서 뛰어내리기 직전이었다.

"아뢰오!"

만약 이런 고함이 없었다면 묵귀의 신형은 벌써 허공에 매달려 있었을 터이다.

'노야차?'

그랬다. 방금 들었던 고함은 분명 노야차의 것이었다. 결코 이 자리에서 들으리라곤 생각지도 못했던……

"웬놈이 감히 당왕 전하의 행차에 끼어 난동을 부리고 있는 것이냐? 썩 물럿거라!"

그 호통과 함께 병사들이 우르르 몰려가 노야차를 제압했다.

물론 무공만으로 따진다면 그들 전부가 달려들어도 노야차를 제압하지 못할 터이다.

하지만 상대는 당금 황제의 숙부인 당왕이다. 아무리 날고 기는 고수라 해도 순순히 포박을 받을 수밖에 없었다.

"전하, 행차를 되돌려 주시옵소서!"

병사들에 의해 강제로 땅에 무릎 꿇려 앉으면서도 노야차는 연신 소릴 질렀다.

"잠깐 기다려라. 그대는 도찰원에 소속된 감찰어사가 아니더냐?"

당왕 주근덕은 마차에 난 창으로 바깥의 상황을 모두 본 모양이었다. 대뜸 노야차를 알아보며 병사들을 제지했다.

"어인 연고로 과인의 등청 길을 막았는고?"

길을 가로막은 자의 신분을 확인한 주근덕의 어조는 침착했다.

"새벽에 긴급한 첩보 하나가 도찰원에 입수되었나이다! 오늘 당왕 전하의 등청을 노려 괴한이 습격할 것이라는 내용이었나이다! 하니, 오늘 하루는 당왕부에 머물러 주심이 가한 줄 아뢰오!"

"뭣이? 괴한이 과인을 노린다고?"

주근덕의 음성이 경악으로 높아졌다.

"대체, 대체 과인을 노린다는 그 괴한의 정체는 뭐라더냐? 어느 놈이 감히?"

"거기까지는 파악하지 못하고 있사옵니다. 하지만 총력을 기울여 놈들을 색출해 낼 터이니 그때까지만 병을 가장하시어 등청을 삼가시기를!"

그 말을 고스란히 듣고 있는 묵귀의 눈동자에선 어둠이 출렁거렸다.

'어쩔 수 없는 관인이었나, 노야차?'

대체 노야차가 무슨 생각으로 자신의 결행을 가로막았는지는 알 수 없는 묵귀였다.

그러나 한 가지 분명한 건 이건 결코 실수가 일을 해결하는 방법이 아니라는 것이었다.

이 점이 묵귀는 답답했다. 당왕이 역모를 꾀하고 있다는 건 노야차도 익히 아는 점이다. 일거에 그 싹을 잘라 버리는 게 도찰원 감찰어사로서의 의무이기도 할 터이다. 이렇게 막을 일이 결코 아니었다.

어쨌든 그 후로 병사들은 마차를 엄중히 경계하며 서서히 물러서기 시작했다. 개중에는 위급을 알리는 호각을 꺼내 부는 자도 있었다.

묵귀는 착명조를 쥔 손에 새삼 힘을 가했다. 저 정도 병사와 노야차가 있다고 해서 당왕을 죽이려는 자신을 막지는 못한다.

하지만 일말의 망설임도 없지 않았다. 지난번 제독부를 발칵 뒤집은 적도 있어 북경 내의 감시와 경계가 최대한 발동되고 있는 중이다.

그런데 여기서 당왕까지 죽인다면 일은 걷잡을 수 없이 커지고 만다. 어쩌면 소마에게 향지를 찾아오기도 전에 나라에서 동원한 전군(全軍)과 싸워야 될지도 모른다.

'지금 일을 벌인다면 노야차까지 베어야 될 테지.'

그 생각을 떠올리고 있을 때, 갑자기 사방이 부산스러워졌다. 조금 전 주근덕을 호위하던 병사들이 분 호각에 호응하여 몰려드는 관병들일 터이다.

이제 묵귀는 결정을 내려야만 했다. 여기서 주근덕을 치든, 아니면 다음 기회를 노리든…….

문제는 상대가 당금 황제의 숙부인 당왕이란 점이었다. '다음'이라고는 하지만 그사이 어떤 변수가 생길지도 모른다.

또 한 가지는 황제를 경호하겠다는 약속이었다. 황제가 죽든 말든 상관없지만 스스로 뱉은 말을 지키는 일은 중요하다. 살수들에게 있어 약속이란 목숨처럼 지켜져야 하는 것이기 때문이다.

그렇다면 여기서 당왕을 죽여 황제의 목숨을 노리는 화근을 끊어버려야 한다. 이후 황제를 경호할 필요가 없게끔 말이다.

일단 한번 내린 결정은 즉각 실행에 옮기는 묵귀였다.

반짝!

착명조 날 끝이 유난히 번뜩이는 것 같았다. 아침 햇살은 여전히 안개에 가려 있지만.

스릇!

의지하고 있던 담장에서 묵귀는 몸을 띄웠다. 처음에 계획했던 자연스런 죽음처럼 보이진 않겠지만 어쨌든 주근덕은 지금 죽여야만 한다.

씨이웃!

날카로운 파공성과 함께 착명조의 예리한 날이 횡으로 길게 그어졌다.

순간 안개가 마치 입을 벌린 것처럼 쩍 갈라진 틈을 보였다.

하지만 그건 이내 다시 닫혀 버렸다. 같은 안개에 의한 것이었지만 피에 젖어 시뻘겋게 변한 혈무(血霧)였다.

"으어어억!"

비명은 주근덕의 입에서 터진 것이었다. 자신들의 피로 안개를 물들인 병사들은 그 짧은 소리 하나 내지 못했다.

"그만! 그만둬!"

이건 노야차의 입에서 나온 말이었다. 다른 말을 했다가는 묵귀와 자신이 아는 사이란 게 들킬 것 같아서였다.

물론 그게 묵귀의 행동을 멈추게 할 순 없다는 것은 노야차 자신이 가장 잘 알고 있었다.

아는 이상 망설이지 않고 마차를 가로막으며 두 주먹을 힘껏 앞으로 내질렀다.

구웅!

마치 거대한 종이 공명하는 듯한 소리가 노야차의 내밀어진 주먹 끝에서 터져 나왔다. 그가 가장 자신있게 펼치는 무공 중 하나인 철포권(鐵砲拳)이었다.

그러나 묵귀의 이형분신은 빨라도 너무 빨랐다. 노야차의 철포권이 미처 완전히 펼쳐지기도 전에 착명조는 벌써 마차를 쪼개기 위해 꽂혀들고 있었다.

물론 그땐 벌써 묵귀의 신형이 노야차의 등 뒤에 있는 상태였다.

'아뿔싸!'

늦었다고 생각한 순간 노야차는 그대로 몸을 돌려 마차로 뛰어들었다. 묵귀의 착명조를 몸으로라도 막을 작정이었다.

그렇다고 무턱대고 몸으로만 막겠다는 건 아니었다. 이왕 주먹 끝에 모은 철포권의 힘을 그대로 마차 천장을 향해 쏘아댔다.

쿠웅! 파아앗!

둔중한 굉음과 함께 마차의 지붕이 산산조각 나버렸다. 그리고 그 사이로 쏟아져 들어오는 검은 빛줄기!

바로 흑월강의 편린이었다.

질끈!

노야차의 눈이 저절로 감겼다. 차마 자신은 베지 못할 것이라는 생각이 아주 조금은 있었기에 감행한 육탄 방어였다.

그게 오산이었다. 이미 묵귀는 자신까지 벨 각오를 세웠다는 걸 노야차는 그제야 깨달았다.

먼저 허벅지, 다음엔 옆구리에 불에 달군 인두로 지지는 듯한 통증이 찾아들었다.

꽈악!

동시에 노야차는 입을 다물어 가슴까지 치밀어 오른 비명을 삼켰다. 적어도 최후는 당당하게 맞고 싶어서였다.

"키에에엑!"

거대한 손으로 사람의 몸통을 거칠게 쥐어 짠다면 바로 저런 소리가 날 터이다.

황제의 숙부로서 그 자신이 황제가 되려던 야심에 사로잡혀 있던 당왕 주근덕이 생애 마지막에 할 수 있었던 유일한 행동이었다.

그 비명이 그대로 고스란히 귀에 전해져 노야차는 의혹에 사로잡혔다.

'아직 죽지 않았나?

여전히 자신이 살아 있으니 당왕의 비명도 들렸을 터. 그 점이 노야차는 이해되지 않았다.

지금껏 묵귀가 펼치는 흑월강의 위력은 몇 차례 봐왔다. 그 흑색으로 번뜩이는 편린들이 휩쓸고 지나간 자리에서 살아 있는 생명체는 거의 찾을 수 없었다. 특히 적으로 간주된 인간들은 더더욱.

그런데 자신은 여전히 살아 있다. 비록 옆구리와 허벅지에 전해지는 통증은 아찔할 정도로 엄청났지만 오감은 생생하게 활동하고 있었다.

노야차는 새삼 귀를 기울였다. 움직이려 해도 움직일 수 없으니 박살 난 마차의 지붕에 시선을 고정시킨 채 청각만으로 주변 상황을 파악하고자 했다.

멀리 떨어진 곳에서 더러 병장기 부딪치는 소리와 비명이 들려왔다. 묵귀가 이 자리를 벗어나면서 사방에서 몰려든 병사들과 부딪치며 내는 소리이리라.

문득 한 가지 생각이 노야차의 뇌리를 크게 울리고 지나갔다.

'묵귀는 내가 살 수 있게 해준 것이다.'

그렇다. 황제의 숙부가 살해된 장소에서 혼자만 멀쩡한 모습으로 살아 있다면 추후 노야차 역시 무사하지 못할 건 뻔한 이치다.

그 점을 잘 알고 있기에 묵귀는 노야차에게 움직일 수 없을 정도의 부상을 입혔을 뿐 그의 생명을 거두지는 않았던 것이다.

'고맙다고 해야 하나?'

그래야 될는지도 모른다.

하지만 지금부터 묵귀는 전 나라가 쫓는 수배범이 되고 말았다.

싫건 좋건 자신도 묵귀를 잡는 데 일조를 해야만 한다고 생각하며 노야차는 서서히 혼절의 세계로 빠져들었다.

2

"대체 무슨 짓을 했는지 알기나 해?"

엽혈의 어조는 높았고, 어딘지 불안정하게 둥둥 떠 있는 듯한 느낌이 들었다.

그럴 수밖에 없었다. 노야차에게 재촉당해 묵귀의 뒤를 따라갔을 때에는 이미 당왕 주근덕은 처참하게 피살되고 만 뒤였으니 말이다.

"이제 어떻게 할 거야? 향지를 찾는 건 고사하고 이제 네놈의 안전도 장담할 수 없게 됐어! 온 나라의 병사나 관인, 심지어 일반 백성들도 너를 찾으려 할 테니……."

"그럼 소마도 움직이게 되겠지."

듣고 있던 묵귀의 싸늘한 대꾸에 엽혈의 입은 그만 벌어지고 말았다.

하지만 이내 표정을 굳힌 엽혈은 다시 따지는 어조가 되어 묵귀에게 쏘아붙였다.

"그 영악한 소마가 움직일 거 같아? 오히려 더욱 깊숙이 숨지만 않으면 다행이지!"

"소마는 움직이지 않더라도 같이 있는 천면요희는 그대로 있지 못할 거야."

"뭐?"

또다시 엽혈은 멍청한 표정이 되었다. 뭘 믿고 묵귀가 저토록 자신만만하게 얘기하는지 도무지 알 수 없었다.

"천면요희는 당왕에게 고용되어 움직였지. 그런데 당왕이 암살당했으니 어떻게든 그 뒤처리를 해야 하지 않을까? 그냥 사라질 수도 있겠지만, 그래서는 나랑 같은 신세를 면하기 어려울 걸."

얼핏 얄밉게도 들리는 묵귀의 말이었다.

그러나 그 말에 조리(條理)는 정연히 서 있었다. 누가 뭐래도 당왕의 죽음에 태연하게 대처할 천면요희는 아니었다.

"거기다 이젠 황제를 경호하는 일로 신경을 쓰지 않아도 되니 난 보다 자유롭게 소마를 찾아 나설 수 있겠지. 물론 거기엔 향지도 있을 테고."

묵귀의 어조는 담담하기 그지없었다.

그러나 그 속에 담겨진 결연한 의지는 감출 길 없어 듣고 있는 엽혈의 혈관을 수축하게 만들었다.

확실히 묵귀의 계획은 일리가 있었다. 지금 당장은 소마나 천면요희의 소재를 파악할 수 없었지만, 어떤 변화가 있으면 틀림없이 그들도 움직일 터이다.

'움직이기만 한다면……'

마치 고요하던 수면 위에 던져진 돌멩이처럼 커다란 파문이 일 것이다.

그리고 잘 단련된 살수들의 감각 기관에 그 파문은 고스란히 전달될 게 뻔하다.

하더라도 당왕을 죽인 건 너무나 큰일이다. 묵귀에겐 향지를 되찾는 게 지상에서 가장 소중한 일일지 몰라도, 타인에게 있어 그녀의 존재란 아무것도 아닐 수 있다. 여자 하나 때문에 국적(國賊)으로 몰려 버린 어리석은 짓에 다름 아닐 수도 있다는 말이다.

"꼭 해야겠나?"

이렇게 묻지 않을 수 없는 엽혈이었다. 당왕에 이어 제독까지 암살하겠다고 조금 전 묵귀가 말했기 때문이다.

대답이 어떨지는 이미 잘 알고 있다. 다만 한 가닥이라도 묵귀의 마음을 돌릴 수 있는 소지가 있다면 매달려 보고자 했을 뿐이다.

힐끗!

묵귀의 시선이 엽혈의 미간에 잠시 머물다 떨어졌다.

하지만 그뿐, 묵귀는 이내 화제를 다른 곳으로 돌렸다.

“노야차는?”

너무 엉뚱한 질문이라 엽혈은 순간적으로 대답할 말을 잃었다.

그러다 무슨 뜻인지 깨닫고는 입을 열었다.

“그럭저럭 의심은 피한 것 같은데 상처가 너무 깊어. 왜 그리 심하게 손을 썼나? 죽일 거라면 깨끗하게 베어버리든가…….”

“워낙 단단한 몸뚱어리니 곧 털고 일어나겠지. 그자는 아직도 쓸모가 있어.”

평소와 같은 묵귀의 어투였다.

그러나 엽혈의 귀에는 그 어느 때보다 차갑게 들렸다. 아무리 살수라지만 단순히 이용 가치로 사람의 생사를 정하고 있었으니 말이다.

‘나는 어떨까?’

비록 대가를 받고 살인을 하긴 했지만 적어도 이용 가치에 의해 사람을 평가하지는 않은 것 같았다.

그걸로 작은 위안을 삼으며 엽혈은 다시 화제를 제자리로 돌려놓았다.

“그렇다면 언제 제독을 죽일 거야?”

“최대한 빨리.”

나름대로 신중했던 엽혈의 질문에 비해 묵귀의 대답은 너무나 단순했다.

하지만 그게 정답이었다. 기회만 된다면 묵귀는 당장에라도 제독을 죽일 것이다. 그래야 목적했던 일을 빨리 이룰 테니까.

“어쨌든 난 다시 황제 곁으로 돌아가겠다. 제독이 죽기 전에 황제가 먼저 당하면 안 될 테니까 말이야.”

묵귀는 그저 고개만 끄덕였다.

“그리고 어디에 있을 거야? 계속 연락은 취해야 될 것 아냐.”

이 말에 대한 대답은 기대하지도 않은 채 엽혈이 물었다.

"필요하면 내가 연락하지."

역시 엽혈이 예상하고 있는 대답이었다.

그 말을 끝으로 엽혈은 그 자리에서 물방울이 마르는 것처럼 사라져 버렸다.

엽혈이 사라지고, 약 이 각이 지난 후 묵귀도 움직이기 시작했다.

'제독부로 간다.'

엽혈에게 대답하지 않았던 걸 묵귀는 미리부터 생각해 두고 있었다. 바로 적의 그림자 속, 제독부에 스며들어 있을 작정이었다.

이건 일석이조의 효과가 있는 것이다. 적의 의표를 찌르는 것과 동시에 제독을 죽일 수 있는 기회를 포착하기에도 용이할 터이다.

어느새 묵귀의 신형은 그 자리에서 사라져 버렸다.

묵귀가 다시 모습을 나타낸 것은 당왕부에서 가장 중심이 되는 건물인 무향각(武香閣)이었다. 바로 당왕이 주로 머무는 곳이기도 했다.

지금 제독부는 벌집을 쑤신 듯했다. 제독부가 괴한의 침입에 휘청거린 지 얼마 지나지 않아 오늘 아침엔 당왕이 시해를 당했으니 당연한 반응이기도 했다.

하지만 묵귀는 그 혼란에는 전혀 반응하지 않았다.

'이건 꾸며진 혼란이다.'

바로 이게 묵귀가 제독부의 혼란을 싸늘한 시선으로 노려보고 있는 이유였다.

분명히 제독부에 소속된 시비(侍婢)들이나 군사들은 허둥거렸다.

그러나 그들을 지휘하는 군관들이나 직위가 높아 보이는 무사들에게선 그런 기미를 감지할 수 없었다. 어디까지나 절제된 행동과 동작으로 수하들을 부렸다.

‘정화강이라고 했던가, 구문제독의 이름이? 역시 빈틈을 찾기 어려운 자다!’

지난번 천면요희를 잡을 때 한번 봤던 정화강의 모습을 떠올리며 묵귀는 새삼 마음을 다잡았다.

스르릇!

묵귀의 신형이 그대로 엿가락처럼 녹아들었다. 그리고 기왓장 속으로 스며든 것처럼 그 자리에서 사라졌다.

툭, 스스르르 !

제독부 내의 어느 방. 천장의 한곳에서 미세한 먼지가 떨어져 내렸다.

이어 검은 연기가 뭉클 새어 나온다 싶더니 어느새 바닥에 묵귀가 내려앉아 있었다.

묵귀는 재빨리 실내를 살폈다. 내려오기 전에 이미 사람이 없다는 건 감지했지만 적어도 어떤 장소인지는 알아야 한다.

그리고 다음 순간, 묵귀의 미간에 살짝 주름이 그어졌다. 골라서 들어온 방이 다름 아닌 여인의 규방(閨房)이었기 때문이다.

하지만 그게 묵귀의 행동을 제지할 순 없었다. 그는 재빨리 문에 접근해 바깥의 동정을 살폈다.

여기가 규방인 걸 보면 묵귀가 스며든 곳은 분명 내전이다.

그럼에도 불구하고 복도엔 수선스런 발자국 소리들로 가득했다. 가장된 혼란치고는 제법 그럴듯하게 연출하고 있는 중이란 얘기였다.

그게 묵귀를 우습게 만들었다. 모든 걸 알고 있는 눈에 비치는 제독부의 움직임은 마치 재미있는 한 편의 연극을 보는 것 같았다.

정작 묵귀를 가볍게 긴장시킨 건 여러 개의 발자국 소리가 아니라 옷자락이 바닥에 스치는 경미한 소리였다.

‘이 방 주인이 오나 보군!’

그건 확실했다. 아무리 바깥이 소란스러워도 여인들의 치마가 바닥에 끌리는 소리는 정확하게 구별할 수 있었다.

묵귀는 문 바로 옆에 바짝 붙어 섰다. 이 방의 주인이 들어서는 순간, 자신은 밖으로 나갈 작정이었다.

덜컥!

드디어 문이 열리고, 한 여자가 안으로 들어섰다.

그러나 묵귀는 즉각 행동을 취하지는 않았다. 옷자락 끌리는 소리가 한 사람의 것이 아니란 걸 알아낸 까닭에서였다.

묵귀가 감지한 건 정확했다. 여인의 뒤를 따라 시비 차림의 여자 둘이 더 방으로 들어섰던 것이다.

그걸 확인한 후에야 묵귀는 문이 닫히기 전에 밖으로 나가 천장에 달라붙었다.

부산함이 방에까지 전해진 만큼 바깥의 경계는 삼엄했다. 여자들이 기거하는 내전이라는 게 의심스러울 정도로 엄중한 무장을 한 무사들만 득실거렸다.

그래도 묵귀의 움직임을 눈치챈 자는 없었다. 밖으로부터의 침입에 대비하고 있는 터라 안에서의 움직임에는 둔감할 수밖에 없었다.

묵귀는 잠깐 생각에 잠겼다. 이대로 내전에 잠복하고 있어야 될지, 아니면 밖으로 나가 제독을 찾아야 할지…….

제독도 여자 생각이 나면 내전으로 올 게 분명하다.

하지만 그걸 바라고 기다린다는 건 너무나 막연하다.

그렇게 생각하면 처음 침입한 곳이 내전이고, 여인의 규방이라는 점이 묵귀에겐 재수가 없는 일이었다.

문득 묵귀는 우스워졌다. 재수 탓을 하는 자신을 발견했기 때문이다.

속으로 웃으며 묵귀는 입구를 경비하고 있는 무사들을 지나쳐 밖으로 나갔다.

갑자기 밝은 햇살 속으로 나선 게 부담되기는 했지만 묵귀는 사방을 세밀히 살폈다. 제독부 전체를 주시할 수 있는 곳이 필요했다.

그건 곧 눈에 띄었다. 내전의 정원 한 귀퉁이에 서 있는 아름드리 고목이었다.

묵귀는 망설이지 않고 고목으로 몸을 솟구쳤다.

고목의 굵은 가지 위에 내려앉은 묵귀는 재빨리 사방을 둘러보았다. 제독부를 이루고 있는 숱한 전각들의 지붕이 눈 아래 펼쳐졌다.

묵귀는 고개를 갸웃거렸다. 지난번에 한차례 제독부에 왔었지만 어디가 어딘지 구별하기 힘들었다. 지하의 비밀 통로를 통해 천면요희를 미행했었고, 또 싸움 끝에 서둘러 빠져나가느라 미처 지리나 위치를 파악할 시간이 없었다.

숱한 고루거각(高樓巨閣) 중 묵귀는 가장 크고 웅장한 곳을 목표로 삼았다. 자기가 제독이라도 바로 저런 곳에서 머물고 싶어질 테니 말이다.

스릇!

묵귀의 신형이 고목 사이에서 사라져 버렸다. 최대한으로 펼친 이형분신에 의해 그는 정원과 문을 걸어서 지나쳤음에도 누구도 그의 존재를 눈치채지 못했다.

목표로 했던 전각에 가까워질수록 묵귀는 자신의 예상이 적중했음을 알았다. 주변의 모든 것이 눈에 익었던 것이다.

묵귀는 망설이지 않고 안으로 들어갔다.

그러나 다음 순간, 팅기듯 재빨리 밖으로 몸을 날렸다. 전신을 갈가리 난도질하는 듯한 살기가 엄습해 온 탓이었다.

이상한 일은 전혀 아니다. 지난번에 한번 침입했었고, 또 당왕 주근덕도 죽었으니 경계가 강화된 건 말할 것도 없다.

그래도 너무나 지독한 살기였다. 엄청난 고수가 제독을 그 신변에서 지키고 있다는 얘기이다.

'쉽지 않다!'

묵귀의 뇌리에 어두운 그림자가 드리워졌다. 한번 결심한 이상 제독이 죽는다는 건 변함이 없을 터이다.

문제는 시간이었다. 당왕을 죽였으니 지금쯤 자신에 대한 수배령이 전국에 떨어졌을 게 분명하다. 최대한 빨리 일을 마무리 지어야만 한다.

그런데 강력한 방해꾼이 안에 도사리고 있다. 제독도 저 안에 있을 게 틀림없을 터. 의외로 시간이 많이 걸릴 것 같았다.

'서둘러야겠군!'

조급해진다는 건 일을 실패할 공산이 크지만 그래도 서둘 수밖에 없었다.

묵귀는 슬쩍 몸을 띄워 전각의 지붕 위로 올라갔다. 일단은 이 엄청난 살기를 풍기는 자의 정확한 위치를 파악하는 게 급선무였다.

지붕 위로 올라간 묵귀는 순간적으로 당혹감에 사로잡혔다. 어디에서도 상대의 낌새를 느낄 수가 없었기 때문이다.

묵귀는 긴장할 수밖에 없었다. 자신의 감각 기관으로 상대의 기척을 느낄 수 없다는 건 그만큼 적이 고수란 의미이다.

이럴 때 취할 수 있는 방법은 두 가지다. 인내심을 가지고 놈이 기척을 발할 때까지 기다리는 것.

하지만 묵귀의 입장에선 취할 바가 아니었다. 무엇보다 시간이 없었다.

다음으로 생각할 수 있는 건 도발이다. 이쪽에서 먼저 기척을 발해 놈으로 하여금 움직이게끔 하는 것 말이다.

당연히 위험이 수반된다. 적의 위치를 알기 위해 자신을 노출시키면 곧바로 공격을 당할지도 모른다. 그로 인해 치명적인 부상을 당하지 말라는 법은 없다.

다시 주변이 소란스러워졌다. 위병들의 교대 시간인지 새로운 병사들이 전각 주변에 배치되었고, 지키고 있던 자들이 모여 어디론가 몰려갔다.

그 일이 끝나자 갑작스런 정적이 밀려들었다. 제독부의 사람들은 여전히 부산스레 움직였지만, 마치 물속처럼 소리없이 행동하는 것 같았다.

묵귀의 신경은 자연히 곤두섰다. 불현듯 찾아든 이 정적 속에서 놈의 기척을 감지하고, 동시에 자신은 호흡까지 멈춰 한 톨의 생기도 배출하지 않았다.

그러나 놈의 기척은 조금도 감지할 수 없었다. 조금 전 제독부 안으로 들어섰을 때 느꼈던 살기가 거짓인 것처럼 여겨질 정도였다.

'놈은 분명히 있다!'

묵귀는 다시 한 번 자기 자신에게 경고했다. 자칫 마음이 해이해지기라도 한다면 제독을 죽이지 못하는 건 물론, 어쩌면 여기서 목숨을 잃을지도 모른다.

생각이 거기에 이르자 묵귀는 하나의 결심을 세웠다. 이대로 시간을 보내기만 한다는 건 무의미한 일. 결과야 어떻든 일단 부딪치기로 한 것이다.

갑자기 묵귀의 형체가 흐릿해졌다. 내전의 방에 들어갈 때와 비슷하게 물처럼 녹아 기와 밑으로 스며들려는 것이었다.

그건 생각처럼 쉬운 게 아니었다. 엄청난 고수가 도사리고 있는 게 분명한 곳으로 스며드는 건 등줄기 가득 진땀이 배어나는 일이었다.

막 지붕의 기와 아래로 스며든 순간 묵귀의 호흡은 저절로 삼켜졌다. 좀 전에 제독부 안에서 느꼈던 살기가 재차 엄습해 온 탓이었다.

이번엔 묵귀도 피하지 않았다. 그 살기 속으로 보다 은밀하게 움직이며 상대가 어디에 있는지를 파악하기 위해 사력을 다했다.

그러다 묵귀는 다시 의아한 생각이 들었다. 바로 지붕 위에선 느껴지지 않던 살기가 여기선 강하게 느껴졌으니 말이다.

그러면서도 이 살기를 풍기는 자의 기척은 전혀 감지할 수 없다. 입술이 바짝 타 들어가는 건 어쩔 수 없었다.

이 모든 게 얘기하는 건 단 한 가지뿐이다.

'놈은 완벽하게 이 공간을 통제하고 있다!'

그렇지 않다면 바깥과 안에서 전혀 다르게 느껴지는 이 살기를 설명할 길이 없다.

그걸 깨달은 묵귀는 움직이지 않았다. 이 경우 솜털 하나라도 함부로 날렸다가는 그대로 들통나고 만다.

아니, 어쩌면 벌써 놈은 자신의 존재를 파악하고 있는지도 몰랐다. 이처럼 통제된 공간으로 스며든다는 건 마치 거미줄에 걸린 날짐승과 같은 파동을 남길 터이다. 아무리 은밀하다고 해도 말이다.

묵귀는 각오를 단단히 다졌다. 언제 어디서 어떤 형태로 놈의 공격이 시작되어도 충분히 대비할 수 있어야만 한다.

그리고 그때가 바로 기회도 될 터이다. 어쨌든 놈이 어디에 있는지는 파악해야 죽이는 것도 살리는 것도 가능할 테니까.

묵귀는 서서히 호흡을 차단하기 시작했다. 모공을 통해 뿜어질 수도 있는 생기까지도 철저하게 통제해 나갔다.

긴장과 침묵 속의 싸움. 바야흐로 진짜 살수들의 싸움이 시작된 것이다.

3

살미타(殺彌陀) 개유린(介裕麟)의 심정도 그리 편한 건 아니었다.

'어디서 다시 나타날까?'

바로 이게 개유린이 가슴을 졸이고 있는 이유였다.

다른 일이 아니었다. 불과 일각 전에 누군가가 이 전각 안으로 들어섰던 것이다.

하지만 그 누군가의 흔적은 곧 지워져 버렸다.

바로 이 점이 개유린의 신경을 건드렸다. 자신이 장악하고 있는 공간 속에서 일단 한번 감지했던 자의 기척을 놓쳤다는 건 단순히 자존심만 상하는 일이 아니었다. 바로 목숨과 직결될지도 모른다.

'돼지가 내 머릿속을 온통 짓밟고 지나간 기분이군.'

개유린의 솔직한 생각이었지만 그건 두려움의 다른 표현이기도 했다.

제독의 초빙을 받아 중원에, 아니, 정확하게는 이 제독부에 들어온 지 불과 사흘째인 개유린이었다. 물론 구문제독 정화강의 목숨을 지켜달라는 부탁을 받고 온 것이다.

당연히 자신이 있었다. 서장(西藏) 땅 찰리파(察里巴) 일대에선 죽음의 부처로 일컬어지는 개유린인지라 어떤 자라도 상대할 수 있을 것 같았다.

그런데 불과 사흘 만에 이처럼 강력한 적을 만나게 되었다. 돼지의 흙발이 아니라 똥 묻은 발에 짓밟힌 것 같다는 기분이 보다 정확할 터이다.

개유린의 머리가 빠르게 회전하기 시작했다. 중원에서 이름난 살수들을 기억해 내기 위함이었다.

하지만 이름 하나 떠올리기도 전에 개유린은 그보다 더 급한 일이 있음을 깨달았다.

'놈에게 집중해야 한다!'

한번 감지했던 기척을 놓치게 만들었던 자다. 생각을 다른 곳으로 분산시키면 어떤 일을 당하게 될지 알 수 없다. 지금은 온전히 놈을 찾아 척살하는 것에 전념해야만 한다.

개유린은 차라리 눈을 감아버렸다. 그 편이 뭔가에 집중하는 데 도움이 되었다.

그 순간 개유린의 열 손가락의 손톱이 조금씩 길어지기 시작했다.

그리고 그 손톱은 파랗게 물들기 시작했고, 날카롭게 끝을 세웠다. 개유린에게 죽음의 부처라는 별호를 얻게 한 저주받은 손톱이 마침내 그 모습을 드러냈다.

벌써 일각. 사력을 다해 주변을 살피고 있음에도 여전히 묵귀의 감각 기관에 걸려드는 기척은 없었다. 전신의 모공을 바늘로 찌르는 듯한 따가운 살기만이 그들먹하게 느껴질 뿐이었다.

묵귀는 숨이 막히는 듯했다. 묵귀라는 이름을 이은 이후로, 아니, 그냥 살수로 활동할 때나 희대의 도살자라고 불렸을 때도 이런 적은 결코 없었다. 상대의 위치조차 파악하지 못하고 있는 이런 상태 말이다.

이 답답한 상황을 묵귀는 깨고 싶었다. 어디든 대고 착명조를 휘둘러 이 숨막히게 내리누르는 살기를 베어버리고 싶었다.

그러나 한편으론 혈관 속의 피가 차갑게 식어가는 것도 동시에 느꼈다. 상대는 분명 살수. 강하다고 생각될수록 질 수 없다는 승부욕이 파릇하게 눈을 뜨기 시작한 것이다.

묵귀에게 있어 이젠 제독의 목숨 따위는 문제도 아니었다. 이 안에 있는 놈이 누구든 그를 이기는 게 더 중요했다. 그건 놈을 죽여야만 된다는 얘기와 통한다.

하긴 놈을 처지하지 못하면 제독의 손끝 하나 건드릴 수 없다. 미치지 않은 다음에야 제독이 제 발로 걸어와서 목을 들이밀지는 않을 테니 말이다.

새삼 묵귀는 호흡을 가다듬었다. 동공 속에 깃들어 있던 어둠도 잔잔하게 가라앉았다.

아직은 완전히 어두워질 시각이 아니었다. 천장과 지붕 사이라는 밀폐된 공간 속에도 몇 줄기 빛은 그대로 투과되고 있었다.

그래도 묵귀는 상관하지 않았다. 아무리 부실하더라도 어둠은 언제나 든든한 한편이 되어주었다.

지금이라고 해서 예외가 될 리는 없을 터. 묵귀는 주변의 어둠 속에 자신을 동화시키고자 했다.

문득 묵귀는 전신으로 퍼져 가는 안락감을 느꼈다. 어둠에 동화된다는 건 이처럼 편안한 일이었다.

하지만 긴장의 끈은 잠시도 놓지 않았다. 몸이 편하게 느껴질수록 전신의 감각 기관은 더더욱 예민하게 다듬어졌다.

그렇게 얼마나 시간이 흘렀을까. 묵귀의 동공이 미세하게 떨리기 시작했다.

'있다!'

아직은 놈의 위치를 확실하게 파악할 수는 없었다. 다만 살기가 아닌 다른 미세한 기척을 느낀 것이다.

비로소 묵귀는 마음이 조금 풀렸다. 실수로서 가장 먼저, 그리고 가장 기본이 되어야 하는 기다림의 싸움에서 이겼기 때문이다.

그렇다고 긴장을 풀었다는 건 결코 아니었다. 기척을 느꼈다고 바로 거기에 놈이 있다는 보장은 어디에도 없다. 자칫 서둘다 오히려 위험에 빠질 수도 있을 터이다.

자칫 느슨해질 것만 같은 전신의 신경을 곤두세우며 묵귀는 어둠 속에 녹아 있는 모든 것을 완벽하게 감지하고자 노력했다.

그 순간 한꺼번에 모든 소리와 기세가 몰려들었다. 귀로 듣고 눈으로 보는 게 아니라 온몸이 잘 마른 천으로 변해 물을 빨아들이는 것처럼 전신으로 느껴지는 것들이었다. 그중에 예의 그 지독한 살기도 섞여 있었음은 물론이다.

그렇다고 해서 상황이 나아진 건 별로 없었다. 감지된 모든 기척 중에서 필요한 것 하나만을 골라내야만 한다. 그 일 역시 생각처럼 쉬운 게 아니었다.

묵귀는 감지된 모든 소리와 기세들을 하나씩 지워 나갔다. 너무 많은 것은 오히려 혼란스럽기만 할 뿐 이렇게 하나씩 소거해 나가다 보면 결국엔 필요한 것만 남을 터이다.

전신을 채우고 넘칠 듯하던 소리와 기척이 하나씩 사라지기 시작했다.

그리고 마침내 엄청난 살기와 또 하나의 먼지보다 더 고요한 기세만 남았을 때, 묵귀는 차라리 고막이 찡하게 울리는 고요함에 젖어들었다. 그만큼 많은 소리가 이 어둠 속에 녹아 있었던 것이다.

그 상태에서 묵귀는 마음을 비웠다. 놈을 죽이고자 하는 의지도 지웠고, 자신이 이 공간 속에 있다는 사실조차도 잊어버렸다.

이래야 한다. 적을 죽이고자 마음을 일으키면 그건 곧바로 살기가 되어 밖으로 표출된다. 위협을 할 게 아니라면 전혀 쓸모 없는 일이었다.

움직인다는 의식도 없이 묵귀는 아주 조금씩 미세한 기세가 뿜어지고 있는 곳으로 접근해 갔다.

아주 느리게 움직인다고는 했지만 지금 묵귀는 이형분신을 최대한으로 펼치는 중이었다.

하지만 묵귀의 사지는 전혀 움직이지 않고 있었다. 바닥에서 두 치 정도 뜬 상태로 아주 천천히 흘러가고 있을 뿐이었다.

그건 마치 통나무가 물위를 떠가는 것과 흡사한 광경이었다. 최고의 경지에 오른 이형분신의 위력이었다.

하지만 그 전진은 그리 오래가지 않았다. 워낙에 미세한 기척이고 흔적인지라 자칫 놓칠 것만 같아서였다.

전진을 멈췄다고 해서 묵귀가 이형분신까지 거둔 건 아니었다. 그대로 두 치 정도 허공에 뜬 상태로 다시 한 번 감각 기관을 총동원했다.

거기에 걸린 건 조금 전보다 더 미약해진 흔적이었다.

그 순간 묵귀는 전신의 모공에서 돋아난 털이 일제히 곤두서는 듯한 전율에 휩싸였다.

'놈도 나를 눈치챘다!'

그렇지 않다면 놈이 이렇게 자신의 흔적을 지우고 사라질 이유가 없었다.

게다가 지금 자신은 이형분신을 최고조로 펼치고 있다. 그런 자신을 감지했다는 건 놈 역시 자신과 비슷하거나 보다 더 고수란 의미이다.

그렇다고 망설이고 있을 수는 없는 노릇이다. 놈이 자신보다 고수라고 가정했을 때, 한번 잡은 이 흔적은 절대로 놓쳐선 안 된다.

묵귀는 살며시 손을 움직여 주변을 더듬었다. 뭐든 좋았다. 암기를 대신할 수 있는 뭔가를 찾기만 하면 그만이다.

그건 그리 어려운 일이 아니었다. 천장엔 먼지를 비롯해서 온갖 잡동사니가 쌓여 있었던 것이다.

그중에서 가장 딱딱하다 싶은 걸 묵귀는 주워 들었다. 이 전각을 지을 때부터 있었을 듯싶은 나뭇조각이었다.

그 후에 묵귀는 망설이지 않았다.

슈파앗!

그의 손끝에서 나뭇조각이 아주 빠르게 튕겨졌다. 희대의 암기술인 탄묵선의 재현이었다.

탄묵선이 남긴 한줄기 검은 선이 채 스러지기도 전에 묵귀의 신형도 그 뒤를 따라 꽂히듯 미끄러져 갔다.

쉬아웅!

언제 빼 들었을까. 봉과 분리된 칼날만의 착명조가 어둑한 공간을 새하얗게 자르고 지났다.

'없다!'

분명 최대한의 빠르기로 탄묵선을 날렸고 착명조를 휘둘렀지만, 그 날에 걸린 건 아무것도 없는 빈 허공뿐이었다.

그 다음에 묵귀가 할 일은 하나뿐이었다. 자신의 흔적을 지우는 것!

탄묵선에 착명조까지 휘둘렀으니 놈은 분명 자신의 위치를 파악했을 터이다. 곧 이어질 반격에 대비해야만 한다.

그건 곧바로 현실이 되었다.

파팟!

언제 어디서 시작된 것인지도 모른 채 묵귀의 팔과 다리엔 얕지만 베어진 상처와 더불어 피가 솟구쳤다. 만약 조금 전의 공격 후에 곧바로 흔적을 숨기지 않고 조금이라도 망설였다면 치명적인 상처를 입었으리라.

다시 위치를 이동하면서 묵귀는 자신이 펼칠 수 있는 가장 빠른 무공을 떠올렸다. 많은 것들이 있었다.

그러나 여기서는 펼칠 수 없다. 지금의 싸움은 어디까지나 은밀하게 진행되는 것. 함부로 무공을 펼쳤다가는 자신이 여기 스며들어 있다는 걸 제독부 전체에 알리는 것과 같았기 때문이다.

싸싹!

움직인 순간, 원래 있던 위치에서 미세한 파공성이 들렸다. 놈이 휘두른 병기가 내는 것일 터이다.

수비는 곧장 반격으로 이어져야 한다.

파공성이 사라지기도 전에 묵귀의 착명조가 재차 공간을 갈랐다. 소리가 들린 곳이 아니라 그 배후에 있는 어둠을 자른 것이다.

싸각!

이번엔 착명조의 칼날에 미세한 반응이 전해졌다. 동시에 희미한 피비린내도 코끝을 간질였다.

솔직히 이게 누구의 피 냄새인지 묵귀는 알 수 없었다.

그래도 한 가지는 분명했다. 이제 서로가 피를 흘리고 있는 상태이니 지금부터는 후각에 의지해 상대를 찾을 수 있다는 것 말이다.

그와 함께 묵귀는 한 가지 묘안도 떠올렸다. 이 피 냄새를 이용하여 상대를 교란하자는 것이었다.

생각과 함께 묵귀는 움직였다. 은밀한 건 여전했지만 속도는 조금 전과는 비교도 할 수 없을 정도로 빨랐다.

그 와중에 묵귀는 잠깐씩 멈추기도 했다. 그때마다 그 주위에 피를 묻히는 걸 잊지 않았다.

물론 그 사이에도 주변을 경계하는 걸 잊지 않았다. 언제 당했는지도 모르게 자신에게 상처를 입힌 상대에 대한 경각심을 잊는다는 건 곧 죽여달라는 말과 다름 아니었다.

그렇더라도 이건 이상했다. 놈에게선 어떤 낌새도 느껴지지 않았으니 말이다. 이 정도 움직임이라면 놈도 충분히 감지했을 터이고, 그렇다면 공격을 해올 법도 한데…….

'생각보다 심한 부상을 입힌 걸까?'

자연스레 이런 의문이 떠올랐다.

하지만 묵귀는 이내 털어버렸다. 가능성보다는 바람이 더 큰 생각은 종종 실패를 초래하게 된다. 그만큼 마음이 해이해지기 때문이다.

다시 신중하게 움직여 한 식경 정도 주변에 피를 묻힌 묵귀는 다시 어둠의 건너편으로 잠겨들었다. 지금까지는 자신이 움직였으니 이제 놈이 움직일 차례이다. 그걸 기다리는 중이었다.

피 냄새로 혼란을 주긴 했지만 놈이 쉽게 걸릴 거라곤 생각지 않았다. 다만 놈에게서 찰나의 틈만 발견할 수 있으면 그만이었다.

틈 사이로 비쳐 들던 햇살의 색깔이 조금 변했다. 노을이 지면서 붉게 물든 탓이었다.

다시 묵귀는 조급해지는 자신을 발견했다. 상대를 살수라고 믿기에 그럴 리 없다고는 생각되었지만, 만에 하나 놈이 경고를 발한다면 여간 곤란한 일이 아니다. 어쨌든 놈은 제독을 지키는 자이니 어떤 수단을 동원하든 정화강의 안전만 확보하면 되는 것이다.

'서둘러야겠다!'

이제 곧 밤이 찾아온다. 어떤 형태의 것이든 어둠이 불리한 건 아니지만, 그때 어떤 보호 장치가 이 제독부에 펼쳐질지도 모른다. 그전에 일을 매듭지어야 한다.

묵귀는 재빨리 팔의 부상 주변을 훑어 한 움큼의 피를 거머쥐었다.

피를 움켜쥔 그 손을 묵귀는 새어드는 노을 빛 속에서 사방으로 확 뿌렸다. 암기술인 탄묵선을 이용한 것이었다.

스파아앗!

지붕과 천장 사이의 좁은 공간에 피보라가 확 피어올랐다.

동시에 짙은 피비린내가 후각을 강하게 자극해 띵한 현기증이 느껴질 정도였다.

그 속에서 묵귀는 착명조를 휘둘렀다. 되도록 사용치 않으려 했던 흑월강의 초식이었다.

홀연히 좁은 공간을 가득 메울 듯 거대한 검은 달이 가볍게 떠올랐다.

촤아악!

흑월강의 검은 달이 한순간 폭산되었다. 그 검은 편린들을 피할 곳은 적어도 이 공간 속에는 없을 것 같았다.

빈틈없이 공간을 할퀸 검은 편린들은 상하좌우 어디라 할 것 없이 구조물에 부딪치며 급격히 스러져 갔다.

소리는 일체 없었다. 애당초 그걸 저어해서 묵귀가 미리 조절을 했기 때문이다.

그러나 자욱한 먼지는 피어올랐다. 소리는 없앨 수 있을지 몰라도 그 충격까지 다 막을 수는 없었다.

이 먼지는 밑에 있는 방으로도 새어 나갈 터이다. 예민한 자가 본다면 천장 위에 누군가가 있다는 걸 알아챌 수 있다는 말이다.

그 점이 묵귀의 가슴을 따끔하게 때렸지만 여기서 망설일 수는 없었다. 다시 한 번 흑월강을 펼치려고 착명조를 쥔 손에 힘을 가한 순간,

일렁!

돌연 눈앞의 자욱한 먼지가 물결처럼 출렁거렸다.

그리고 그 속에서 짤막한 빛이 반짝이다 사라졌다.

동시에 묵귀의 옆구리엔 다시 하나의 상처가 생겼다. 예기도 살기도 전혀 느낄 사이 없이 당한 것이었다.

하지만 묵귀는 실망하지 않았다. 비록 먼지 속에 동화되어 있었지만 놈도 드디어 모습을 보였다.

그건 한 가지 사실을 얘기해 준다.

'놈도 부상을 당했다!'

방금 펼쳤던 흑월강에 의해 놈도 어느 정도의 부상을 입은 것 같았다. 그렇지 않다면 이처럼 쉽사리 자기 흔적을 노출시킬 리 없다.

다시 눈앞의 안개가 일렁거리기 시작했을 때, 묵귀는 망설임없이 착명조를 휘둘렀다.

씨이웃!

예리한 파공성과 함께 착명조 날 끝이 흑월강의 검은 달을 그려냈다.

방금 입은 옆구리의 상처에서 찡한 둔통이 밀려왔다. 조금 전에 입은 상처가 생각보다 깊은 것 같았다.

그러나 이번엔 흑월강으로만 끝낼 수는 없었다. 다시 착명조를 휘둘렀고, 어둑하던 공간을 일시에 환히 밝히는 유성환이 그 뒤를 따랐다.

흑월강의 어두운 편린과 유성환의 현란한 빛줄기, 거기에 놈이 펼친 짤막한 빛도 어우러져 거기엔 마치 태양이 그대로 폭발해 버린 것 같은 밝음이 피어났다.

그건 순간에 불과했다. 그 강렬한 빛이 스러졌을 때, 공간 속에는 밤보다 더 어두운 암흑이 찾아들었다.

실제로 공간 속이 그렇게 어두워진 건 아니었다. 후들거리는 다리로 간신히 서 있는 묵귀에게만 그렇게 느껴졌을 뿐이다.

툭, 투둑!

버티고 서 있는 묵귀의 두 발 주변에 피가 떨어져 내렸다. 이 한번의 격돌로 인해 심각한 부상을 입은 탓이었다.

그래도 묵귀는 웃을 수 있었다.

'베었다!'

흑월강인지 유성환인지 확실친 않았지만 분명 착명조엔 묵직한 무게감이 전해졌다.

묵귀는 재빨리 사방을 둘러보았다. 놈의 시체를 확인하기 위함이었다.

그러나 어디에도 놈의 시체는 보이지 않았다. 한 사람의 몸에서 나온 거라곤 믿기 힘들 정도로 엄청난 양의 피만 고여 있을 뿐이다.

'위험하다!'

묵귀의 머리 속에서 경고음이 요란한 소리를 내며 울려 퍼졌다. 놈이 살아서 이 자리를 벗어났다는 건 곧 자신의 존재가 드러난다는 것과 같았다.

게다가 고여 있는 피도 신경 쓰였다. 천장에 스며들어 언젠가는 아래로 떨어져 내릴 터. 설사 놈이 어디에서 죽어버렸다고 해도 제독부에 있는 자들은 이상함을 느낄 게 분명했다.

놈의 시체를 찾는 것을 포기한 묵귀는 이번엔 자신의 상처를 살폈다. 팔 다리와 옆구리, 그리고 마지막 격돌로 생겼을 가슴의 상처가 커다랗게 벌어져 벌건 속살과 뼈까지 들여다 보였다.

그 상처를 확인하자 새삼 엄청난 통증이 밀려왔다.

그래도 여기서 머물 수는 없는 노릇. 마지막 남은 힘을 모두 뽑아내 묵귀는 이형분신을 펼쳤다.

무겁게 늘어지는 선 한줄기가 공간 속에서 휘늘어졌다. 그처럼 힘겹게 묵귀는 사라져 버렸다.

第四十四章
도생(圖生)

1

묵귀는

멀리 갈 수 없었다. 더욱이 이 상태로 제독을 찾아 죽인다는 건 꿈도 꿀 수 없는 노릇이었다.

그가 선택할 수 있는 곳은 가장 익숙한 곳, 얼마 전에 불만을 안고 떠났던 내전이었다.

행동은 조심스럽기 이를 데 없었다. 이처럼 많은 피를 흘리면서 흔적을 숨긴다는 건 극히 어려운 일이다. 그러니 더욱 신중하게 움직일 수밖에 없었다.

다행히 아직은 자신의 존재를 제독부에선 눈치채지 못한 것 같았다. 경계 태세가 떠났을 때와 별반 달라지지 않은 걸 보면 알 수 있었다.

내심 약간의 안도를 느끼면서 묵귀는 내전으로 스며들어 복도에 잠깐 멈췄다. 빈방을 찾기 위해서였다.

그건 그리 많은 시간이 필요치 않았다. 아무런 기척도 들리지 않는 방을 하나 선택해 묵귀는 그 안으로 들어섰다.

묵귀는 곧장 욕실부터 찾았다. 제독부의 내전이라면 방마다 하나씩은 갖춰져 있을 게 분명했다.

그 역시 곧 찾아냈고, 묵귀는 빠르게 안으로 들어섰다.

하지만 '혹시?' 하고 기대했던 건 욕실 안에 없었다. 욕조 가득 물이 채워져 있길 바라고 있었던 것이다.

그렇다고 실망할 일은 아니었다. 이제 겨우 해가 저물었는데 벌써 이 방의 주인이 돌아와 욕조에 물을 채워뒀다면 더욱 위험했으리라.

'상처가 너무 깊다!'

가장 깊은 부상은 입은 가슴과 옆구리에선 연신 피가 뭉클뭉클 쏟아지고 있었다.

묵귀는 욕조 안으로 들어갔다. 조금만 더 지나면 손으로 막고 있는 사이로 피가 바닥에 떨어질 것 같아서였다.

순식간에 욕조 바닥에 질펀하게 피가 고였다. 급히 지혈을 하지 않으면 실혈(失血)로 인해 위험한 상태에 처할지도 모른다.

묵귀는 재빨리 가슴과 옆구리의 혈도 몇 군데를 찍었다. 팔과 다리의 상처는 당장 급한 정도는 아니었다.

물론 이걸로 완벽한 지혈이 되는 건 아니다. 대강이나마 상처를 꿰매고 금창약(金瘡藥)을 뿌려야 한다.

그래도 혈도를 찍은 효과는 있어 조금 전처럼 피가 한꺼번에 많이 쏟아지지는 않았다.

그걸 확인한 묵귀는 천천히 옷을 벗었다. 빨리, 그리고 과격하게 움직였다간 자칫 혈도가 풀릴지도 모르기에 동작 하나하나가 조심스럽기만 했다.

연백향의 효과 탓일까. 옷을 벗은 묵귀의 몸은 예전처럼 그렇게 검게

만 보이지는 않았다.

그렇다고 묵귀가 자신의 신체 변화를 지켜보고 있을 여유는 없었다. 피에 젖은 옷을 완전히 벗어버린 뒤 곧장 다시 방으로 돌아갔다.

묵귀는 방을 뒤지기 시작했다. 여기는 내전 규방이다. 여인들이 기거하는 곳이기에 어딘가에 반짇고리가 있을 게 분명했다.

그건 방 한 귀퉁이에 위치한 작은 화장대의 서랍 속에서 찾을 수 있었다.

반짇고리를 챙겨 든 묵귀는 다시 욕실로 들어갔다.

상처를 깁는 건 고통스러운 일이다. 자기 손으로 해야 된다면 그건 훨씬 가중된다.

그래도 묵귀는 망설이지 않고 실을 뀐 바늘을 상처에 찔러 넣었다. 깁는 통증으로 죽지는 않겠지만 이대로 방치해 두면 확실히 죽기 때문이다.

벌에 쏘인 것보다 더 따끔한 통증을 무시한 채 묵귀는 재빨리 가슴의 상처를 모두 기웠다.

묵귀는 그 손길을 그대로 옆구리의 상처로 돌렸다. 창자가 빠져나올 정도는 아니었지만 여기도 벌건 속살이 바깥으로 말려나와 있었다.

한 손으론 뒤집혀진 살을 바로 맞추며 다른 손으론 바늘을 부지런히 놀리며 묵귀는 상처를 깁는 데 여념이 없었다.

이윽고 옆구리의 상처까지 모두 기웠을 때, 묵귀는 벗어두었던 옷을 뒤적였다. 금창약을 찾으려는 것이었다.

약은 곧 찾았지만 묵귀의 미간은 살짝 찌푸려졌다. 가루로 만들어진 약의 상당 부분이 피에 젖어 있었던 것이다.

그래도 바르지 않는 것보다는 나을 터. 묵귀는 젖어서 눅눅해진 금창약을 마치 고약처럼 상처 부위에 찍어 발랐다.

상처 부위가 화끈거렸다. 비록 젖었지만 약효가 제대로 드러나고 있다는 의미였다.

비로소 묵귀는 이마 가득히 배어 있는 납빛 땀을 닦았다. 의식하지는 않았지만 저절로 긴장한 몸이 식은땀으로 표현해 낸 것일 터이다.

문득 자욱한 피로감이 엄습해 오는 걸 묵귀는 느꼈다. 싸움 자체가 격렬했다거나 긴 시간 싸운 건 아니지만 그 어느 때보다 심력의 소비가 많았다. 피곤하지 않다면 오히려 이상한 일이리라.

그렇다고 마냥 여기서 쉬고 있을 수는 없었다. 욕실을 뒤져 두꺼운 수건 두 장을 찾아 몸을 감쌌다.

그 뒤에야 묵귀는 벗어뒀던 옷을 다시 집어 들었다. 수건만 감고 나갈 수는 없으니 피에 젖은 거라도 다시 입어야만 했다.

욕조 바닥에 고인 피는 치우지 않았다. 닦는다고 해도 전처럼 깨끗하게 되지는 않을 터. 그냥 사라지는 게 훨씬 낫다.

게다가 이 흔적은 나중에 나름대로의 역할도 할 수 있을 것이다.

다시 복도로 나온 묵귀는 잠시 바깥의 동정에 귀를 기울였다. 피곤했지만 상처를 치료한 뒤인지라 몸을 한결 가볍게 움직일 수 있었다.

그렇게 바깥의 동정을 살피고 있는 사이, 갑작스런 소란이 전해져 왔다.

'드디어 알아챘군!'

그게 아니라면 이 내전에까지 저처럼 호들갑스런 소동이 들려올 턱이 없었다.

그 소동을 등으로 들으며 묵귀는 내전의 또 다른 방으로 들어갔다. 안에 아무도 없다는 걸 확인한 건 물론이었다.

방에 들어서자마자 묵귀는 가장 유리한 위치에 몸을 숨겼다. 언제까지가 될지 모르지만 당분간은 여기에 은신할 작정이었다.

'세상 끝까지가 아니라면 적의 그림자 속에 숨으라고 했었지.'

이 순간 묵귀의 뇌리에 떠오른 건 전대 묵귀가 남긴 책에 있던 글귀였다.

이게 가장 안전한 방법이라고는 생각지 않았다. 아직 제독을 죽이지 못했고, 또 부상이 심한 상태로 다른 곳으로 몸을 빼기 힘들었기 때문에 선택한 차선책이었다.

여전히 상처 부위가 화끈거린다. 한숨 자고 싶다는 피로감도 더욱 진하게 전신으로 퍼져 간다. 아무래도 생각했던 것보다 훨씬 많은 피를 흘린 것 같았다.

그러나 긴장을 늦출 수는 없다. 이제 곧 이 내전에도 수색의 손길이 미칠 게 분명하다.

묵귀는 다시 한 번 자신의 은신 상태를 살폈다. 제대로 훈련된 자들이 아니라면 쉽게 발견되지는 않을 것 같았다.

그래도 묵귀는 세심하게 도주로를 확인했다. 발각되었을 때를 대비한 것이다.

이건 중요한 일이었다. 자신의 은신을 간파할 정도라면 상당한 고수라고 봐도 된다. 부상을 입은 상태로 싸울 수는 없으니 몸을 피해야만 한다. 도주로를 미리 확보해 두는 것도 그 대비 중 하나였다.

'그나마 내전이라 좋은 점도 있군.'

특별히 훈련된 자가 아니더라도 후각이 남달리 예민한 자라면 자신의 옷을 적신 피 냄새를 맡을 수 있으리라.

그런데 여기는 규방이라 여인들의 화장품과 향수 냄새가 깊숙이 배여 있다. 피 냄새를 어느 정도 숨겨줄 수 있을 터이다.

갑자기 복도가 소란스러워졌다.

"자, 다들 각자의 방으로 들어가 문단속을 단단히 하시오! 괴한이 침입했소! 수상쩍은 자가 보이거든 즉시 소리를 지르시오!"

아마도 이 내전의 경비를 책임진 자의 목소리일 게다. 크게 지른 고함과 함께 어수선한 발자국 소리가 복도를 가득 메웠다.

묵귀는 다시금 긴장의 끈을 조였다. 저 발자국 소리들 속에 이 방의 주인이 있을 것도 틀림없다.

'황궁 내의 여자들 중엔 상당한 고수도 있던데……'

이건 얘기로도 들었고, 지난 얼마 동안 황제를 경호하며 묵귀가 직접 확인한 사실이다. 이 방의 주인이나 딸린 시비들 중에 고수가 없으란 법은 없었다.

벌컥!

문이 열리며 세 명의 여인이 뛰다시피 방으로 들어섰을 때, 묵귀는 조용히 호흡을 삼켰다.

"대체 어떤 자일까요? 당왕 전하께서 괴한의 습격을 받아 죽은 지……."

"말을 삼가하거라!"

시비로 보이는 여인의 경박스런 말투를 꾸짖는 또 다른 여인에게 묵귀는 시선을 집중했다.

'제독의 첩일까?'

지나치게 젊어 보였지만 우선은 그렇게 생각할 수밖에 없었다.

세 명의 여자를 찬찬히 살핀 묵귀는 가볍게 마음을 놓았다. 어디에도 무공을 익힌 흔적을 발견할 수 없었기 때문이다.

"각 방에 계시는 분들은 들으시오! 지금부터 각 방에 대한 수색을 실시하겠소! 모두들 협조해 주시기 바라오!"

예의 목소리가 들렸을 때, 묵귀는 다시 바짝 긴장의 끈을 당겼다. 마침내 가장 위험한 순간이 다가오고 있는 것이다.

그리고 입구 쪽에 있는 방에서부터 차례로 문이 열리는 소리가 들려왔다.

‘저 속에 무림의 고수가 없어야 될 텐데…….’

지금 묵귀가 바라는 것의 전부였다. 병사들이야 아무리 많이 몰려와서 수색한다고 해도 자신을 발견할 수는 없을 터이다.

그러나 만약 무림의 고수라면 얘기가 다르다. 당장 발각되지는 않더라도 분명히 수상한 낌새는 느낄 수 있을 테니 말이다.

바로 그때 뾰족한 비명 소리와 함께 병사들의 고함 소리도 들려왔다.

“놈이 이 방에 들렀다!”

“아직 이 내전에 있을지도 모른다! 단단히 포위하라!”

이제야 수색병들이나 방의 주인이 욕조에 있던 묵귀의 핏자국을 발견한 모양이다. 병사들의 명령과 여인들의 비명성이 잇달아 울려 퍼졌다.

그 점에 대해 묵귀는 조금도 신경 쓰지 않았다. 일부러 피를 치우지 않고 왔을 땐 이런 혼란도 미리 예상했던 참이다.

‘제독부 전체의 이목이 이 내전으로 집중되지는 않겠지만…….’

그렇게만 되면 이 내전을 빠져나갔을 때보다 수월히 움직일 수 있을 터이다. 바로 이 점을 노리고 피를 그대로 둔 채 나왔다.

핏자국을 발견했다는 소식이 다른 병사들에게도 전달된 모양이었다. 구령 소리와 정연하게 발을 맞춰 달려오는 일단의 무리가 내는 소리가 들렸다. 이 내전을 포위하기 위해 동원된 병사들이었다.

그와 함께 내전 안을 수색하던 병사들의 발자국 소리도 묵귀가 은신하고 있는 방 앞에서 멈췄다.

“들어가겠습니다. 수색에 협조해 주시길.”

방 밖에서 들린 말이 채 끝나기도 전에 문이 열리며 네댓 명의 병사가 안으로 들어섰다.

“결례를 용서하시기를!”

그중 지휘관으로 보이는 자가 이 방의 주인인 듯한 여인에게 깍듯한 군례(軍禮)를 갖췄다.

"괜찮아요. 괴한이 침입했다면 당연히 수색을 해야지요."

여인답지 않은 침착함으로 방의 주인은 한 켠으로 물러섰다.

"샅샅이 뒤져라! 놈은 아직 이 내전에 있음이 분명하다!"

묵귀는 좀더 움츠러들었다. 병사들이 생각 이상으로 철저하게 수색했던 것이다. 침상은 물론 여자들의 속곳이 들어 있을 옷장까지 모두 헤집다시피 뒤졌다.

"이상 없습니다!"

묵귀가 은신하고 있는 창가의 휘장까지 들춰본 병사 하나가 단정적으로 보고했다.

"알겠다. 실례가 많았습니다."

지휘관은 다시 방 주인에게 군례를 갖춘 후 다음 방으로 몰려갔다.

묵귀는 내심 안도의 숨을 내쉬었다. 병사들만 몰려왔지 무림의 고수는 없었다는 점에 대한 거였다.

"여기 앉으세요. 차를 준비해 오겠습니다."

병사들이 나가자마자 시비 중 한 명이 방 주인인 여인의 손을 잡아 탁자로 이끌며 말했다.

"아니다. 너희들은 가서 유 파파(劉婆婆)를 불러오너라."

여인은 조용히 시비들에게 명을 내렸다.

"제가 다녀올게요. 그동안 언니는 차를 준비……."

"둘 다 다녀오너라. 조용히 생각할 게 좀 있다."

여인은 재차 시비들에게 조용한 어조로 명을 내렸다.

아마 이런 일이 자주 있었던 것 같다. 시비는 서로의 얼굴을 한차례 바라보더니 가벼운 예를 갖추고는 밖으로 나갔다.

시비들이 밖으로 나간 것과 동시에 묵귀는 가슴이 철렁 내려앉는 것을 느끼며 재차 전신을 긴장시켰다. 여인의 시선이 자신이 은신하고 있는 휘장 쪽을 정면으로 직시한 탓이었다.

'설마 눈치챈 건 아니겠지?'

라는 생각이 미처 끝나기도 전에 여인의 조용한 목소리가 묵귀의 귓속으로 파고들었다.

"이젠 나오세요. 아이들은 금방 돌아오지 않을 거예요."

이 말을 들은 묵귀는 자신의 심장이 튀어나온 게 아닌지 확인해야만 했다.

아니, 그보다는 자신이 잘못 들었을 거라는 의심을 가졌다. 무공이라곤 전혀 모른다고 판단했던 여인의 입에서 나온 말은 그만큼 놀라웠다.

하지만 그 놀람이 채 가라앉기도 전에 묵귀의 손은 반사적으로 창문에 가 닿았다. 미리 생각해 둔 도주로였다.

"부상을 당한 것 같은데 그 몸으로 달아날 수 있다고 생각하나요?"

재차 여인의 말이 들렸을 때, 묵귀의 동작은 그대로 굳어져 버리고 말았다.

'대체 저 여인은 누굴까?'

다시 한 번 살펴봐도 여인에게서 무공을 익힌 흔적은 보이지 않았다.

그럼에도 불구하고 자신이 은신하고 있는 위치나 부상을 당했다는 것까지 알아내고 있다. 다른 모든 것에 우선해서 여인의 정체가 궁금해졌다.

"당신에게 해를 끼칠 생각이었다면 아까 병사들이 왔을 때 말했을 거예요."

여인은 거기서 말을 끊었지만 그 다음엔 분명 안심하고 나오라는 얘기일 게다.

묵귀의 가슴이 심하게 요동쳤다. 확실히 여인의 말 그대로였다. 병사들을 돌려보내고, 심지어 시비까지 일부러 내보낸 그녀가 해를 끼칠 염려는 없을 것 같았다.

묵귀는 다시 한 번 여인을 찬찬히 살펴보았다. 역시 어디에도 무공을 익힌 흔적은 없었다.

그러나 한 가지 더 알아낸 건 있었다.

'맹인(盲人)?'

확실히 그랬다. 자신이 은신하고 있는 휘장을 정면으로 직시하고 있었지만 여인의 동공은 전혀 움직이지 않았다.

그렇다면 지금까지 놀랐던 일들이 어느 정도는 이해가 되었다. 통상 맹인은 보이지 않는 대신 다른 감각 기관이 발달되어 있기 마련이다. 청각이나 후각 등등이 말이다.

'그래도……?'

묵귀는 여전히 망설였다. 단순히 감각이 뛰어난 맹인이라 자신의 존재를 파악한 거라고 믿을 정도로 그는 순진하지 않았다.

"좋아요. 그렇다면 지금 당장 병사들을 부르겠어요."

그 말을 들었을 땐 묵귀도 더 이상 버틸 수 없었다. 재빨리 휘장을 들추고 나가 그녀의 목에 착명조 날을 갖다 댔다.

"소리치면 죽인다."

어쩔 수 없이 묵귀의 어조는 스산하게 식어갔다.

하지만 여인의 태도는 여전히 물처럼 고요하기만 했다.

"몸을 씻어야겠군요. 옷도 갈아입어야겠고……."

어떤 동요도 느낄 수 없는 목소리로 말한 후 여인은 미간을 살짝 찌푸렸다. 묵귀에게서 풍기는 피비린내가 후각을 자극한 탓이었다.

여인의 목에 들이댔던 착명조가 조금 떨어졌다. 적의를 조금도 느낄 수가 없어서였다.

"대체 당신은… 누구요?"

조금 누그러진 어조로 묵귀는 물었다. 발각되었을 때부터 궁금했던 점이다.

"그게 궁금하다면 녹주(綠州)라고 부르세요. 그보다 당신은 제독을 죽이려고 침입한 건가요?"

여인의 이름을 입속에서 되뇌어 보긴 했지만 묵귀는 녹주의 질문에 대답하지 않았다.

"대답을 않는다는 건 긍정이군요. 그렇다면 당왕을 죽인 것도 당신이겠죠?"

여인은 집요했다. 동공이 움직이지 않아 표정이 없는 것처럼 보였지만 말이 조금 빨라진 걸 보면 마음이 조금 동요된 것 같았다.

"그걸 알아 뭐 하려고 하시오?"

녹주의 심적 동요를 묵귀도 알아챘다. 그래서 되물었다.

"나 역시 제독이 죽기를 바라고 있기 때문이죠."

지금까지와는 달리 녹주의 어조가 보다 매서워졌다.

그 말이 묵귀에게 던진 의혹은 컸다. 제독부의 내전에 살면서 제독이 죽길 바란다니? 이처럼 말도 안 되는 일도 드물 터이다.

하지만 그 의혹을 당장 풀 수는 없었다.

"아씨, 유 파파를 모셔왔습니다."

밖에서 아까 심부름 갔던 시비가 고하는 소리가 들려왔기 때문이다.

"욕실에 은신해 계세요. 우선은 씻어야 할 것 같으니까……."

녹주의 말이 채 끝나기도 전에 묵귀는 벌써 욕실로 짐작되는 곳으로 스며들고 있었다.

제독이 죽기를 바란다는 녹주의 말을 전적으로 믿어서 그 말에 따른 건 아니었다. 달리 선택의 여지가 없었다.

'최악의 경우엔……'

이 방에 있는 여인들을 모두 죽이고 다른 곳으로 은신하면 그만인 것이다.

그건 경비와 수색을 하고 있는 병사들에게 더 큰 혼란을 가져다 줄 수 있다는 또 다른 효과도 있을 터이다.

2

구문제독 정화강은 잠시도 그 자리에 앉아 있을 수 없었다. 당왕이 죽은 게 바로 오늘 아침. 그런데 아직 완전히 어두워지지도 않았는데 괴한이 이 제독부에 침입했다. 제정신을 유지할 수 있다면 그게 오히려 비정상일 게다.

거기다 한 가지 사실이 더욱 정화강을 공포에 잠기게 했다. 바로 사흘 전부터 신변을 지키라고 데려왔던 개유린이 빈사 상태에 빠져 있다는 점이었다. 물론 괴한과의 대결에서 진 결과였다.

'상대가 없을 거라고 해서 데려다 놓은 놈이었는데……'

그런데 자신의 목숨을 노리고 잠입한 괴한을 상대로 목숨이 오락가락하고 있는 개유린이다. 그만큼 괴한이 두려운 존재라는 얘기이다.

이런 경험은 얼마 전에도 한번 겪은 정화강이었다. 숱한 병사들을 동원했음에도 그때 그놈은 천면요희를 납치해 유유히 사라졌다.

'혹시 같은 놈이 아닐까?'

서로의 연관성이나 증거는 어디에도 없다. 그래도 정화강의 뇌리엔 지난번의 그놈과 오늘 제독부에 잠입한 괴한이 동일인이란 생각을 떨쳐 버릴 수 없었다.

"보고!"

갑자기 바깥에서 완전 무장을 갖춘 장수(將帥) 한 명이 구르듯 정화강의 앞에 무릎을 꿇었다.

"뭐냐?"

정화강은 신경질적으로 목소리를 높였다. 자신의 숨소리에도 흠칫 놀라는 상태였으니 이 역시 당연한 반응이었다.

"괴한이 내전에 들렀다는 보고이옵니다! 아직도 내전에 은신해 있을 가능성이 농후합니다!"

"뭣이?"

"아무래도 놈은 심한 부상을 입은 듯하옵니다! 엄청난 양의 피를 남겨 두고 모습을 숨겼다 하옵니다!"

"그, 그래서?"

"일단 내전을 포위하고, 내전에 있는 방마다 철저히 수색을 하고 있사옵니다!"

"그걸로 부족하다!"

반사적으로 소리치며 정화강은 그제야 의자에 던지듯 털썩 엉덩이를 걸쳤다.

지난번에 침입했던 놈도 눈 빤히 뜨고 놓쳐 버렸다. 오늘도 같은 일이 반복되지 않으리란 법은 없다.

특히 놈은 상대가 없다고 알려진 개유린까지 죽음 일보 직전까지 몰아넣었으니 더욱 철저한 대비를 해야만 한다.

"제독부에 소속된 모든 군사들을 동원하라! 반은 내전으로 보내고 반은 내 주위를 떠나지 마라!"

"존명!"

복명을 한 장수가 물러가려고 몸을 일으켰을 때,

"잠깐, 잠깐 기다려라!"

정화강은 황급히 부하 장수를 불러 세웠다.

"아무래도 병사들만으론 불안하다. 당장 금 대야에게 동원할 수 있는 모든 무림인들을 데리고 들어오라고 일러라!"

"존명!"

다시 한 번 복명을 한 장수가 다급하게 달려나갔다.

그제야 비로소 어느 정도 마음이 놓인 듯 정화강은 제대로 생각할 수 있게 되었다.

'당왕이 당했으니 역모도 다시 생각해야만 되는데……'

현재로썬 이 문제가 정화강에게 가장 시급하게 닥쳐 온 것이었다.

누가 뭐래도 역모의 구심점은 당왕이다. 그가 모든 일을 주도한다는 게 아니라 현 황제를 축출한 후 그를 세우지 않으면 명분이 떨어질 우려가 있기 때문이다.

그렇다면 이쯤에서 전체 판을 다시 짜야 할 경우가 생길지도 모른다. 아니면 역모를 포기하든가.

현실적으로 판을 다시 짜기는 어렵다. 어느 누가 선뜻 역모에 가담해 주겠는가 말이다.

'역모를 포기한다면 어떻게 처신해야 될까?'

자연스레 하나의 답으로 귀결되자 정화강은 그에 걸맞는 자신의 행동은 어떤 걸까를 고민하기 시작했다.

사실 그것도 길게 고민할 필요는 없는 문제였다. 역모를 포기할 바엔 아예 등을 돌리는 게 더 나은 방법이었다. 한때 같이 손을 잡았던 동료들을 제독의 이름으로 직접 추포(追捕)하는 것 말이다.

그 역시 손쉬운 일이다. 역모에 가담하겠다고 연판장(連判狀)에 수결
(手決)한 자들의 명단은 확보하고 있고, 또 증거도 충분했다.
  '그들을 한꺼번에 잡아다 넘기면 난 일약 일등공신이 되겠지.'
  조금 전까지 두려움에 떨었던 기억 따위는 잊어버린 정화강의 입가로
미소가 떠올랐다. 역모가 성공했을 때와는 비교도 할 수 없겠지만 그것
도 괜찮은 미래가 될 것 같았다.
  문제는 그들을 문초했을 때 자신이 연루되었다는 사실 역시 드러날 것
이라는 데 있었다.
  '역모의 조짐을 알고 실상을 파악하기 위해 그들에게 동조했다고 한
다면?'
  너무 어설프고 유치한 변명이다.
  하지만 그래서 더욱 먹힐 소지가 컸다. 이미 죽은 당왕도 자신과 같은
생각으로 움직이다 변을 당했다고 한다면 조카인 황제는 쉽게 넘어갈 것
이다. 누구보다 끔찍이 제 피붙이를 아끼는 황제니까 말이다.
  그렇게 생각을 정리하고 있는 사이에,
  "금 대야가 왔습니다!"
  밖에서 누군가가 고하는 소리가 들렸다.
  그 말은 달콤했던 정화강의 상상을 산산이 깨버렸다. 금 대야는 그에
게 곧장 무림인을 연상시켰고, 그건 당면하고 있는 괴한의 위협을 상기
시킨 탓이었다.
  "들라 해라!"
  말을 해놓고 정화강은 또 다른 생각에 자신도 모르게 어깨를 흠칫 떨
었다.
  '금 대야를 비롯한 몇몇 무림인도 역모에 가담되었는데……'
  그들의 처치가 걸끄러웠다. 관인들처럼 쉽게 제압할 수도 없을 것이

고, 어쩌면 자신에게 반격을 가해 올지도 모르기 때문이다.

"삼가 제독께 문안 여쭈옵니다!"

금 대야는 정화강 앞에 정중하게 무릎을 꿇었다. 당왕 주근덕을 대할 때보다 훨씬 더 정중한 예를 갖춘 것이다.

"일어나시오!"

그 예를 가볍게 받아넘기는 정화강의 머리 속이 다시 복잡해졌다. 금 대야를 위시한 무림인들의 처리 문제에 여전히 얽매여 있는 탓이었다.

"부르신 용건은……?"

몸을 일으켜 한쪽으로 비켜서며 금 대야는 조심스럽게 물었다.

그 모습을 보며 정화강은 생각을 굳혔다.

'그래, 우선 나를 노리는 괴한을 처치하고 나면 이놈들도 한꺼번에!'

그러나 속마음은 숨긴 채 정화강은 웃으며 금 대야에게 말했다.

"다름이 아니오. 오늘 내 목숨을 노린 괴한이 제독부에 침입했소이다. 병사들만으론 아무래도 마음이 놓이지 않아 그대를 부른 것이오."

"아니? 대체 어떤 놈이 감히?"

금 대야는 해연이 놀란 표정으로 정화강을 올려다보았다. 이미 당왕이 살해됐다는 건 알고 있는 사실이다. 그런데 제독까지 노림을 당하고 있다니 놀라지 않을 수 없었다.

"그래서 무림인들을 좀 데리고 오라고 했는데……."

"아, 그 점이라면 심려치 마옵소서. 곧 이리 모여들 것이옵니다."

"아, 그럴 건 없소. 그대와 믿을 만한 자 한둘만 내 곁에 머물고 나머지는 모두 내전으로 보내시오. 괴한이 거기에 은신해 있을 공산이 크니까."

"알겠사옵니다. 그럼 소인은 잠시 물러갔다가 다시 오겠나이다."

정말이지, 어울리지 않는다 싶을 정도로 극공의 예를 갖춘 후 금 대야는 제독 앞에서 물러 나왔다.

하지만 제독의 시선에서 벗어난 순간 금 대야의 눈엔 야릇한 빛이 감돌았다.

'정화강도 꽁무니에 불이 붙었구나.'

이건 정말이지, 재미있는 상황이었다. 나란히 역모의 두 주역으로 활동하다가 그중 하나가 비명횡사를 하자 나머지 한 명의 똥줄이 바짝 타들어가는 걸 구경하는 것 말이다.

'이걸 잘만 이용하면⋯⋯.'

제독까지 당왕 주근덕처럼 손아귀에 쥐고 마음대로 주무를 수 있게 될지도 모른다.

사실 제독은 당왕보다 훨씬 껄끄러운 존재였다. 바로 그가 가진 무력 때문이었다. 아무리 자신이 거느린 무림인들이 많다고 해도 나라를 지키는 병사들 만큼 동원할 수는 없는 노릇이니까 말이다.

그런데 그 난점을 해결할 수 있는 빌미를 제독 스스로가 입에 올렸다.

신변을 지킨다는 핑계로 제독과 밀착해 있으면서 그를 이쪽의 의도대로 움직일 수도 있고, 최악의 경우 협박을 가할 수도 있다. 경호를 포기하거나, 혹은 그의 생명을 직접적으로 위협할 수도 있을 터이다.

'우선 제독의 주변엔 천면요희와 소마라고 했던가? 그자를 붙여두면 되겠지.'

얼마 전 뜻하지도 않게 천면요희가 돌아왔다. 그것도 혼자가 아니라 쓸 만해 보이는 여럿과 말이다. 우선 급한 대로 그들을 제독 측근에 두어 그를 지키게 하면 될 것 같았다.

내전에 숨어 있을 것 같다는 괴한에 대해선 별로 신경 쓰지도 않았다. 뛰어난 고수라면 지금까지 제독이 살아 있지도 못했을 테니 말이다.

바깥은 벌써 어둠이 내려앉았지만 병사들이 피워둔 화톳불 덕분에 대낮처럼 밝았다.

그 사이로 금 대야의 작달막한 그림자가 서둘러 움직이고 있었다.

*　　　*　　　*

욕실에 은신해 있던 묵귀는 조금씩 당혹스러워졌다. 두 명의 시비가 욕조에 물을 채우기 시작했기 때문이다.

'목욕을 할 생각인가?'

상황이야 어떻든 여인의 목욕 장면을 지켜봐야 한다는 건 그리 자연스러운 일이 못 된다.

그러나 그 일은 닥치고 말았다. 속이 훤히 비치는 얇은 침의만을 입은 녹주가 욕실로 들어섰던 것이다.

차라리 묵귀는 눈을 감아버렸다. 욕실 가득 뽀얀 김이 서려 있어 발각될 염려는 크지 않았으니 차라리 보지 않는 게 편할 것 같았다.

"됐다. 오늘은 유 파파에게 수고를 끼칠 테니 너희들은 잠시 쉬고 있거라."

욕실 안까지 따라 들어오려는 두 시비를 녹주가 부드러운 어조로 제지했다.

이것도 가끔 있는 일인 모양이었다. 한차례 서로를 마주 본 시비들은 두말없이 물러가고, 대신 허리가 꼬부라진 노파가 힘겹게 욕실로 들어섰다.

그때는 묵귀도 눈을 뜨지 않을 수 없었다. 유 파파가 어떤 사람인지 확인해야만 했으니까 말이다.

하지만 유 파파보다 먼저 묵귀의 망막에 그려진 건 나신에 가까운 녹주의 육체였다. 발가벗은 것보다 훨씬 더 자극적이었다.

애써 눈을 돌린 묵귀는 유 파파를 살펴보았다. 그리고 녹주가 왜 그녀를 일부러 불러 욕실의 수발을 들라고 했는지 알 것 같았다.

유 파파는 그야말로 살아 있다는 게 의심스러울 정도로 나이가 든 노파였다. 눈과 귀가 거의 보이지 않고 들리지 않는 것은 물론, 정신까지 온전하지 않은 것 같았다. 한마디로 묵귀가 그 앞에 나서도 알아보지 못할 거라는 얘기다.

그렇더라도 이건 표가 너무 난다. 저런 노파에게 목욕 수발을 들라는 건 삼척동자가 봐도 뭔가 있다는 걸 알 수 있을 터이다.

"유 파파, 부탁드리겠어요."

그래도 녹주는 한마디 하며 욕조로 들어갔다. 그전에 유 파파의 어깨를 한차례 어루만지는 것도 잊지 않았다. 들리지 않는 그녀에 대한 배려였다.

그와 동시에 유 파파는 놀라운 움직임을 보여주었다. 보이지 않을 것 같은 눈으로도 정확하게 욕조로 다가가서 아주 능숙한 손길로 녹주의 몸을 씻어주기 시작했다.

'마치 평생을 목욕 시중만 들어온 것 같군.'

그 모습을 보며 묵귀가 느낀 생각이었다.

묵귀의 그 생각은 정확하게 맞았다. 유 파파는 아홉 살 때 제독부의 시비로 들어와 지금까지 욕실에서만 일을 했던 것이다.

그동안 제독은 세 번이나 바뀌었지만 욕실 시비라는 유 파파의 위치는 전혀 변하지 않았다. 그러니 숨 쉬는 것만큼이나 자연스러운 게 다른 사람들을 씻겨주는 거라고 해도 과언이 아니었다.

유 파파가 능숙하게 씻겨주고 있을 때, 녹주는 묵귀가 은신하고 있는 곳을 향해 손짓을 해 보였다.

'대체 뭘 하라고?'

묵귀는 더더욱 당혹스러웠다. 녹주의 손짓으로 봐선 그녀가 들어 있는 욕조에 들어오라는 것 같았다.

그러고 보니 욕조는 상당히 컸다. 통상 볼 수 있는 것보다 적어도 세 배는 될 것 같았다.

하더라도 선뜻 들어갈 수는 없었다. 저처럼 능숙한 유 파파라면 욕조에 잠긴 물이 미세한 변화만 일으켜도 알아차릴 염려가 있다.

그걸 모르지 않을 녹주였건만 그녀는 여전히 손짓으로 묵귀를 재촉했다.

'뭔가 있다!'

라고 생각하며 묵귀는 녹주의 손짓에 주의를 기울였다. 물에 잠긴 그녀의 육신이 여전히 집중을 방해했지만 이번엔 그녀가 뭘 얘기하는지 알 수 있었다.

묵귀는 녹주의 바로 뒤편을 주목했다. 커다란 물통 두 개가 보였다. 목욕을 다 한 후에 헹구기 위해 길어다 둔 물이었다.

'왜 저걸 지금 봤을까?'

스스로를 자책하던 묵귀는 이내 그 이유를 알 수 있었다. 녹주가 욕실로 들어선 순간 눈을 감았던 걸 떠올린 것이다. 그때 아마 무의식적으로 다른 감각 기관까지 차단한 모양이었다.

어쨌든 묵귀의 마음은 조금 편해졌다. 어차피 상처와 피에 젖은 옷은 씻어야만 한다. 녹주와 같은 욕조에 들어가지 않는 것만 해도 다행스러웠다.

물론 여전히 조심스럽긴 했다. 아무리 안 보이고 안 들려도 자신의 존재를 유 파파가 눈치채지 못하란 법은 없으니까 말이다.

많은 생각 끝에 묵귀는 마침내 움직였다. 어쩌면 장시간 이 내전에 은신해 있어야 할지도 모른다. 전신으로 피 냄새를 풀풀 풍기며 있을 수는 없는 노릇이니 이 기회를 놓칠 수는 없었다.

그와 함께 녹주가 갑자기 콧노래를 부르기 시작했다. 발로는 장단을 맞추는 것처럼 규칙적으로 물장구를 치기도 했다.

그건 묵귀에게 상당한 도움이 되었다. 그는 비교적 편한 상태로 상의를 벗고 상처부터 씻기 시작했다.

이미 금창약을 발랐지만 물이 닿자 상처는 다시 따끔거렸다.

그래도 묵귀는 아주 세심하게 상처를 씻었다. 다시 금창약을 바르겠지만 그전에 깨끗하게 해두는 게 무엇보다 중요했다.

상처를 모두 씻은 다음 묵귀는 벗은 상의를 물통 속에 넣었다. 삽시간에 깨끗하던 물이 핏물로 변해 버렸다.

그 통 속에 묵귀는 이번에 하체를 담갔다. 바지는 벗어서 빨 수가 없으니 아예 몸까지 집어넣은 거였다.

젖은 옷의 물기를 대충 짜낸 후 묵귀는 다시 몸을 숨겼다. 유등을 밝힌 욕실엔 의외로 그림자가 많아 은신하기가 수월했다.

그걸 확인한 녹주는 유 파파의 손을 잡으며 조금 큰 소리로 말했다.

"됐어요, 유 파파! 수고하셨어요! 애들아, 유 파파를 모시고 나가거라!"

녹주의 명은 제격 시행되었다. 대기하고 있던 두 명의 시비가 들어와 조심스럽게 유 파파를 데리고 나갔다.

그사이 녹주는 묵귀가 씻느라 핏물로 변해 버린 통의 물을 쏟아버렸다. 그 움직임의 정확함에는 혀를 내두를 지경이었다.

"대체 왜 나를 돕는 거요?"

그사이 묵귀는 재빨리 물었다. 녹주로선 이렇게까지 할 이유가 없었다.

"말했잖아요. 저 역시 제독이 죽어 없어지길 바란다고."

"대체 왜?"

묵귀는 재우쳐 물었다. 이게 정말 중요한 거였다. 단순히 죽길 바란다고만 해서는 설득력이 없다.

"나를 가지려고 우리 집안을 파멸시켰어요."

"누가?"

반사적으로 물어놓고 묵귀는 '아차' 싶었다. 물어볼 것도 없이 그건 제독일 테니 말이다.

"내가 제독을 이리 부르겠어요. 어떤 일이 있더라도 올 거예요."

"뭐?"

묵귀로선 믿을 수 없는 녹주의 말이었다. 만약 그렇게만 된다면 더할 나위 없이 좋지만 말이다.

"제독은 끊임없이 제 몸을 원했지만 한번도 응하지 않았어요. 그때마다 혀를 깨물어 자진(自盡)한다고……."

"아씨, 들어가겠습니다."

녹주의 말이 끝나기도 전에 밖에서 시비들의 목소리가 들렸다.

"오늘 밤이에요."

다짐을 두는 것처럼 속삭인 후 녹주는 시비들을 불렀다.

그때 벌써 묵귀는 욕실 바닥에 드리워진 그림자 속으로 스며든 뒤였다.

3

더 이상 버티지 못하고 죽어버린 개유린의 시신을 보고 있는 소마의 입가엔 특유의 해사한 웃음이 떠올랐다.

"이 상처들을 보면 뭐 생각나는 거 없어?"

침상에 누워 있는 개유린의 시신을 함부로 이리저리 굴리며 소마는 뒤에 시립해 있는 검로와 마로에게 질문을 던졌다.

검로와 마로는 선뜻 대답하지 않았다. 문에 버티고 서 있는 장수를 의식한 탓이었다.

"이게 흑월강과 유성환에 의한 상처라는 걸 모르진 않을 테지. 이자를 죽인 건 묵귀야."

단정적으로 말을 맺은 후 소마는 그대로 몸을 돌렸다. 자신들을 제독부로 데려온 금 대야에게 특별히 부탁해서 개유린의 시신을 보게 되었지만 이젠 더 이상 볼 것도 없었다.

"내전엔 몇 명이 배치되었지?"

개유린의 시신이 있는 방에서 나오자마자 소마는 물었다.

"스무 명이 갔습니다."

"그걸로는 어림도 없지. 아무리 묵귀가 부상을 당했어도 말이야."

잠입했던 괴한, 즉 묵귀가 부상을 당한 채 내전에 은신해 있을지도 모른다는 얘기는 이미 들은 소마이다.

"어떻게 하실 작정입니까?"

마로가 걱정 섞인 어조로 물었다. 그는 아직도 소마가 묵귀와 맞서는 걸 원치 않았다.

"독 안에 든 쥐는 잡아야겠지."

"그럼 묵귀가 내전에 있다고 확신하십니까?"

이번엔 검로의 질문이었다.

"검로라면 어땠을 거 같아? 나라면 묵귀와 같은 방법을 택하겠는데. 딱히 내전이 아니라도 이 제독부 내에 몸을 숨겼겠지."

　말끝에 웃음기를 담으며 소마는 걸음을 재촉했다. 이젠 제독에게 볼일
이 있었다.
　제독의 곁에는 금 대야와 천면요희가 붙어 있었다.
　"흉수는 묵귀였어요."
　안으로 들어서자마자 소마는 한마디 툭 던졌다.
　"묵귀?"
　소마의 말에 가장 놀란 건 아무래도 천면요희였다. 그는 제독 앞이라
는 사실도 잊고 커다랗게 묵귀의 이름을 부르짖었다. 그만큼 그의 뇌리
에 박힌 두려움은 컸다.
　"내전으로 가볼까요? 묵귀가 남긴 흔적이 있다니깐 살펴봐야겠죠?"
　그 말을 들은 천면요희의 얼굴엔 핏기가 싹 가셨다. 묵귀가 있는 곳이
라면 어떤 곳에도 가기 싫다는 표정이었다.
　"자네가 가도록 하게. 저 사람은 제독의 곁을 떠날 수 없다네."
　금 대야의 이 말은 천면요희에게 있어선 구원과도 같았다.
　"알았어요."
　소마도 천면요희에겐 별로 개의치 않았다. 제독에게 가벼운 예를 갖춘
후 몸을 돌렸다.
　"기다리게!"
　밖으로 나가려는 소마를 불러 세운 건 제독이었다.
　"내전에 가거든 녹주라는 아이를 데리고 오게. 괴한이 침입했다니까
무섭다면서 나더러 와달라고 하더군. 그런데 내가 갈 수는 없지 않겠
나?"
　그건 사실이었다. 방금 녹주의 시비가 와서 오늘 밤에 자신의 방에 와
달라는 말을 전해왔던 것이다.
　"녹주라……. 알았어요."

해맑게 대꾸하며 소마는 밖으로 나갔다. 그 뒤를 검로와 마로가 재빨리 따라붙었다.

"정말 묵귀와 싸우실 생각입니까?"

"부상을 입었다잖아. 묵귀를 없애려면 지금이 기회야."

우려 섞인 마로의 질문에 소마는 간단하게 대답했다. 지금 내전에 스무 명의 살수들이 있고, 검로와 마로까지 가세한다면 부상당한 묵귀 정도는 충분히 제거할 수 있을 터이다.

게다가 이런 기회도 없다. 들은 얘기로 미루어봤을 때 묵귀는 엄중한 부상을 입고 있는 것 같다. 상처를 치료하기 전에 상대하는 게 좋다는 얘기다.

'바로 오늘, 지금이라는 얘기지.'

생각을 굳히며 소마는 혀를 내밀어 입술을 한차례 핥았다. 묵귀를 죽인다는 생각만으로도 벌써 몸이 저릴 정도로 짜릿한 흥분이 감돌았다.

"묵귀를 상대해서 좋을 건 아무것도 없습니다. 부디 재고해 주시길."

다시 한 번 말리는 마로에게 소마는 그저 웃어 보였다. 설사 오늘 묵귀를 죽이지 못한다고 해도 자신만은 무사할 터이다. 향지라는 아주 강력한 안전 장치가 있으니까 말이다.

저만치 내전으로 통하는 문이 보였을 때, 소마의 발길은 더욱 빨라졌다.

＊　　　＊　　　＊

묵귀로선 숨막히는 시간들이었다. 병사들의 수색이 끝난 뒤 밀려든 살수들 탓이었다.

'제독은 오지 않는다!'

녹주 말로는 그녀가 부르면 제독이 틀림없이 올 거라고 했지만 묵귀는
그걸 전적으로 믿지 않았다. 어느 미친 작자가 자신의 생명을 노리는 괴
한이 숨어 있을지도 모를 곳에 온단 말인가. 살수들이 대거 밀려온 건 바
로 그 반증이었다.

묵귀는 이 방에서 나가야 한다고 생각했다. 여기 있다는 게 들키면 녹
주에게 어떤 피해가 갈지도 모르니까 말이다.

하지만 그게 마음대로 되지 않을 것 같았다. 심한 부상을 입은 몸으로
함부로 움직였다간 자칫 실수를 할지도 모른다. 살수들은 병사들과는 분
명 다른 존재들인 것이다.

"너희들은 한 번 더 제독에게 다녀오너라."

긴장하고 있는 묵귀의 귀에 녹주의 목소리가 들렸다. 딱히 제독을 재
촉한다기보다는 시비들을 내보내려는 의도가 큰 것 같았다.

시비들이 나가자 묵귀는 욕실에서 나가 녹주 앞에 섰다.

"위험한 기운이 밀려오고 있어요. 대책을 세워야 해요."

묵귀가 나오자마자 녹주가 다급하게 속삭였다. 특출한 감각으로 내전
에 실수들이 몰려왔다는 걸 느낀 모양이다. 대책을 세워야 한다는 말도
그가 부상을 입고 있음을 감안한 것이었다.

"여길 벗어나야겠소. 제독도 오지 않을 테니까."

"그 몸으론 어디에도 갈 수 없어요. 여기 계시는 게 더 안전해요."

말은 그랬지만 녹주의 목소리엔 힘이 없었다. 그녀도 자신이 없었던
탓이다.

"녹주란 여인이 있는 방이 어딘가요?"

밖에서 갑작스런 말소리가 들렸을 때, 묵귀의 표정은 삽시간에 굳어졌
다.

'소마!'

바로 그의 목소리였기 때문이다.

묵귀는 반사적으로 밖으로 나가려고 몸을 움직였다. 소마란 이름은 그대로 향지와 연결되니까 말이다.

그러나 묵귀보다 녹주의 손이 더 빨랐다. 그녀는 그의 옷자락을 쥐고 나가려는 걸 말렸다.

"이 방이오!"

누군가 소마를 안내해 온 모양이었다. 바깥에서 또 다른 목소리가 들렸을 때 묵귀는 이미 그 자리에 없었다. 의식한 게 아니라 본능적으로 휘장 뒤에 몸을 숨겼던 것이다.

"아하, 이러니 제독께서 저더러 소저를 모셔오라고 했군요."

방에 들어서자마자 소마는 해맑게 웃으며 말했다. 녹주가 맹인이라는 걸 알아차린 탓이었다.

그러나 묵귀에겐 그 말을 듣기 위해 소비할 청각 따위는 없었다. 소마와 함께 방에 들어온 검로와 마로가 예리하게 방을 살폈기 때문이다.

그뿐만이 아니었다. 은연중에 내전에 스며들어 움직이고 있던 살수들의 기척도 바로 이 방으로 집중되었다.

'진작에 나갔어야 했다!'

이제 와서 후회해 봐야 소용없다는 걸 알면서도 묵귀는 혀를 깨물었다. 여자를 이용해 제독을 유인한다는 식의 얕은 꾀는 애당초 부릴 게 못 되었다.

그렇다고 후회만 하고 있을 수는 없다. 이대로 있다가는 발각될 건 뻔한 노릇. 그전에 뭔가 조치를 취해야 한다.

휘장 뒤에 은신해 있던 묵귀의 신형이 흐릿해졌다. 이 방을 향해 접근하고 있는 살수들에게 선공을 취할 생각이었다.

물론 방에 있는 소마나 검로 등의 존재들에겐 충분한 신경을 쓴 움직

임이었다. 애써 기웠던 상처가 다시 터질지도 모르지만 그 정도 위험쯤
은 감수해야만 한다.

묵귀가 가장 먼저 스며든 곳은 천장이었다. 가장 움직이기 편하고, 이
제 완전한 어둠에 잠겨 있는지라 더할 나위 없이 적당한 장소였다.

묵귀는 착명조를 단단히 몸에 갈무리했다. 적들을 죽이더라도 소리나
피를 흘려서는 안 된다. 교살(絞殺)을 택할 수밖에 없다는 얘기이다.

천장의 어둠에 의지해 묵귀는 세심하게 주변의 기류를 감지했다. 한
번에 한 명밖에는 상대할 수 없으니 그 선후를 잘 선택해야만 한다.

세 개의 기척이 거의 동시에 걸려들었다.

평소라면 묵귀는 웃었을지도 모른다. 이처럼 조심성없이 다가오는 살
수들이라면 손쉽게 처치할 수 있을 테니까 말이다.

그러나 오늘은 결코 편하게만 생각할 수는 없었다. 바로 아래에 소마
일행이 있다는 건 제외하더라도 부상을 입은 몸으로 살수들을 상대하기
란 극히 힘들다는 건 뻔한 일이다.

'뒤다!'

세 개의 기척 중 묵귀는 배후에서 접근해 오는 자에게 집중했다. 그가
가장 가까웠기 때문이다.

묵귀의 생각은 늘 행동을 수반했다. 결정된 순간 이미 그의 형체는 흐
릿해지며 뒤쪽으로 이동을 시작했다.

뒤에서 다가오던 자의 배후에 다시 모습을 드러낸 묵귀는 하마터면 실
소를 터뜨릴 뻔했다. 너무 바짝 긴장하고 있는 살수의 모습 탓이었다. 초
보 중에서도 왕초보라는 걸 한눈에 알아볼 수 있었다.

하지만 아무리 사소한 것이라도 감정의 개입은 금물이다. 지금은 그
어느 때보다 불리한 상황이니 더욱 냉정하게 일을 처리해야만 한다.

마음을 정한 묵귀는 망설이지 않았다. 손을 뻗어 바로 앞에 있는 자의

울대를 팔로 감아쥐었다.

우드득!

목뼈가 으스러지는 소리는 그렇게 묵귀의 팔 안에서 잠겨들었다. 동시에 놈의 육신이 무겁게 축 늘어졌다.

묵귀는 내심 신음을 삼켜야 했다. 놈의 목을 부러뜨리느라 가슴의 상처가 상당히 심하게 눌린 탓이었다.

상처가 다시 터진 게 아닌지 살펴보기도 전에 묵귀는 다시 움직였다. 우측에 있는 자가 그사이 부쩍 다가온 낌새를 감지한 뒤였다.

빠르게 두어 발짝 정도 이동한 후 묵귀는 그대로 오른손을 뻗었다.

'컥!'

손아귀 가득 놈의 울대가 느껴지며 그 기도 속으로 삼켜지는 호흡도 손바닥 가득 전달되었다.

그대로 놈을 들어올린 묵귀는 손가락 끝에 힘을 가했다. 경동맥을 눌러 질식사시킬 작정이었다.

교살시키는 가장 쉽고 빠른 방법은 조금 전과 같이 뒤에서 팔로 적의 목을 감싸는 것이다.

하지만 그렇게 했을 때 상처에 전해지는 고통이 너무 컸다. 자칫 꿰맨 부위가 다시 터지기라도 한다면 이렇게 은밀히 움직일 수도 없게 되고 만다.

그래서 묵귀는 지금과 같은 방법을 택했다. 놈이 상처에 닿는 걸 피하고, 또 질식될 때의 발작으로 인해 소리가 날까 싶어 공중으로 들어올린 것이었다.

예상대로 놈은 퍼덕거렸다. 들어올리지 않았다면 저 발이 바닥을 차서 상당히 시끄러웠으리라.

그래도 묵귀는 도무지 마음에 들지 않았다. 다른 한 놈이 지척지간까지 접근해 있으니 만약 놈이 조금이라도 예민하다면 이 움직임을 놓칠 리 없을 터이다.

여전히 조금씩 퍼득거리는 놈을 든 채 묵귀는 위치를 약간 이동했다. 아주 조금의 움직임이었지만 이걸로 수중에 있는 놈의 목숨을 확실히 끊을 수 있는 시간은 번 셈이었다.

드디어 놈이 축 늘어졌을 때 묵귀는 조용히 바닥에 내려놓았다. 동시에 그의 오른손이 다시 한 번 어둠을 헤치며 뻗어 나갔다.

거기엔 어김없이 또 다른 놈의 모가지가 걸렸다.

하지만 이번엔 묵귀의 뜻대로 일이 풀리지 않았다. 놈의 목을 거머쥔 순간 한줄기 예리한 경기가 옆구리로 곧장 파고들었던 것이다.

'협!'

묵귀로선 실로 생각지도 못한 기습이었다. 세 놈에게만 너무 신경을 쓴 나머지 미처 다른 자들을 의식지 못한 탓이리라.

아니, 어쩌면 자신의 부상과 종적을 들켜선 안 된다는 강박감이 묵귀의 감각을 무디게 만든 건지도 모른다.

물론 대처를 하지 않을 수는 없는 노릇. 묵귀는 재빨리 손에 쥔 놈을 잡아당기며 그 왼쪽으로 돌았다.

뜨끔!

아마도 무리한 움직임 탓이었으리라. 가슴과 옆구리의 상처에서 깜짝 놀랄 정도의 통증이 밀려들었다.

그러나 고통을 느낄 수 있을 때가 좋다. 죽어버린 뒤라면 이 통증도 그리워질 테니 말이다.

스퍽!

예리한 절단음과 더불어 비릿한 피 냄새가 왈칵 공간을 채웠다. 묵귀의 옆구리를 노렸던 예기가 그대로 다른 놈의 동체를 잘라 버렸던 것이다.

묵귀는 재빨리 착명조를 꺼내 들었다. 벌써 자신의 존재는 알려졌을 터. 이젠 가릴 게 없었다.

쓰와웅!

착명조가 긴 파공성을 끌며 허공을 쪼갰다. 어둠보다 더 어두운 달 하나가 천장과 지붕 사이의 좁은 공간에 떴다 싶더니 이내 사방으로 폭산되었다.

파바바박!

그중 몇 개는 나무로 만들어진 천장을 통과해 그대로 아래로 쏟아졌다.

이건 다분히 묵귀가 의도했던 바이다. 이왕 알려졌으니 소마 일행에게도 혼란을 주자는 의도에서였다.

왈그락!

흑월강에 실린 막강한 힘을 감당하지 못한 천장이 그대로 무너져 버렸다.

그와 함께 묵귀는 방으로 뛰어내렸다. 소마 등과 싸우고자 한 게 아니라 녹주를 보호하기 위해서였다. 어쨌든 그녀는 자신을 도와주었으니까 말이다.

묵귀의 이번 의도는 성공적으로 들어맞을 것 같았다. 뛰어내리자마자 곧바로 녹주가 보였으니까 말이다.

망설이지 않고 묵귀는 녹주의 허리를 감아 안았다. 이대로 창을 부수고 밖으로 나갈 생각이었다.

"아아악! 살려줘요!"

녹주가 갑자기 발버둥을 치면서 소리를 지른 건 바로 그때였다.

한순간 묵귀는 어리둥절해지고 말았다. 녹주의 예민한 감각이라면 허리를 감싸 안은 사람이 자신이란 걸 충분히 알 터이다.

그런데 이처럼 고함을 지르며 도움을 요청하고 있다. 불과 조금 전까지만 해도 어떻게든 도와주려고 했었는데…….

하지만 다음 순간 묵귀는 녹주의 의도를 깨달았다.

알고서는 그대로 있을 수 없는 노릇. 묵귀는 수중의 착명조를 곧장 녹주의 가녀린 목에 갖다 댔다.

"허튼짓 하면 이 여자의 목을 잘라 버리겠다!"

이건 녹주의 마음을 헤아리고 난 뒤에 내뱉은 협박이었다. 묵귀의 어조가 필요 이상으로 스산하게 식은 것도 그 때문이었다.

"반가워요, 묵귀. 그사이 얼굴이 더 좋아진 것 같군요."

마치 이 모든 걸 예상이나 하고 있었다는 듯 소마는 놀란 표정도 없이 말을 건넸다.

"나도 무척이나 반갑다, 소마! 이가 시릴 정도로!"

대꾸하는 묵귀의 어조가 더욱 차갑게 식었다. 그건 역시 소마가 데리고 있을 향지 탓이리라.

"천하의 묵귀가 여자를 인질로 잡는 건 어울리지 않아요. 놔주고 우리끼리 얘기하는 게 어때요?"

조금도 위축되지 않은 얼굴과 목소리로 소마가 말했다. 눈빛 가득 장난기까지 머금었다.

"허튼소리하지 말고 길을 열어라!"

오늘은 이대로 돌아가겠다는 게 묵귀의 생각이었다. 소마를 다그쳐 향지가 어디 있는지 알아내고픈 마음은 굴뚝같았지만 지금은 때가 아니었다. 적지나 다름없는 제독부에 부상당한 몸으로 오래 머문다는 건 자살 행위와 다름 아니었다.

"호오, 이젠 향지가 궁금하지도 않다는 얘긴가요?"

묵귀가 애써 피하고자 했던 얘기를 소마가 거론하고 나섰다. 놀리려는 건지 도발하려는 건지 애매한 표정으로 말이다.

"제, 제발 살려주세요! 제독 합하를 불러주세요!"

떨리는 목소리로 녹주가 재차 부르짖었다. 정말로 생명의 위협을 느끼고 있는 사람처럼 보였다.

그러나 묵귀는 확연히 알 수 있었다. 목소리는 비록 다급했지만 녹주는 전혀 떨고 있지 않았다.

이렇게 함으로써 묵귀에게 조금이나마 유리한 상황을 만들어주고자 했던 것이다.

"오란다고 올 것 같아요? 이처럼 위험한 곳에? 그러지 말고 당신을 잡고 있는 사람에게 사정해 보는 게 나을 거예요. 여자를 해칠 사람은 아니니까."

소마에겐 여전히 이 상황이 재미있기만 한 모양이었다. 입가에 떠오른 미소를 지우지도 않고 내뱉었다.

"그러지 마시고 제발 제독 합하를 불러주세요. 아니, 여기 상황을 말씀이라도 드려주세요."

"누가 뭐래도 그는 오늘 여기서 한 발짝도 움직일 수 없어요!"

더욱 절박해진 녹주의 말을 소마는 여전히 천진난만한 어조로 잘라 버렸다.

그게 무슨 신호였으리라. 방의 여기저기에 여태까지 보이지 않던 자들의 모습이 하나둘씩 나타났다. 지금까지 모습을 감추고 있던 살수들이었다.

第四十五章
혼돈(混沌)

1

설염봉은

내내 불안했다.

'왜 이럴까?'

스스로 자문을 해봐도 뚜렷한 답이 나오지 않았다.

그녀는 시선을 작은 정원으로 돌려 거기서 칼을 휘두르고 있는 엽군영을 쳐다보았다. 오늘따라 더욱 무리를 하는 것 같았다.

평소 같았으면 엽군영을 말렸을 설염봉이다. 하지만 오늘은 가벼운 한숨만 토했을 뿐 그냥 고개를 돌려 버리고 말았다.

거기에 장호량이 다급하게 대문을 지나 걸어오는 게 보였다.

그 모습을 보며 설염봉은 자신도 모르게 벌떡 몸을 일으켰다.

"큰일 났네! 큰일 났어!"

그 말을 하지 않았더라도 설염봉은 뭔가 일이 벌어졌다는 걸 짐작할 수 있었다. 장호량의 표정이 그처럼 다급했기 때문이다.

그 바람에 엽군영은 휘두르던 칼을 멈추고 돌아보았다. 약간 상기되어 있긴 했지만 그리 놀란 표정은 아니었다. 어쩌면 그 역시 막연한 불안감을 느껴 그처럼 무리하고 있었는지도 모른다.

"대체 무슨 일이길래 그리 호들갑을 떠시오?"

말끝의 호흡이 약간 거칠었지만 어디까지나 담담한 어조로 묻는 엽군영이었다.

"글쎄, 그게… 믿을 수도 없고 안 믿을 수도 없는 소문이 돌아서……."

"그럼 소문만 듣고 그렇게 수선을 피웠단 말이오? 대체 무슨 소문이길래?"

여전히 핀잔을 주긴 했지만 이번엔 표정이 살짝 굳어지는 엽군영이었다. 오늘 자신으로 하여금 턱없이 무리한 칼 휘두르기를 하게 한 뭔가가 터진 것 같은 예감 탓이었다.

"그게, 글쎄, 당왕 전하께서 괴한에게 피습당해 돌아가셨다는 소문일세."

"뭐요?"

"아!"

각기 달랐지만 그 뜻은 하나인 소리가 엽군영과 설염봉의 입에서 동시에 터져 나왔다.

"괴한이라니? 대체 흉수는 누구요?"

다급하게 질문을 던지면서도 엽군영의 뇌리엔 묵귀의 얼굴이 스치고 지나갔다. 마지막으로 봤을 때 그는 뭔가를 결행하러 가는 사람의 표정이었던 것이다.

"단순한 소문인가요, 아니면 사실인가요?"

장호량이 뭔가 대답하기 전에 설염봉이 다시 물었다. 단지 소문뿐이라면 이처럼 긴장할 필요가 없을 터이다.

"확인해 보지는 않았네. 하지만 관가의 말단까지 쉬쉬하면서도 다들 알고 있는 것 같더군. 그리고 흉수에 대해선 알려지지 않았네만……."

장호량은 말꼬리를 흐렸다. 그 역시 지난번 만났을 때 묵귀의 마지막 모습을 본 터. 진한 의심이 뇌리를 가득 채우는 건 어쩔 수 없었다.

"명색이 관인이면서 그것도 하나 확인하지 못하셨소?"

세찬 어조로 타박을 주는 엽군영이었지만 장호량의 표정만으로 이미 충분한 대답을 들은 것 같았다. 묵귀가 아니고선 그처럼 대담한 일을 해 낼 자는 드물다.

"여기는 황도(皇都)일세. 나 같은 향촌(鄕村)의 포두 따위를 누가 상대 해 주겠나."

떨떠름한 표정으로 장호량은 변명을 했다. 실제로 여기 북경에선 자신 은 이름만 포두일 뿐 관인 취급도 받지 못하는 상태였다.

어쨌든 그건 엽군영의 관심을 끌 만한 일이 아니었다.

"어떻소? 장 포두도 이번 흉수가 묵귀라고 생각지 않으시오?"

"자네도 그리 생각하는가?"

엽군영의 질문에 장호량 역시 동조한다는 얼굴색으로 되물었다.

"아무래도 마지막 봤을 때의 묵귀의 얼굴이 심상치 않았소."

"나도 같은 생각일세. 다만 바라는 건 이게 끝이었으면 좋겠다는 걸 세. 뭐, 벌써 묵귀는 이 땅에 발붙이고 살기가 어려워졌지만……."

"그럼 장 포두도 묵귀가 일을 더 벌일 거라고 생각하시오? 그럼 다음 은 어디의 누구가 되겠소?"

"그야 당연한 것 아닌가. 제독이겠지."

자신의 예상과 정확하게 맞아떨어지는 장호량의 답변에 엽군영은 할 말을 잃었다.

“대책을 세워야죠.”

설염봉이 끼어들었다. 이미 벌어진 일이나 아직 벌어지지 않은 일에 대한 것만 얘기하는 건 너무 공허하다. 지금 현 시점에서 할 수 있는 최선을 다해야만 한다. 그래야 묵귀를 구할 수 있는 가능성이 조금이라도 생긴다.

하지만 설염봉의 그런 기대는 장호량의 한마디에 의해 무참하게 깨져 버리고 말았다.

“어떤 대책? 묵귀는 당왕 전하를 죽였네. 이 나라에 하나뿐인 황제 폐하의 숙부를 시해(弑害)했단 말일세. 손쓸 방도가 없다네.”

“다른 건 몰라도 묵귀를 멀리 피하게 할 수는 있잖아요.”

“그보다는 당장 우리들의 살길부터 찾아야 될 걸세.”

“예? 그게 무슨……?”

“당왕 전하께서 시해되셨으니 곧 흉수를 잡으라는 황명이 내릴 걸세. 그럼 이 북경은 물론 전국을 샅샅이 뒤질 걸세. 그렇다면 당장 묵귀는 잡지 못할지 몰라도 그에 관련된 자들은 어떻게든 드러날 걸세. 바로 우리들 얘긴데……. 그보다 나 역시 관인으로서 당왕 전하의 시해범을 뻔히 알면서 눈감고 있기도 난감한 일일세.”

장황한 장호량의 말은 그대로 설염봉의 가슴을 도려내는 비수의 날과도 같았다. 한동안 그녀는 그의 신분을 잊고 있었던 것이다.

하더라도 이 얼마나 쌀쌀맞은 장호량의 말인가. 비록 그리 긴 시간은 아니지만 많은 곡절을 겪은 사이임을 감안해서라도 이렇게 말할 수는 없을 터이다.

“그래서? 우릴 잡을 건가요?”

“그렇겠지. 장 포두껜 나름대로의 입장이 있을 거요. 그러니 여기서 우린 그만 갈라서도록 합시다. 다음에 만났을 땐 어떻게 해도 좋으나 오늘 여기선 우릴 막지 마시오."

감정에 치우친 설염봉보다는 확실히 엽군영이 냉정했다.

그렇다고 지금 당장 묵귀를 찾아가려는 건 아니었다. 그보다 급한 건 자신들의 모습을 감추거나 바꾸는 일이었다.

게다가 묵귀는 지금 당장 찾을 수도 없다. 어디 있는지도 모르고서야 달리 방법도 없는 것 아닌가 말이다.

"나는 포두 노릇이 싫어졌네."

그만 가자고 설염봉에게 눈짓을 보내고 있는 엽군영의 귀에 한탄 섞인 장호량의 목소리가 들렸다.

"그게 무슨 말씀이에요?"

엽군영은 몰라도 설염봉으로선 천만뜻밖인 장호량의 말이었다. 얼마 간 바로 곁에서 생활하면서 그가 얼마나 포두라는 직책에 자부심을 가지고 있었는지 잘 아는 까닭에서였다.

"더럽네. 권력을 위해 육친을 죽일 음모나 꾸미는 이런 관부가 싫어졌네."

장호량은 발작적으로 내뱉었다. 표정 가득 오물을 삼킨 것 같은 불쾌감도 함께 떠올랐다.

실제로 장호량의 기분은 더럽기 짝이 없었다. 백성을 위하고 법을 지키기 위해 최선을 다하면 관인들의 직분은 끝난다. 거기에 더 부릴 욕심이 어디 있단 말인가?

"그건 차차 생각키로 하시오. 우리는 가야겠소."

여기서 장호량이 자신들을 막는다고 해도 어쩔 수 없는 엽군영이었다. 말투가 조심스러워지는 것도 그 때문이었다.

"같이 가세. 나도 묵귀를 돕겠네."

툭!

뭔가를 꺼내 바닥으로 내팽개치며 장호량이 먼저 몸을 돌려 밖으로 나갔다. 포두임을 증명하는 패(牌)였다.

그러나 장호량은 다시 돌아와서 그 패를 주웠다.

"일단 우리들의 신분부터 바꿔야겠지. 그때 필요할 것 같네."

"같이 갑시다."

패를 갈무리한 후 재빨리 걸음을 옮기는 장호량의 뒤를 엽군영과 설염봉이 황급히 뒤따라 나갔다.

장호량이 어슬렁거리며 거닐고 있는 곳은 북경의 으슥한 뒷골목이었다.

비록 느긋한 움직임이었지만 그의 눈매만은 사냥감을 노리는 매의 그것과 흡사했다. 바로 포두의 눈빛이란 얘기였다.

바로 그런 눈에 걸려든 건 바로 골목의 한 귀퉁이에 놓여져 있는 주사위 노름판이었다. 아무도 지키는 자는 없었지만 동전 몇 문에 궁벽한 삶을 거는 가련한 인간들의 등을 쳐 먹는 사기 도박판이 틀림없었다.

그쪽으로 다가간 장호량은 도박판 위에 은자 한 냥을 던졌다.

그 효과는 즉각 나타났다. 도박판이 놓여 있던 곳 바로 뒤에 위치한 허름한 주점에서 한 사람이 튀어나왔던 것이다. 불량기가 줄줄 흐르는 삼십대 중반의 장한이었다.

"방법은 아실 거요. 자, 어느 쪽에 걸겠소?"

두 개의 주사위를 사기 그릇 속에 넣어 흔들면서 장한이 물었다.

"도박을 하려는 게 아닐세. 우선 그 돈을 집어넣고 내 부탁을 하나 들어주게."

"뭐, 뭐라고요?"

장한은 믿어지지 않는다는 눈으로 장호량과 은자를 번갈아 쳐다보았다.

툭!

다시 한 번 장호량의 신분 패가 도박판 위에 던져졌다.

"그것과 똑같은 위조품이 다섯 개 필요하네. 얼마면 되겠는가?"

장한이 미처 대답할 사이도 주지 않고 장호량은 열 냥의 은자를 주르륵 도박판 위에 뿌렸다.

지금 장호량은 자신이 하는 일에 조금도 의심을 하지 않았다. 사기 도박으로 연명하는 자라면 손재주가 좋을 터이고, 그건 곧바로 위조술(僞造術)에도 능하다는 것과 통한다. 이런 신분 패를 위조하는 건 일도 아닐 것이다.

과연 장한의 눈엔 갈등의 빛이 역력했다. 물론 장호량을 의심하기 때문이었다.

"만약 내일 저녁까지 만들어준다면 은자 열 냥을 더 주겠네."

장한의 갈등을 눈치챈 장호량은 돈으로 유혹의 손길을 뻗쳤다. 이 경우 가장 확실히 먹힌다는 건 포두의 경험으로 익히 알고 있는 터이다.

"알겠소. 내일 유시(酉時) 정각에 다시 오시오. 나머지 대금은 도박으로 잃는 걸로 하시오."

확실히 돈의 위력은 강했다. 갈등하던 장한이 장호량에 대해 알아보지도 않고 승낙을 했으니 말이다.

그 말을 듣자 장호량은 그대로 몸을 돌렸다. 이제부턴 그동안 안면을 터 뒀던 북경의 관인들을 만나 정보를 좀더 모을 생각이었다.

*　　　*　　　*

불안감에 휩싸여 있는 건 엽혈도 마찬가지였다. 게다가 지금 그는 심한 짜증에 휩싸여 있었다.

'이 새끼들, 가만히 있을 일이지.'

그 짜증의 대상은 바로 파면인들이었다. 묵귀에 대한 생각만으로도 정신이 산만해지려는 판에 도둑괭이처럼 살금거리며 다니는 그들까지 피해야 한다는 건 귀찮기 짝이 없는 노릇이었다.

'오늘따라 놈들이 더 설치는 것 같군.'

확실히 그랬다. 당왕 주근덕이 묵귀에게 피습당해 죽은 이후 파면인뿐만 아니라 황제의 신변 경호를 책임지고 있는 금의위까지 눈에 불을 켜고 움직였던 것이다.

하지만 바쁜 건 그들뿐이었다. 정작 진노해서 설쳐야만 될 황제는 조용하기 그지없었다.

'다들 덤터기를 덮어쓸까 두려워 보고를 하지 않은 탓이지.'

이러고 보면 황제라는 건 눈뜬장님에 다름 아니었다. 신하들이 챙겨주지 않으면 제 불알의 때도 씻지 못할 것만 같았다.

황실에 있어 당왕 주근덕의 죽음은 결코 작은 일이 아니었다. 제일 어른이라고 할 수 있는 자가 죽었으니 말이다.

그런데도 신하들은 보고조차 하지 않고, 숙부의 얼굴이 보이지 않아도 황제는 관심도 보이지 않았다. 사가(私家)에서의 일이었다면 '콩가루 집안'이란 소릴 들었을 게 분명하다.

저러고도 일국의 주인이랍시고 용상에 떡하니 버티고 앉아 있는 황제가 엽혈은 차라리 가련해졌다.

하지만 그건 어디까지나 자신과는 별개의 문제였다. 당장 급한 건 앞으로의 자기 거취를 정하는 일이었다.

우선 엽혈은 어쩌다 자신이 지금 이 자리에서 황제를 지키고 있는지부터 생각해 보았다.

'거래처에서 묵귀를 만나……'

거기까진 분명히 납득할 수 있었다. 시커먼 곤륜노 같은 외모는 물론 상당한 실력을 지녔을 것 같은 묵귀에게 일부러 시비를 걸기까지 했으니 말이다.

그러나 그 다음부터가 모호했다. 기억이 나지 않는 게 아니라 왜 묵귀나 노야차 등과 동행할 마음이 생겼느냐는 것에 대한 거였다. 물론 처음엔 천면요희를 잡자는 게 목적이었다.

문제는 그때 왜 자신이 그 일에 동참했는지 지금 생각하니 의문이었다. 자신과는 하등의 상관없는 일이었던 것이다.

지금 이 일도 마찬가지다. 일은 묵귀가 저지르고 왜 자신은 그 뒤치다꺼리인 황제를 경호하고 있어야 하느냔 말이다.

생각이 거기에 미치자 엽혈은 불안과 짜증, 거기에 부아까지 치밀었다.

'다 때려치우고 당장 여길 떠나야겠군.'

이건 엽혈의 진심이었다. 다른 모든 걸 떠나서 당왕을 죽인 묵귀와 앞으로 행동을 계속할 수는 없었다.

엽혈은 다시 몸을 움직였다. 생각처럼 당장 이 자릴 떠나려는 게 아니라 파면인으로 짐작되는 자들이 그사이 근처까지 왔기 때문이다.

잠시 그 강도를 누그러뜨렸던 짜증이 다시 왈칵 솟구쳐 올랐다. 성질 같아서는 파면인 몇 놈을 죽여 혈관까지 짜릿해질 피 냄새를 마음껏 맡고 싶었다.

그러다 문득 엽혈은 고개를 갸웃거렸다.

'내가 왜 이리 조급해하지?'

문득 그런 각성이 엽혈의 뇌리를 스치고 지나갔다.

이럴 땐 조심해야만 한다. 까닭없는 마음의 동요, 특히 조급증은 실수들에게 있어 치명적인 실패 요인이다.

물론 그 실패란 건 죽음으로 직결되는 것은 말할 것도 없고……

엽혈은 서두르기로 했다. 여기 더 머물러 있어봐야 마음의 동요만 커질 터. 미련없이 떠나는 게 좋을 듯했다.

하지만 그 역시 마음처럼 쉬운 게 아니었다. 주변에서 감지되는 파면인들의 기척이 부쩍 늘어나 있었기 때문이다.

엽혈은 고개를 갸웃거렸다. 이건 흡사 자신을 포위하고 파면인들이 움직이고 있는 것만 같았다. 어쩌면 장시간 잠복하고 있는 사이에 자신도 모르게 흔적을 노출시켰는지도 몰랐다.

비로소 엽혈의 선 고운 얼굴에 얼핏 긴장의 빛이 서렸다. 생각에만 너무 골몰해 있느라 곤경에 빠진 줄도 모르고 있었던 것이다.

그렇다고 파면인들에게서 빠져나가지 못한다는 건 아니었다. 그들이 전부 몰려온다고 해도 감당해 낼 자신은 충분히 있었다.

다만 그 사이에 파면인 한둘은 죽일지도 모른다는 게 지금 엽혈이 하고 있는 고민의 전부였다.

이젠 더 기다릴 것도 없었다. 움직이기 전에 엽혈은 다시 한 번 파면인들의 기척을 살폈다.

'왼쪽이 가장 허술하군.'

판단하자마자 엽혈은 엎드린 자세 그대로 왼쪽으로 쭉 밀려 나갔다.

왼쪽에서 들리던 기척이 급격히 가까워졌다 싶은 순간, 엽혈의 신형은 그대로 허공으로 살짝 떠올랐다.

그 다음부터는 쉬웠다. 파면인들의 가장 밀접한 포위망을 한 겹 벗어나자 엽혈은 보다 쉽게 움직일 수 있었다.

그래도 엽혈이 건청궁을 완전히 빠져나온 건 그로부터 반 시진이나 지나서였다.

엽혈은 하늘을 올려다보았다. 달은 보이지 않았고, 하늘 가운데로 은하수가 선명하게 흐르고 있었다.

'잘 있어라. 다시는 오지 않으마.'

시선을 돌려 저만치 휘황한 불을 밝히고 있는 건청궁을 보며 엽혈은 속으로 내뱉었다.

하지만 엽혈은 선뜻 그 자리를 떠나지 못했다. 뭔가가 발목을 옥죄고 있어 놓아주지를 않았다.

무엇 때문인지는 애써 생각하지 않아도 뻔했다.

'묵귀…….'

바로 그 때문에 엽혈의 발길은 선뜻 떨어지지 않았다. 이성적으론 정나미가 떨어졌다고 하지만 감정은 또 달랐다.

물론 아직은 당왕 주근덕이 피습당했다는 사실을 황제는 모르고 있다.

그 덕에 당장은 묵귀에게 실질적인 위험이 닥칠 염려는 없지만 영원히 주근덕의 죽음을 비밀에 붙일 수는 없을 터이다. 궁지에 몰릴 걸 뻔히 알면서도 혼자 빠져나가려고 하니 마음이 무거웠다.

어쩔 수 없이 엽혈의 시선이 제독부가 있는 곳으로 향했다.

동시의 그의 예민하게 훈련된 살수의 본능이 요란한 경고음을 발했다.

'무슨 일인가 벌어졌다!'

멀리서 봐도 제독부는 황제가 있는 건청궁보다 훨씬 더 환히 불을 밝혀 두고 있었다. 모종의 변고가 일어나지 않았다면 이해하기 힘든 현상이었다.

'제기랄!'

내심 투덜거리며 엽혈은 그대로 제독부를 향해 달리기 시작했다.

2

실로 긴 대치였고, 묵귀나 소마에게 있어 다같이 고역인 시간이었다.

묵귀야 말할 것도 없이 부상과 녹주 때문이었다. 시간이 지날수록 통증은 가중되었고, 비록 서로가 꾸미고 하는 짓이라지만 그녀를 인질로 잡고 있는 것도 마음이 무거웠다.

소마의 경우 신체적 부담은 없었다. 느긋하게 의자에 앉아 그저 묵귀만 지켜보면 됐으니까 말이다.

그러나 심적 부담이라면 소마 역시 묵귀 못지않았다. 무턱대고 묵귀를 공격하려는 살수들을 제지해야 했고, 또 녹주의 신변도 걱정해야만 했다. 어쨌든 제독이 아끼는 여자니까 말이다.

"이젠 알 때도 됐는데……. 어떤 수를 써도 당신은 오늘 여길 빠져나갈 수 없어요. 그러니 애꿎은 녹주 소저는 놔주도록 해요."

소마는 다시 한 번 묵귀를 설득했다. 말이 통할 거라는 기대는 하지 않았다.

다만 녹주가 무고한 여인임을 내세워 그의 마음에 갈등이 증폭되기만을 바랐다. 틈을 보이면 다른 살수들이 묵귀를 죽일 수도 있을 테니까 말이다.

하지만 묵귀는 전혀 틈을 보이지 않았다. 몸과 마음이 다같이 힘들었지만 여기서 긴장을 풀 수는 없었다.

지금 묵귀가 바라는 건 단 하나였다. 녹주의 말대로 소마가 제독을 불러오는 것이었다.

만약 소마가 여기의 상황을 보고만 한다면 제독은 여기에 올지도 모른다. 집안을 멸망시키면서까지 녹주에게 집착을 했으니 충분히 가능성있는 얘기였다.

그렇다고 자신이 그 말을 할 수는 없는 노릇. 수시로 제독을 불러달라고 하는 녹주가 고맙기만 했다.

"이봐요, 묵귀. 향지가 보고 싶지 않나요? 그 소저를 놔주고 우리 같이 가요. 향지도 당신을 무척 기다리는 것 같은데……."

말을 하면서도 소마는 자신이 한심스럽게 여겨졌다. 삼척동자라고 해도 속지 않을 얘기였기 때문이다.

"향지는 어디 있나?"

비로소 묵귀는 입을 열어 물었다. 부상만 입지 않았다면 소마부터 잡아서 던졌을 질문이다.

"염려 말아요. 안전하게 잘 있으니……."

소마는 말꼬리를 흐렸다. 그 뒷말은 물론 묵귀에 대한 협박이었다. 이 자리에서 자신의 말을 듣지 않으면 향지에게 위해를 가할 수도 있다고 말이다.

"어디 있나?"

묵귀의 질문이 이어졌다. 기실 이게 가장 궁금한 점이었다.

"안전한 곳이죠. 그러니까 그 소저를 놔주고 나랑 같이 가요. 무사히 제독부를 빠져나가는 건 내가 보장할게요."

솔직히 자신이 무슨 말을 하고 있는지도 제대로 알지 못하는 소마였다. 이젠 타성에 젖어 입에서 나오는 대로 묵귀를 설득할 따름이었다.

그렇다고 이런 소마의 행위가 전혀 의미가 없는 건 아니었다. 부상을 입은 건 젖혀두고라도 시간이 지날수록 불리해지는 건 묵귀다.

행여라도 묵귀가 녹주를 해칠지도 모른다는 걱정은 하지도 않았다. 그의 성격상 여자에게 해를 끼치지는 않을 테니까 말이다.

갑자기 복도가 어수선해졌다. 묵귀와의 대치 시간이 길어지자 내전을 경계하고 있던 장수가 다른 방에 있는 여인들을 모두 내보내고 있었던 것이다.

대신 군사들의 숫자는 늘었다. 제독부 주변을 밝히는 화톳불의 숫자도 엄청나게 늘어났다.

묵귀의 눈빛이 더욱 어두워졌다. 이런 식의 대치를 오래 지탱하지 못한다는 건 누구보다도 스스로 잘 알고 있는 터이다. 어떻게든 이 상황을 타개해야만 한다.

그러나 선뜻 떠오르는 생각이 없었다. 부상만 아니라면 창을 박차고 밖으로 나갔을 것이다. 병사들이 포위하고 있겠지만 그 정도는 충분히 뚫고 나갈 수 있을 터이다.

그건 고려할 바가 못 되었기에 묵귀는 방 안을 둘러보았다. 서른 명 정도 되는 자들이 자신의 틈을 노리고 있었다.

'실수는 저 중에서 스물 정도…….'

거기다 소마 일행을 더하면 대충 스물다섯 정도가 위협적인 존재들이었다.

묵귀는 냉정하게 피아 간을 비교하기 시작했다. 목숨이 걸린 일인지라 어설픈 자신감 따윈 필요 없었다.

그 결과는 참담했다. 이 자리를 무사히 벗어날 가능성은 단 한 푼도 없었다.

'제독이 있는 곳까지 갈 수는 있을까?'

이곳을 무사히 빠져나갈 가능성은 없다. 그렇다면 정면으로 치고 나가서 제독을 죽이는 방법도 생각해 봐야 한다. 어차피 여기 온 건 정화강을 죽이기 위해서였으니까 말이다.

솔직히 이것도 자신이 없었다. 기습적으로 치고 나가면 이 방에 있는 자들 절반 정도는 벨 수 있겠지만 그 정도가 한계일 것 같았다. 도저히 제독을 죽일 수는 없을 게 뻔하다.

그렇다고 마냥 이렇게 버틸 수도 없다. 다른 어떤 것보다 녹주가 견뎌내지 못할 터이다.

"우리 이대로 밤을 샐까요, 아니면 지금이라도 내 말대로… 어?"

다시 의미없이 내뱉던 소마의 말끝이 경악성으로 끊어졌다. 묵귀가 갑자기 녹주를 자신에게 던졌기 때문이다.

소마로선 당황할 수밖에 없는 노릇이었다. 녹주를 다치게 해선 안 된다는 강박감도 크게 작용했다.

던져진 녹주는 검로가 대신 받아 들었고, 그사이 묵귀는 바로 뒤에 있던 창을 몸으로 깨뜨리며 뛰쳐나갔다.

"앗! 놈이 달아난다!"

"밖에 있는 병사들에게 알려라! 놈을 잡아라!"

다급하게 고함을 지른 건 병사들이었고, 살수들은 침묵 속에서 묵귀의 뒤를 따랐다.

"쯧쯧쯧, 그래봐야 멀리 가지 못할 건데, 허억!"

묵귀가 달아나는 걸 본 소마가 혀를 차며 입을 열었지만, 그 말 역시 끝엔 다급하게 끊어지는 호흡이 대신했다. 밖으로 나간 줄 알았던 묵귀가 착명조로 새하얀 궤적을 그려내며 쇄도하고 있었기 때문이다.

애당초 묵귀에겐 창밖으로 나갈 생각은 전혀 없었다. 그렇다고 이런 얄팍한 기만책으로 살수들을 오랫동안 따돌릴 수 있다고도 기대하지 않았다.

묵귀의 목적은 단 하나였다. 소마를 사로잡는 것.

그때까지의 짧은 시간만이 필요했고, 그건 그대로 적중될 것 같았다. 녹주를 받아 든 검로는 아직 그녀를 안고 있는 상태였고, 마로는 의외의 사태를 제대로 파악하지 못하고 있는 눈치였다. 당사자인 소마는 말할 것도 없었고.

그러나 소마의 반응은 눈부셨다. 마치 잡아끈 것처럼 뒤로 쭉 밀려나가 우선 착명조의 칼날을 빗나가게 했다.

그렇다고 놓칠 묵귀는 결코 아니었다. 한 발짝 더 다가서며 손목을 뒤틀자 빗나갔던 착명조가 예리한 각도로 다시 꺾어지며 소마를 노렸다.

마로가 움직인 건 바로 그때였다. 주인인 소마의 위기를 깨닫자 그는 몸으로 묵귀에게 부딪쳐 갔다.

혼절한 듯 축 늘어진 녹주를 바닥에 내려놓은 검로도 검을 뽑아 들었다.

멈칫!

착명조가 한순간 허공에 걸렸다. 다른 사람은 몰라도 마로는 향지의 일로 인해 누구보다 고생을 많이 한 사람이었다. 그게 묵귀를 망설이게 했던 것이다.

하지만 그건 찰나에 불과했다. 부상을 입은 자신에게 있어 시간은 절대적으로 부족했다. 한가한 감상에 젖어 있을 때가 아니었다.

쓰와웅!

착명조가 재차 허공을 가르며 떨어졌다. 독한 마음을 먹은 만큼 조금 전보다 훨씬 강한 기세였다.

따앙!

검로의 검이 착명조를 막았다. 비록 늦게 출수했지만 묵귀가 잠깐 멈칫거린 사이 마로의 위기를 구할 수 있었다.

바로 다음엔 묵귀에게 위기가 찾아들었다. 여태 자신이 장기로 삼던 흑월강이 이번엔 치명적인 흉기가 되어 밀려들었던 것이다.

묵귀의 시선이 재빨리 소마에게 머물렀다. 낭창거리는 연검으로 흑월강을 펼치고 있었다.

위기의 순간이었지만 묵귀는 나름대로 침착할 수 있었다. 누구보다 흑월강에 정통해 있기 때문이었다.

뒤로 물러서는 대신 묵귀는 앞으로 한 걸음 크게 내디디며 착명조를 곧장 소마에게 찔러 넣었다. 흑월강의 검은 달이 폭산되기 직전이었다.

이건 주효했다. 끝까지 흑월강을 유지하지 못한 소마가 손을 거두며 뒤로 물러섰다. 동귀어진을 피하자는 의도였음은 물론이다.

하더라도 묵귀의 위기는 연속되었다. 검로의 검과 마로의 육탄 공격이 연이어 터져 나왔던 것이다.

그것만이 아니었다. 묵귀에게 속아 밖으로 나갔던 살수들이 속속 돌아와 호시탐탐 공격의 기회를 노리고 있었다.

착명조를 휘두르는 묵귀의 어금니가 저절로 맞물렸다. 어쩌면 이게 세상에서 마지막으로 펼치는 흑월강이 될지도 몰라서였다.

쓰와우욱!

감정이 격해진 만큼 휘두른 착명조도 예전보다 훨씬 짙고 선명한 검은 달 하나를 그려냈다.

이건 소마가 펼쳤던 것보다 훨씬 빨랐다. 검은 달이 떠올랐다 싶은 순간 이미 사방으로 폭산하고 있었다.

그 다음은 정적이었다. 속을 뒤집을 듯 역한 피비린내만 진동하고 있었을 뿐 들리는 소리는 물론 움직이는 것조차 일절 없었다.

그 정적을 깨뜨린 건 묵귀였다. 흑월강을 시전한 뒤 그대로 멈춰져 있다가 그대로 바닥에 풀썩 주저앉아 버렸다. 가슴과 옆구리의 상처에선 다시 피가 흘러내렸다.

그걸 기다리고 있었다는 듯 또 다른 움직임이 꿈틀거리며 바닥에서 일어섰다. 묵귀의 흑월강에서 녹주를 보호했던 검로이다.

어둠에 찌든 묵귀의 시선이 그쪽으로 향했다. 만약 녹주의 안전을 생각지 않고 흑월강을 펼쳤더라면 저렇게 부상 정도만 당한 정도로 끝나지는 않았을 터이다.

'결국 마로는 죽었군.'

묘하게 지금 묵귀는 그 생각을 했다. 묘하게도 다른 건 떠오르지도 않았다.

실제로 마로는 만신창이가 된 몸으로 한쪽 벽에 기대 있었다. 얼핏 봐서는 숨을 쉬고 있는 것 같았지만 이미 죽었다는 건 확실했다.

소마의 모습도 보이지 않았다. 벌써 몸을 뺐거나, 아니면 묵귀의 이목이 미치지 않는 곳으로 피했으리라.

하지만 그런 건 묵귀에게 아무런 감흥도 일으키지 못했다. 다만 이제 다시는 향지를 보지 못할 거란 게 아쉬울 따름이었다.

“과, 과연 대단하다, 묵귀. 단 한 번의 흑월강으로 모두 죽이다니…….”

휘청거리며 선 채 검로는 망연히 내뱉었다. 그 자신도 하마터면 죽을 뻔했다는 것도 의식지 못하는 표정이었다.

짝짝짝!

단조로운 박수 소리가 들린 건 바로 그때였다.

“검로 말처럼 확실히 대단하군요. 바로 그게 향양점의 무공이긴 하지만 말이에요.”

소마였다. 조금도 다치지 않은 몸으로 여전히 해사한 미소를 띤 채 손뼉을 치며 묵귀의 시선 앞으로 나섰다.

“향지는… 무사하게…….”

소마가 막 뭐라고 하려는 찰나 묵귀가 먼저 입을 열었다.

하지만 그 말은 끝을 맺지 못했다. 엄청난 통증 탓도 있었지만 숨 한 번 크게 내쉬기 힘들 것 같은 무력감이 묵귀의 입술과 혀까지 무겁게 만든 탓이었다.

그래도 뜻만은 확실히 전달된 것 같았다. 하려던 말을 삼키고 소마는 고개를 끄덕였다.

"그게 마지막 소원인가 보군요. 알았어요. 향지만은 무사히 살 수 있도록 해주겠어요."

시원스레 대답한 후 소마는 연검을 쥔 손에 힘을 가했다. 낭창하게 휘늘어져 있던 검이 빳빳하게 날을 세웠다.

"이대로 목을… 주는 건 너무… 밋밋하겠지?"

힘겹게 내뱉으며 묵귀는 더 힘겹게 몸을 일으켰다. 지팡이 대신 짚고선 착명조가 심하게 떨리고 있었다.

"호오, 앉아서 죽진 않겠다는 말이군요. 좋아요. 그래야 나도 맛이 나죠."

소마는 진작부터 곤두세우고 있던 연검으로 똑바로 묵귀를 겨눴다.

묵귀도 착명조를 들어올렸다. 위태롭게 휘청거리긴 했지만 발은 마치 아교(阿膠)로 붙인 듯 바닥에 고정되어 있었다.

"그런 몸으로도 자세만은 아주 좋군요. 그렇다면 나도 최선을 다해야겠군요."

정말로 감탄했다는 듯 소마는 연검을 들지 않은 손의 엄지손가락을 추켜세워 보였다.

그 모습을 보며 묵귀도 웃으려고 했다. 어린 나이에 정말 대단하다고 소마를 칭찬해 주고도 싶었다.

그러나 웃는 것도 말하는 것도 그만두었다. 단 한 번만이라도 더 착명조를 휘두르기 위해선 힘을 아껴야만 했다.

"자, 그럼 이제 끝을 내볼까요?"

말과 함께 소마는 재차 연검을 매섭게 겨눴다. 이 한 수로 묵귀를 죽일 수 있다고 생각하니 생각과는 달리 검끝이 미세하게 떨렸다.

그때 갑자기 바깥이 소란스러워졌다. 역시 묵귀에게 속아 몰려나갔던 병사들이 돌아오는 소리였다.

단지 그것만이 아니었다.

"괴한을 생포하라는 제독의 명이시오!"

누군가 던진 그 말이 막 출수하려던 소마의 동작을 주춤거리게 했다.

그 틈을 놓칠 묵귀가 아니었다. 그 자리에 주저앉으며 그대로 착명조를 휘둘렀다.

쓰와웅!

착명조의 날 끝이 바닥에 끌리며 지나간 곳에 검은 달의 형상이 그려졌다.

"뭐, 뭐야?"

소마는 당혹에 빠졌다. 이처럼 바닥에 그려지는 흑월강은 처음이었던 것이다.

바닥에 그려졌다고 해서 흑월강의 위력이 줄어든 건 아니었다. 아래에서 위로 그 섬뜩한 묵빛 편린들이 일제히 솟구쳐 올랐다. 여기저기 널브러져 있던 시신의 파편도 함께 튀어 올랐다.

"와앗!"

자신도 모르게 경악성을 토하며 소마 역시 수중의 연검으로 재빨리 허공에 몇 개의 원을 그렸다.

뭉클뭉클!

연검의 끝에서 흑월강을 주먹만하게 축소된 검은 달이 쏟아져 나왔다.

쓰퍼퍼퍼벅!

마치 두터운 이불을 두드리는 것 같은 둔탁한 소리가 실내에 퍼져 나갔다.

"아!"

그 속에서 짤막한 소마의 외침이 터져 나왔다. 이 한 번의 격돌로 그는 서너 발짝 밀려났던 것이다.

물론 묵귀의 상태는 훨씬 나빴다. 흑월강을 펼친 직후 바닥에 쓰러졌었는데, 다시 일어서려고 버둥거리고 있었다.

소마는 그 모습을 조용히 지켜보고 있었다. 언제나 해사하기만 하던 그의 안색도 지금 이 순간만큼은 무섭게 굳어졌다.

'절대로 살려둘 수 없는 자다!'

소마의 마음속은 살기로 부글거렸다. 최후의 힘을 모아 흑월강을 펼친 건 그나마 이해할 수도 있다.

그러나 결코 적 앞에서 쓰러져 있을 수는 없다는 듯 일어서려고 악을 쓰는 저 의지력만은 결코 쉽게 봐 넘길 수 없었다. 저런 자를 살려두면 훗날이 두렵다.

그런데 제독은 묵귀를 생포해 오라고 했다. 그 명령도 지금으로썬 거역할 수 없었다.

소마는 다시 한 번 버둥거리는 묵귀를 살펴보았다. 저 정도 상태라면 쉽게 회복되지 못하리란 걸 한눈에 알 수 있었다.

'제독의 볼일이 끝난 뒤에!'

묵귀를 넘겨받아 죽여도 늦진 않을 듯했다.

"놈을 잡아다 제독에게 끌고 가요. 저 아가씨도 잊지 말구요."

소마의 말이 채 끝나기도 전에 병사들이 우르르 몰려들어 버둥거리는 묵귀를 포박했다.

거기까지 확인한 후 소마는 몸을 돌렸다.

3

제독부의 석옥(石獄)으로 통하는 문이 열리자마자 정화강은 발길을 재촉해 계단을 내려갔다.

이런 일은 처음이었다. 제독으로 취임한 뒤 이처럼 직접 석옥까지 내려가는 것 말이다. 그만큼 지금 정화강은 흥분하고 있었다.

"발밑이 어둡습니다. 조심하서요."

이 계단에 들어선 이후론 천면요희 혼자서 제독을 수행했다. 그는 작은 등불로 정화강의 발밑을 비춰 주었다.

아닌 게 아니라 정화강의 발길은 위태로웠다. 계단이 가파르고 또 습기가 차서 미끄러웠던 것이다.

그래도 정화강은 속도를 조금도 늦추지 않았다. 자신의 목숨을 노리던 괴한의 낯짝을 조금이라도 빨리 보고 싶었다.

이윽고 계단을 다 내려와 복도를 달리다시피 걸으며 정화강은 소릴 질렀다.

"어둡다! 불을 더 밝혀라!"

사실 복도도 계단만큼이나 어두웠다. 딱 한군데의 석옥 앞에만 유등이 켜져 있었기 때문이다.

정화강의 명에 따라 복도가 환하게 밝아졌다.

더 많은 유등에 불을 켠 병사들은 옥문 앞에 일렬로 도열해 섰다.

"그놈은 어떻게 되었느냐?"

"아직도 정신을 차리지 못하고 있습니다!"

성급한 정화강의 질문에 병사 가운데 상급자인 듯한 자가 대답했다.

"깨워라!"

정화강으로선 한시가 급했다. 아직은 아니지만 언젠가는 황제에게 주근덕이 죽었다는 사실이 보고될 것이다.

바로 그 보고를 정화강은 자신의 손으로 하고 싶었다. 이미 잡은 흉수의 입으로 주근덕이 역모를 주도했다는 말까지 황제에게 직접 들려주면 금상첨화고…….

그러니까 서둘러 홍수를 취조하고, 자기가 원하는 말을 하게끔 만들어야 한다. 촌각을 다툴 수밖에 없었다.

병사들 두 명이 쭈뼛거리며 옥으로 들어갔다. 비록 단단히 결박된 채 혼절하고 있긴 했지만 묵귀의 놀라운 무공을 본 터라 상당히 위축되어 있었다.

멀찍이 선 상태에서 병사 중 하나가 들고 있던 창대로 묵귀를 쿡쿡 찔렀다.

"그래서 깨어나겠느냐? 물을 끼얹어라, 물을!"

정화강은 밖에서 발을 굴렀다. 가뜩이나 조급증이 나 있던 판에 병사들의 태도를 보니 속이 더욱 터졌다.

이내 커다란 물통에 물이 날라져 왔고, 곧장 묵귀에게 끼얹어졌다.

그래도 묵귀는 깨어나지 않았다. 마치 죽은 것처럼 숨소리는 물론 가슴의 기복도 보이지 않았다.

"혹시 죽은 건 아니냐?"

안달이 난 정화강이 물었다. 병사들이 유등을 들고 들어갔지만 옥 안은 여전히 어두워 잘 보이지 않았다.

"아직은 살아 있어요!"

대답은 천면요희의 입에서 나왔다. 다른 사람들은 몰라도 그만은 묵귀의 상태를 확연히 알 수 있었다.

"달리 깨울 방법이 없는가?"

그제야 천면요희가 무림인이라는 것에 생각이 미친 정화강이 기대에 찬 어조로 물었다.

"물론 있지요."

여자보다 더 고혹적인 미소를 떠올리며 천면요희는 옥으로 들어가 바닥에 쓰러져 있는 묵귀를 내려다보았다.

그러다 재빨리 묵귀의 혈도 몇 군데를 짚었다.

"흐으으……"

그제야 묵귀의 입에서 기묘한 소리가 새어 나왔고, 병사들은 놀라서 펄쩍 물러섰다.

그 후로도 서너 호흡의 시간이 지나서야 묵귀의 눈은 힘겹게 뜨여졌다.

'익숙한 느낌이군.'

정신을 차리자마자 묵귀가 느낀 감정이었다.

확실히 그랬다. 어둑한 주변, 질퍽하게 젖은 바닥. 바로 철옥의 사십사호 옥방을 연상시켰다.

"이제 정신이 드는가? 내 말이 들리는가?"

묵귀의 연상은 그 말로 인해 짤막하게 끝나고 말았다.

묵귀는 소리가 들려온 곳으로 고개를 돌렸다.

하지만 그건 마음뿐이었다. 마치 못으로 단단히 몸통에 박아둔 것처럼 목은 조금도 움직이지 않았다.

'혈도를 제압당했군. 결박도……'

신체가 이처럼 부자유스러운 이유를 묵귀는 즉각 알아챌 수 있었다.

그래도 아혈(啞穴)은 제압되지 않은 것 같았다. 입술과 혀가 비교적 자유롭게 움직이는 걸 보면 말이다.

"내 말이 들리지 않느냐? 들린다면 당장 대답하렷다!"

"시끄러워."

묵귀는 힘겹게 내뱉었다. 기실 고함을 지르고 싶었지만 정작 입 밖으로 나온 말은 미약하기 짝이 없었다.

"오, 정신이 들었구나. 너희들은 잠시 물러가 있거라!"

"하지만 제독 합하의 신변에 만약의 일이라도 생기면……."

"괜찮다. 내 염려는 하지 말고 어디 가서 시간을 좀 보내다 오너라!"

정화강은 서둘러 병사들을 내보냈다. 지금부터 묵귀와 나눌 얘기는 아는 사람이 적으면 적을수록 좋았다.

병사들이 우르르 몰려 나가고, 정화강은 조심스럽게 묵귀 곁으로 다가갔다.

바로 곁에까지 다가간 정화강은 흠칫 놀라며 오히려 한 걸음을 물러섰다. 그제야 묵귀가 지난번에 제독부를 휘젓고 천면요희를 납치해 간 사람이란 걸 알아본 탓이었다.

그러나 용기를 낸 정화강은 다시 바짝 다가서며 질문을 던졌다.

"대체 네놈은 누구길래 날 죽이려는 것이냐? 내게 무슨 원한이 있어서?"

"그자는 살수예요. 누군가 대가만 지불하면 누구든지 죽이죠."

천면요희가 끼어들었다. 제독이 무림에 대해 너무 모른다고 여겼기 때문이다.

"그, 그럼 대체 어떤 놈이 날 죽여달라고 하더냐?"

"그 대답은 영원히 들을 수 없을 거예요. 그게 살수들의 철칙 중 하나죠."

이번에도 천면요희의 대답이었다. 엉뚱한 질문으로 시간 끌지 말라는 은연중의 암시였다.

"어험, 험!"

그 뜻을 알아들은 정화강은 괜한 헛기침을 토했다.

"어쨌든 네놈은 당왕 주근덕이 역모의 주모자임을 알고 그를 죽인 게 틀림없는 사실이렷다?"

"킥킥킥……."

묵귀는 메마른 웃음으로 대답을 대신했다. 실수에 대해 쥐뿔도 모르는 제독의 질문이 우스웠던 것이다.

"잘 들어, 묵귀. 네놈이 왜 제독 합하를 해치려고 했는지는 묻지 않겠어."

보다못한 천면요희가 대신 나서며 묵귀에게 말을 던졌다.

"그 대신 우리가 원하는 대로 진술을 해줘야겠어. 설마 관부의 고문이 두려운 건 아니겠지?"

천면요희도 제독이 뭘 의도하고 있는지 분명히 알고 있었다. 묵귀가 잡히기 전에 미리 금 대야와 더불어 충분히 상의했던 터이다.

"천면요희, 나, 나는……."

뭔가를 말할 것 같던 묵귀의 목소리가 급격히 낮아졌다. 어쩌면 다시 혼절로 빠져드는 건지도 몰랐다.

"뭐라고? 좀 크게 말해봐!"

묵귀에게 바짝 다가서며 천면요희는 언성을 높여 물었다.

그러나 묵귀는 입술만 달싹거릴 뿐 알아듣지 못할 말은 그냥 목구멍 깊숙한 곳으로 잠겨들기만 했다.

"뭐라고 하는 거야? 조금만 더 크게 말해!"

어쩔 수 없이 천면요희는 묵귀의 입에 귀를 바짝 들이댔다. 잠겨드는 얘기를 들을 수 있는 유일한 방법이기도 했다.

"아아악!"

뾰족한 비명이 천면요희의 입에서 터져 나온 건 바로 그 직후였다. 재빨리 묵귀의 입에서 얼굴을 떼어내는 그의 귀에선 붉은 선혈이 흘러내리고 있었다.

"이, 이 찢어 죽여도 시원찮을 놈!"

　천면요희는 귀를 감싼 채 거친 욕설을 내뱉었다. 묵귀가 그의 귀를 물어뜯었기 때문이다.

　질겅질겅!

　묵귀는 자신의 입에 있는 천면요희의 귀를 몇 차례 씹었다. 격렬한 증오가 그의 입에서 줄줄 뿜어지고 있는 것처럼 보였다.

　"퉤!"

　마침내 묵귀는 천면요희의 귀를 뱉어버렸다. 향지를 생각하면 이 정도로는 성이 차지 않았지만 사람의 신체 일부를 씹는다는 건 그리 기분 좋은 일이 아니었다.

　"에이잇! 죽어랏! 죽어!"

　천면요희는 거친 발길질을 묵귀의 전신에 퍼부었다.

　"기다려라! 죽여선 안 된다!"

　제독이 황급히 천면요희를 말렸다. 묵귀를 이용하고자 했던 의도는 하나도 성공하지 못한 마당에 자칫 그를 죽일 것만 같아 불안했다.

　"염려 마세요! 죽이진 않겠어요!"

　그 와중에도 천면요희는 이성을 잃지 않았나 보다. 제독을 안심시키는 한편 묵귀를 차는 발길에 더욱 힘을 가했다.

　제독도 더 이상 말리지 않았다. 죽이지 않겠다는 말에 어느 정도 안심도 되었지만 그 역시 묵귀가 천면요희에게 한 짓을 똑똑히 봤다. 자신도 참지 못할 일을 남에게 참으라고 하는 건 무리였다.

　천면요희의 발길질은 매서웠지만 정작 맞고 있는 묵귀는 전혀 아픔을 느끼지 못했다. 모든 감각을 잃어버린 듯 차는 대로 그저 이리저리 몸이 굴러갈 뿐이었다.

　그러나 아픔을 느끼지 못한다고 해서 정신과 육신이 견딜 수 있다는 건 아니었다. 언제부턴가 묵귀의 의식은 깜북깜북 단절되기 시작했다.

‘이대로 끝이 났으면…….’

너무나 힘든 나머지 묵귀의 뇌리엔 암울한 생각이 떠올랐다. 지나왔던 삶도 앞으로 살아가야 할 삶도 지금보다 더 나을 것 같지는 않았다.

목숨 따위는 벌써 소마와 싸울 때 포기한 터이다. 여기서 마감된다고 해도 하등 아까울 것도 없었다.

하지만 다음 순간, 묵귀는 어금니를 깨물었다. 소마의 연검 아래 목숨이 놓여졌을 땐 이대로 끝났다고 생각했다.

그러나 아직 살아 있다. 또 이 ‘다음’이 있다고 믿어도 괜찮지 않겠는가 말이다.

그렇다면 견뎌야 한다. 설사 숨이 넘어가는 상황이 온다고 해도 다시 한 번 살아야만 한다.

점점 꺼져 가는 의식의 혼돈 속에서도 묵귀는 오직 한 가지에만 집중했다.

‘살아야만 한다!’

오직 이 하나만을 뇌리에 각인시킨 채 묵귀는 눈을 감아버렸다.

＊　　　＊　　　＊

엽혈이 제독부로 뛰어들었을 때 거기엔 선뜻 이해하기 힘든 정적만이 감돌고 있었다.

그렇다고 평범하다는 건 결코 아니었다. 폭풍이 지나간 뒤와 같은 어색한 정적이었다.

‘벌써 끝났나?’

엽혈로선 이렇게 생각할 수밖에 없었다. 차라리 제독부가 평소와 같았다면 묵귀가 아직 일을 벌이기 전이라고도 여길 수 있다.

그러나 지금 제독부에 흐르는 이 묘한 기류는 벌써 모든 게 끝나 버렸다는 걸 웅변하고 있었다.

이젠 할 수 있는 일이 없다고 엽혈은 생각했다. 만에 하나 묵귀가 사로잡혔다고 해도 구출해 준다는 건 꿈도 꾸지 않았다.

대신 엽혈은 엉뚱한 걸 떠올리고 있었다.

'이왕 여기까지 왔으니 제독을 죽일까?

제독은 당왕과는 분명 신분이 다르다. 죽인다고 해도 묵귀만큼이나 곤란에 빠질 것 같지 않았다.

게다가 거기엔 막대한 이점도 따른다. 일국의 제독을 죽인다면 살수로서 자신의 몸값도 치솟을 게 분명하다.

엽혈은 망설이지 않았다. 황제를 경호하느라 마음대로 하지 못했던 지난날의 울화가 제독을 죽임으로써 풀릴 수도 있을 터이다.

엽혈의 선택도 묵귀와 비슷했다. 이 제독부 내에서 가장 크고 화려한 건물로 스며든 것 말이다.

처음 이 건물로 뛰어들 때 엽혈은 바짝 긴장했었다. 아주 삼엄한 경비가 펼쳐져 있을 거라 여긴 탓이었다.

그런데 막상 들어와 보니 너무나 조용했다. 마치 아무 일도 없었던 것처럼.

하지만 그게 더 수상했다. 이미 한차례 소동이 휩쓸고 지나갔다는 건 제독부의 공기로 알고 있는 엽혈이었다.

'좀 알아봐야겠군.'

이런 땐 정보를 수집하는 게 최우선이다. 그래야 다음 행동을 결정할 수 있다.

엽혈은 사람들의 기척이 들려오는 곳으로 움직였다. 무슨 일이 있었다면 그 뒤엔 온갖 얘기들이 남는다. 그걸 듣는 것만으로도 상황은 충분히 짐작할 수 있다.

기척의 진원지에 도착했을 때 엽혈은 내심 쾌재를 불렀다. 몇 명의 병사들과 시비 차림의 여인들이 어울려 있었기 때문이다.

엽혈의 입가에 살짝 미소가 그려졌다. 통상 여자들은 호기심과 말이 많다. 기대했던 것보다 훨씬 많은 애기를 들을 수 있을 터이다.

"그런데 제독이 계시다는 지하 석옥은 어디 있는 건가요? 여기서 오 년 가까이 일했지만 그런 곳이 있다는 것은 처음 들었는데……."

"하하하, 모르는 게 당연하겠지. 극비 사항은 아니지만 아는 사람이 별로 없으니까. 너희들이니까 내가 특별히 얘기해 주지. 그곳은 바로……."

한 시비의 질문에 잔뜩 거만한 어조로 대답하는 병사의 말을 모두 듣자마자 엽혈은 천천히 그 자리를 떠났다. 짧은 시간이었지만 알고 싶은 건 모두 들었던 것이다.

밖으로 나오자마자 엽혈은 재빨리 달렸다. 묵귀는 아직 살아 있고, 제독이 그를 심문하고 있다고 들었다. 그것도 단 한 명의 호위만 거느리고 말이다.

이런 기회도 다시없었다. 제독부 내에서도 잘 알려지지 않은 지하 석옥에 제독이 혼자나 다름없는 몸으로 들어가 있다. 이걸 놓친다면 두고 두고 창피를 당할 터이다.

엽혈은 남자가 말한 곳을 찾기 위해 주변을 둘러보았다. 밤이지만 어렵지 않게 찾을 수 있었다. 얼마 전까지 밝혀뒀던 불빛들이 미처 다 사라지지 않은 덕이었다.

'이 근처인 거 같은데…….'

병사가 말했던 곳 근처에 이른 엽혈은 사방을 살폈다. 지하로 내려가는 통로의 입구는 쉬이 눈에 띄지 않았다.

돌연 엽혈은 몸을 날려 어둠 속으로 스며들었다. 조심스럽게 접근해 오는 기척을 감지한 탓이었다.

'날 본 자가 있었나?'

그러고 보니 여기까지 오는 동안 조심성이 좀 부족했다. 별로 주변을 경계하지도 않고 달려왔으니 말이다.

그렇다고 크게 걱정되는 건 아니었다. 접근하고 있는 기척은 혼자가 분명했고, 또 이렇게 쉽게 흔적을 노출시킬 정도면 자신보다 실력도 떨어질 게 뻔했다. 여차하면 죽여 버리면 그만이었다.

그렇게 노리고 있는 엽혈의 눈앞에 누군가가 나타났다. 그는 조금도 망설이지 않고 바닥의 한곳을 들어올렸다.

'응? 저게 석옥으로 내려가는 입구?'

엽혈로선 기대하지도 않은 소득이었다. 여태까지 찾지 못해 헤맸었는 데 의외의 방해자(?)로 인해 손쉽게 찾아낸 셈이다.

이제 저자는 필요없는 존재. 해치우기 위해 엽혈은 소매 속의 철삭을 살며시 늘어뜨렸다.

'앗, 저자는?'

숨이 막힐 듯한 놀람과 함께 엽혈이 다시 어둠 속으로 잠긴 건 바로 그 직후였다.

'공손우?'

그렇다. 엽혈의 눈앞에서 지하 석옥으로 재빨리 내려가는 사람은 분명 공손우였다.

'저자가 도대체 어떻게 여기에?'

그 의문에 대한 답을 얻기도 전에 엽혈의 신형도 석옥으로 통하는 계단을 달리고 있었다. 공손우를 만나면 의문은 모두 풀릴 것이다.

第四十六章
화마(火魔)

1

구겨진 채 묵귀는 석옥의 한쪽 구석에 처박혀 있었다.

그제야 묵귀는 엄청난 통증을 느꼈다. 천면요희의 발길질이 끝나고 한참 뒤에야 찾아든 것이다.

근육이나 뼈마디의 아픔은 아니었다. 온통 망가져 버린 내장 깊숙한 곳에서 우러나는 통증이었다.

그러나 묵귀는 지금까지 신음 한마디 내뱉지 않았다. 비록 입으로 피를 토할지언정 고통을 호소하지는 않았다.

"죽은 거 아닌가?"

몹시 안달이 난 어조로 제독이 조심스럽게 물었다. 묵귀에게 무지막지한 발길질을 해댔던 천면요희에게 약간 주눅이 든 탓이었다.

"괜찮아요. 죽지는 않았어요."

대답을 하는 천면요희의 숨결이 약간 거칠었다. 육체적으로 힘든 것보다 한쪽 귀가 잘렸다는 정신적 충격이 큰 것 같았다.

왜 아니겠는가? 여자보다 훨씬 여자답고 아름다운 천면요희에게 있어 한쪽 귀가 없는 흉한 모습은 받아들이기 힘들었을 터이다.

"그럼 우리가 원하는 대로 진술을 해주겠나?"

그 말에는 직접 대답하지 않고 천면요희는 묵귀에게 다가갔다.

"잘 들어, 묵귀. 넌 어차피 죽어. 죽기 전에 마지막으로 일을 하나 해 볼 생각 없어? 물론 대가는 줄 거야."

쏘아대는 듯한 천면요희의 말이었지만 묵귀는 대답하지 않았다. 어찌 보면 무시하고 있는 것처럼도 보였다.

그래도 천면요희는 개의치 않고 내뱉었다.

"그 대가가 궁금하겠지? 우리가 시키는 대로만 하면 너의 동료들에겐 책임을 묻지 않겠다."

묵귀에게 하는 말이었지만 천면요희의 시선은 제독에게 향하고 있었 다. 그의 동조를 구하고 있는 눈빛이었다.

"그, 그래. 시키는 대로만 하면 다른 놈들은 내가 책임지고 사면(赦免) 해 주겠다!"

눈치챈 제독이 재빨리 덧붙였다.

"어때? 대가치고는 괜찮지 않아?"

재차 천면요희가 입을 열었을 때, 묵귀는 눈을 떴다. 동공 속의 어둠이 커다랗게 꿈틀거렸다. 동료들을 사면해 주겠다는 말에 대한 반응이었다.

이건 정말 괜찮은 거래였다. 제독이나 천면요희를 믿을 수 있다는 가 정 하에 성립되는 것이긴 하지만 말이다.

아니, 그보다 더 큰 문제는 바로 묵귀의 심리 상태였다. 천면요희야 지 금 묵귀가 삶을 포기했다고 생각하고 있지만 기실 그 반대였다. 그 어느 때보다 더 맹렬하게 살고자 하는 의지를 불태우고 있는 중이었다. 죽음이 전제된 거래에 동의할 리 없다는 얘기였다.

그렇다고 가볍게 듣고 넘길 얘기도 아니었다.

'어쩌면 이게 또 다른 기회일지도……'

이런 희망이 묵귀의 가슴속에서 꿈틀거렸다.

"이대로 허망하게 죽어버릴 거야? 동료들을 생각해서라도……."

"뭘… 원하나?"

재차 촉구하는 천면요희의 말이 채 끝나기도 전에 묵귀의 입술 사이로 힘겨운 목소리가 새어 나왔다.

"오, 해주겠는가?"

천면요희보다 먼저 제독이 반색을 띠며 한 걸음 다가섰다.

"조심하세요."

천면요희가 재빨리 제독의 앞을 가로막고 나섰다. 이미 한번 묵귀에게 당했던 터라 미리 조심을 기한 것이었다.

"나는 널 황제 폐하 앞으로 끌고 가겠다. 거기서 넌 당왕이 역모의 주모자임을 알고 죽였다고 말해야 한다. 알겠느냐? 그렇게만 해준다면 난 네 동료들을 사면하고 편하게 죽을 수 있도록 조치를 취해주겠다."

천면요희의 뒤에 선 채 제독은 한꺼번에 내뱉어 버렸다. 행여 묵귀의 마음이 변할까 두려워하기라도 하는 것처럼 말이다.

"그게… 다인가?"

"무, 무엄한 놈! 내가 누군지 알고나 있느냐?"

또박또박 반말을 하는 묵귀에게 제독은 기어이 분통을 터뜨리고 말았다.

"설마 거짓은 아니겠지?"

흥분한 제독을 젖혀두고 천면요희는 곧바로 묵귀에게 질문을 던졌다.

"그건 내가… 내가 묻고 싶은 말이다."

묵귀의 입이 다시 한 번 힘겹게 열렸다. 다른 어떤 말보다 강한 수긍이었다.

"그는 우리 뜻대로 움직일 거예요, 제독 합하! 하지만……."

별안간 천면요희는 말꼬리를 흐렸다. 그리고는 제독을 옥방 밖으로 데리고 나갔다. 묵귀가 들어서는 안 되는 얘기를 하려는 모양이었다.

"일단 황제 폐하께 고하고 난 뒤에는 묵귀를 소마에게 넘겨주셔야 해요. 이건 꼭 지켜주셔야만 돼요."

"흐음!"

무거운 표정으로 제독은 고개를 끄덕였다.

"그렇다면 저놈의 동료들도 모두 사면해 줘야 하는가?"

제독은 확인하는 투로 물었다. 이 일에 앞서 서로 상의할 땐 이 얘기는 전혀 나오지 않았었다.

이건 중요한 문제였다. 아무래도 묵귀 하나로선 공이 적다. 다른 놈들까지 일망타진을 해야 보다 빛나는 공훈이 될 터이다.

"그럴 필요는 없어요. 일단 묵귀를 처치하고 나머지 놈들도 모두 잡아들이세요."

"그, 그래도 되겠는가?"

여전히 천면요희에게 든 주눅이 풀리지 않은 제독이었다. 묵귀가 있는 옥방 쪽의 눈치를 보며 조심스럽게 되물었다.

"이미 죽은 놈이 뭘 알겠어요. 그러니 아무 염려 마시고, 위험해요!"

하던 말을 다급하게 끊으며 천면요희는 제독을 끌어당겨 두어 걸음을 물러섰다.

쉬잇!

예리한 파공성이 조금 전까지 제독이 섰던 자리를 훑고 지나갔다.

"웨, 웬놈이냐? 도대체 어떤 놈이……!"

당황한 제독은 소리를 질렀지만 천면요희는 말없이 어둠을 향해 양손을 교차로 내밀었다.

픽! 퍼벅!

몇 차례 둔탁한 타격음이 들렸을 뿐 별다른 일은 일어나지 않았다.

하지만 천면요희는 긴장을 풀지 않았다. 이번의 공격은 비록 효과가 없었지만 저 어둠 속에는 분명 누군가 있는 게 분명했다.

"조심하세요! 혹시 밖에 있는 병사들과 연락을 취할 수단은 없나요?"

천면요희는 재빨리, 그리고 나직하게 물었다. 혼자라면 어떻게든 이 난관을 헤치고 나갈 수 있다.

그러나 무공을 모르는 제독과 함께라면 위험하기 짝이 없다. 어떻게든 밖에 이 위급을 알려야만 한다.

"그게 저쪽에 있는 설렁줄을 당기면……."

천면요희는 제독이 가리키는 곳으로 시선을 던졌다. 입구 쪽으로 삼 장 정도 떨어진 곳이었다.

불과 삼 장이었다. 하지만 천면요희에겐 삶과 죽음을 가늠하는, 천 리 보다 훨씬 멀게 느껴지는 거리였다.

"제게서 떨어지지 마세요!"

천면요희는 제독에게 주의를 준 후 조심스럽게 움직이기 시작했다.

쓰웃!

또다시 어둠 속에서 예리한 파공성이 새어 나왔다.

이번엔 천면요희도 맞서지 않았다. 대신 제독을 감싸고 재빨리 설렁줄 이 있는 곳으로 달렸다.

하지만 이건 천면요희의 오산이었다. 그가 발을 옮기자마자 시퍼런 칼 날이 곧바로 얼굴을 쪼개며 날아들었다.

의외의 상황이었지만 천면요희의 반응은 확실히 놀라웠다. 허리만 숙 이면 피할 수 있겠지만 뒤에 있는 제독의 안위를 염려해 그대로 옆으로 몸을 튕겼다.

찌이익!

그 바람에 날아든 칼날을 확실히 피하지 못했다. 천면요희의 어깨 어림의 옷자락과 함께 살점이 깊숙이 베어져 나갔다.

바로 그 순간 천면요희의 새하얀 손이 어둠을 두드렸다. 자신의 부상 따위는 돌보지 않고 가장 적절한 순간에 역습을 감행하는 걸 보면 확실히 일급 살수다웠다.

퍼억!

이번엔 천면요희의 주먹에도 뭔가 걸렸다. 내지른 주먹이 모두 격중된 건 아니었지만 그중 하나만으로 충분했다.

'저쪽이다!'

주먹에 격중당한 상대는 황급히 몸을 피하느라 완연한 흔적을 남겼고, 천면요희는 그쪽을 향해 다시 서너 번의 주먹을 날렸다.

싸라락!

마치 싸락눈이 메마른 대지를 두드리는 것과 흡사한 소리와 더불어 내민 천면요희의 주먹 주변으로 섬뜩한 냉기가 맴돌았다.

'핫!'

천면요희는 내심 다급하게 호흡을 삼켰다. 이건 또 다른 공격이었다. 한 놈이 더 있다는 얘기이다.

주먹을 당겨 냉기에서 벗어나며 천면요희는 복잡한 생각에 잠겼다.

'대체 어떤 놈들이 여기까지… 묵귀!'

상대의 정체를 궁금해하던 천면요희의 뇌리에 번개처럼 스친 생각은 묵귀였다. 놈들은 그를 구하러 왔다고 확신했다.

"실례!"

간단하게 양해를 구한 천면요희는 그대로 제독의 허리를 감싸 안았다.

그리고 최대한의 빠르기로 묵귀가 있던 옥방으로 돌아갔다.

하지만 그건 마음뿐이었다. 다시금 섬뜩한 소리와 함께 조금 전보다 더욱 차가운 냉기가 천면요희의 앞길을 막았다.

급격히 반대로 방향을 틀어 피하며 천면요희는 처음으로 제독이라는 존재가 귀찮아졌다. 그만 없었다면 이처럼 노출된 상태로 싸우지 않아도 좋았으리라.

아니, 그건 제독 탓이 아니었다. 애당초 묵귀를 죽이지 않은 게 실수라면 실수였다. 그놈에게 협조를 구하기 위해 단출하게 왔다가 이런 꼴을 당한 것이니까 말이다.

'놈들이 과연 제독을 죽일 배짱이 있을까?'

명색이 일국의 제독이다. 죽이고 난 뒤에 어떤 일이 생길지는 익히 알고 있을 터. 혹 그냥 놔둬도 무사할지 모른다는 생각이 천면요희의 뇌리를 번개처럼 스치고 지나갔다.

그러나 그건 바랄 게 못 됐다. 벌써 묵귀는 당왕 주근덕을 죽였다. 이들이 제독을 죽이지 않을 거란 기대는 달콤한 혼자만의 상상에 불과했다.

다시 한 번 그 차가운 냉기가 엄습해 왔을 때, 천면요희는 더 이상 묵귀에겐 미련을 두지 않았다. 그보다는 제독과 함께 무사히 빠져나가는 게 더욱 중요했다.

제독을 안은 채 천면요희는 그대로 앞으로 튕겨 나갔다. 동시에 허공에 살짝 뜬 그의 두 발이 현란한 움직임으로 공간을 누볐다.

실로 교묘한 발차기였다. 거미줄처럼 감싸오는 냉기의 미세한 틈 사이로 천면요희의 결코 작지 않은 발이 파고들었으니 말이다.

그래도 상대는 병기, 천면요희는 맨몸이었다. 교묘하게 틈을 파고들었다고는 해도 한두 번의 부딪침은 피할 수 없었다.

칙, 치칫!

종이를 찢는 듯한 소리와 함께 천면요희의 바짓가랑이는 순식간에 너덜너덜해져 버렸다.

그러나 병기와 부딪친 그 미세한 반탄력을 천면요희는 놓치지 않았다. 그걸 이용해 다시 한 번 몸을 튕기며 제독을 입구 쪽으로 힘껏 던졌다.

"어이쿠!"

위로 올라가는 계단에 부딪치며 제독은 큰 신음성을 토했지만, 천면요희의 의도만은 정확하게 읽었다. 아픔을 무릅쓰고 곧바로 일어나 계단 위로 빠르게 달려갔다.

천면요희의 현란한 몸놀림이 시작된 건 바로 그 직후였다. 손과 발, 팔꿈치와 무릎이 연속적으로 어둠 속에서 새하얀 점을 찍으며 제독의 뒤를 엄호해 주었다.

그리고 다음 순간, 천면요희의 신형은 홀연히 사라져 버렸다. 제독이 무사히 빠져나간 지금 살수로서의 또 하나의 장기인 은신술을 발휘한 것이었다.

사실 천면요희로선 싸울 이유가 없었다. 이 석옥을 빠져나가거나, 아니면 시간만 끌어도 된다. 밖으로 나간 제독이 병사들이나 소마를 데려올 때까지만 버티면 된다는 얘기다.

물론 이 석옥을 빠져나가는 건 어려울 것이다. 둘 중 적어도 한 명은 입구를 지키고 있을 것이기 때문이다.

그걸 잘 알기에 천면요희는 오히려 대담한 계획을 세웠다. 역습을 감행해 놈들 중 하나를 죽이겠다는 것이었다.

그걸 위해 천면요희는 묵귀가 있는 옥방 쪽으로 조심스럽게 움직였다. 놈들도 틀림없이 그곳으로 올 게 분명하니 어쨌든 그쪽으로 가야만 한다.

그게 쉽다는 건 결코 아니었다. 지금 상대하고 있는 자들 중 하나가 묵귀를 구해서 나가줬으면 좋겠다 싶을 정도로 힘겨운 일이었다.

그렇다고 자신이 당한다는 생각은 전혀 하지 않았다. 놈들은 기습을 가했지만 그걸 성공시키지 못했다. 자신보다 실력이 떨어진다는 의미로 해석해도 좋았다.

'대체 제독은 뭐 하는 거야?'

한 발짝 내디디는 게 바로 생사의 경계를 넘나드는 것과 진배없는지라 천면요희는 먼저 나간 제독에 대한 원망까지 솟구쳤다.

바로 그때 천면요희는 희미한 기척 하나를 감지했다. 이 석옥 안이라면 분명 적들 중 하나일 터이다.

천면요희는 즉각 행동으로 옮겼다. 이 기척을 놓치게 되면 다시 막막한 어둠 속의 대치로 들어간다. 다소 위험을 감수하더라도 둘 중 하나에겐 타격을 입혀둬야 한다.

파바박!

막상 공격을 일으키자 천면요희의 전신은 말 그대로 살벌한 흉기로 변했다. 주먹은 물론 회전하는 허리 위에 있는 어깨까지 여느 둔기보다 더 강한 힘을 품고 있었다.

그러나 천면요희는 상대를 너무 가볍게 보았다. 제 자신의 몸 사위가 채 끝나기도 전에 예의 그 차디찬 냉기가 상체를 온통 뒤덮어왔다.

'히앗!'

천면요희가 실수가 아니었다면 바로 이런 기성을 토했으리라. 그만큼 이번에 받은 공격은 강하고 엄밀했다.

짧은 순간 천면요희는 쓰디쓴 낭패감을 맛보았다. 비로소 자신이 놈들의 함정에 빠졌다는 걸 깨달은 것이다.

태어나서 가장 빠른 몸놀림으로 천면요희는 펼쳤던 사지를 동그랗게 말았다.

그렇게 바닥에 떨어진다 싶은 순간, 그의 신형은 벽에 튕긴 공처럼 방향을 꺾어 튀어나갔다.

하지만 그건 아주 조금 늦은 반응이었다.

싸악!

한 여름의 상쾌한 바람을 연상시키는 시원한 소리와 더불어 천면요희는 왼쪽 어깨 어림에 달군 인두로 지지는 듯한 후끈함을 느꼈다.

그게 끝이 아니었다. 그 뜨거움은 다시 춥다고 여겨질 정도의 싸늘함으로 바뀌었고, 종내는 수백 개의 바늘로 찌르는 듯한 통증으로 바뀌었다.

여전히 몸을 움직여 은신하면서 천면요희는 자신의 왼쪽 팔을 내려다보았다.

없었다!

태어난 이래로 지금까지 자신의 신체 한 부분을 이루고 있던 왼쪽 팔이 그 자리에 없었다. 뭉클거리며 쏟아지는 선혈만 남기고 말이다.

아니, 그건 단순히 신체의 일부가 잘린 것만이 아니었다. 오늘날 천면요희라는 이름을 있게 한 훌륭한 병기 중 하나가 사라져 버린 것이었다.

"끼아아아앗!"

기어코 천면요희의 입에선 기괴한 소리가 터져 나왔다.

그 뒤의 행동은 더욱 이해가 되지 않았다. 그는 복도를 밝힌 유등 속으로 온몸을 노출시킨 채 곧바로 석옥을 빠져나가는 계단을 통해 밖으로 달렸다.

"뭐 하나, 공손우? 빨리 묵귀를!"

달려나간 천면요희의 발걸음만큼이나 다급한 목소리는 엽혈의 것이었다.

'아니, 엽혈이 어떻게?'

공손우는 뇌리에 의문을 떠올릴 겨를도 없었다. 그보다는 묵귀를 구하는 게 급했다.

공손우는 황급히 옥방 안으로 뛰어들었다. 바로 거기에 묵귀가 있었다.

하지만 공손우는 선뜻 다가서지 못했다. 눈에 보이는 묵귀의 상태가 너무나 처참했기 때문이다. 혹시 죽은 게 아닌가 싶을 정도로 말이다.

그래도 공손우는 묵귀를 들쳐 업었다. 이미 죽었어도 상관없었다. 시신이라도 온전하게 거둬주는 게 도리였다.

실제로 공손우는 등에 업은 묵귀의 생사는 확인하지 않았다. 그보다 훨씬 급한 일, 바로 여기서 빠져나가는 것에만 온 신경을 곤두세웠다.

2

천면요희의 뒤를 따라 밖으로 나온 엽혈은 한순간 그대로 얼어붙고 말았다.

정말이지, 엄청난 병력이었다. 이 석옥으로 통하는 지하의 입구를 에워싼 군사들의 숫자는 얼핏 봐도 천 명은 족히 넘을 것 같았다.

이런 경험은 엽혈로선 처음이었다. 몇 명을 상대하든 그건 어디까지나 어둠 속의 싸움이었다. 결국은 일 대 일이 될 수밖에 없었다는 얘기다.

그런데 지금 눈앞에 있는 건 말 그대로 군대였다. 갑옷과 방패, 창 부대와 화살 부대로 정연히 나누어진, 정규 중에서도 정규병들이었다.

"묵귀를 업고 왔소! 길을 열어주시오!"

“돌아가!”

갑작스레 뒤에서 들려온 공손우의 말에 엽혈은 신경질적으로 내뱉었다. 이 역시 생각보다는 혀가 앞선 갑작스러운 것이었다.

“무슨 말이오? 애써 여기까지 왔는, 엉?”

통로 밖으로 고개를 내민 공손우의 입에서도 다급한 소리가 새어 나왔다.

“제기랄!”

공손우의 입에선 욕설도 터져 나왔다. 병사들의 선두에 선 활 부대가 화살을 재는 걸 본 탓이었다.

“들어가!”

이런 경우를 당하니 엽혈이 확실히 공손우보다는 한 수 위였다. 허튼 소리를 내뱉기보다는 곧바로 행동으로 옮겼다. 바로 아래로 내려가 입구의 문을 닫았던 것이다.

“무슨 일이오? 아니, 그보다 여긴 어떻게 오게 됐소?”

정신없이 서너 계단을 밀려 내려간 공손우는 빠른 질문을 던졌다. 그에겐 엽혈의 출현이 그만큼 의외였다.

사실 그건 엽혈이 묻고 싶은 말이었다. 자신이야 진작부터 묵귀와 더불어 황제의 신변을 경호하느라 황궁에 들어와 있었지만 공손우는 그게 아니었다. 여기에 있을 이유가 없었다.

하지만 지금 상황에서 그런 질문이나 던지고 있는 건 시간 낭비일 따름이다. 그보다 중요한 일이 많았다.

“아직 살아 있나?”

그때까지 공손우의 등에 업혀 있는 묵귀의 생사부터 물었다. 이 역시 시급히 알아야 할 문제 중 하나였다.

그제야 공손우는 묵귀를 내려 안았다.

“난… 괜찮아.”

묵귀의 입에서 이 말이 새어 나왔을 때 공손우는 내심 화들짝 놀라고 말았다. 이런 몸뚱이로 아직 살아 있는 것도 놀라운데, 거기다 정신까지 말짱했으니 말이다.

“괜한 짓을…….”

다시금 힘겨운 묵귀의 말이 갈라 터진 입술을 헤집고 간신히 새어 나왔다. 자신을 구하러 올 것까지는 없었다는 얘기리라.

“널 구하러 온 게 아냐!”

엽혈은 퉁명스레 대꾸했다. 실제로 그는 제독을 죽이러 왔지 묵귀를 구하러 온 게 아니었다.

“그럼 뭐 하러 여기까지 왔소?”

“헛소린 집어치우고 여길 빠져나갈 방도부터 강구해 봐!”

이어진 공손우의 질문을 엽혈은 가볍게 무시해 버렸다. 가장 크고 중요한 문제가 남아 있었던 것이다.

공손우도 머리를 끄덕였다. 그 역시 몰려든 병사들을 본 터라 엽혈의 말에 이의를 제기할 수 없었다.

바로 그때 요란한 소리와 함께 석옥의 통로 문이 통째로 부서져 나갔다.

동시에 거대한 불덩어리가 입구에서 밀고 들어왔다. 짚단을 큰 공 모양으로 뭉쳐 거기에 불을 붙인 것이었다.

싸라랏!

엽혈의 두 손이 빠르게 움직였다. 그에 따라 철삭이 불덩어리를 마구 파헤쳤다.

화르르륵!

마치 불꽃의 비가 내리는 것처럼 불덩어리는 미세하게 갈라져서 바닥으로 너울거리며 떨어졌다.

엽혈은 거기서 멈추지 않았다. 불덩어리를 잘라 버린 기세 그대로 철삭을 바깥에까지 휘둘렀다.

"악!"

"우악! 이게 뭐야?"

바깥에 몰려 있던 병사들이 극심한 혼란에 사로잡혔다. 엽혈의 철삭이 그들의 중 몇몇의 다리나 허리를 베어버렸기 때문이다.

"물러서라! 물러서!"

지휘관인 듯한 자의 다급한 명령이 들렸고, 병사들은 일사불란하게 물러섰다. 확실히 잘 훈련된 정규군답게 그 와중에서도 부상자들과 동료들의 시신을 수습하는 것도 잊지 않았다.

병사들을 물리쳤지만 엽혈의 얼굴은 더욱 딱딱하게 굳어졌다. 불덩어리는 병사들이 취할 수 있는 가장 기본적인 공격에 불과했다. 본격적인 위험은 아직 시작도 되지 않았다는 얘기다.

그중 가장 위험한 공격은 화탄을 이용하는 방법이다. 군에서 사용하는 것 몇 알이면 자신들은 꼼짝없이 당하고 말 터이다.

'설마 황궁 안에서 그걸 사용하지는 않겠지!'

엽혈의 이런 예상은 전혀 엉뚱한 게 아니었다. 여기서 화탄을 터뜨린다면 그건 고스란히 건청궁에 있는 황제의 귀에도 들릴 게 분명하다. 나중에 문책을 당할지도 모를 위험을 제독이 감수하리라곤 생각되지 않았다.

"뚫고 나가는 게 어떻겠소?"

공손우가 조심스럽게 입을 열었다. 어느새 그는 묵귀를 단단히 들쳐업고 있었다.

그 순간 엽혈의 뇌리엔 자신이 제독부에 온 이유가 떠올랐다. 제독을 죽이기 위해서였지 묵귀를 구하기 위해 온 게 아니었다.

그렇다면 공손우의 말도 귀담아들을 만했다. 포위하고 있는 병사들을 상대로 싸우자는 게 아니라 그냥 달아나면 그만 아닌가 말이다.

"뒤처지지 않고 따라올 수 있겠나?"

만약에 공손우가 처진다면 돌아보지 않을 작정인 엽혈이었다. 그리고 그게 기본이었다.

공손우는 힘차게 고개를 끄덕였다. 그 역시 앞에서 길을 열 엽혈에게서 처진다는 건 바로 죽음과 직결되는 걸 잘 알고 있었다.

"좋아! 그럼 나간다!"

말과 더불어 엽혈의 발이 계단을 힘껏 박찼다 싶은 순간, 그보다 더 빨리 입구를 통해 안으로 쏟아지는 게 있었다.

"뭐야? 물인가?"

막 뛰어나가려는 찰나였던지라 밖에서 쏟아져 들어온 걸 고스란히 덮어쓴 엽혈이 당혹스럽게 내뱉었다.

그러나 물은 아니었다. 코를 찌르는 냄새와 끈적한 점성으로 미루어 흑유(黑油)임이 분명했다.

"물러서!"

엽혈이 발작적으로 외치기도 전에 공손우는 먼저 계단을 타고 아래로 달렸다.

"불을 모두 꺼!"

그 뒤를 따라가면서 엽혈은 소리를 질렀다. 아까 제독이 켜둔 유등을 끄라는 얘기였다.

불을 끈다고 해서, 어둡다고 해서 불편을 느낄 사람은 아무도 없었다. 불똥이 하나라도 떨어지면 이 석옥은 그대로 불바다로 변해 버릴 터. 아무것도 볼 수 없다손 쳐도 불은 꺼야만 한다.

그러나 바깥엔 병사들이 있다. 그들은 자신을 태워 죽이기 위해 기름까지 들이부었다. 대책을 강구해야만 한다.

여전히 계단 쪽에선 철벅이는 소리가 들려왔다. 아직껏 흑유를 퍼붓고 있다는 반증이었다.

'그래도 이 석옥을 다 채울 수는 없겠지!'

하긴 그만큼의 흑유도 필요없을 터이다. 바닥만 적서도 자신들은 통구이 신세를 면치 못할 테니 말이다.

화르륵!

드디어 위에서 횃불이 하나 떨어졌고, 계단 근처는 삽시간에 불길에 휩싸였다. 석옥 전체가 훤하게 밝아졌다.

다행인 것은 아직 흑유가 사람들이 있는 곳까지는 퍼지지 않았다는 점이다. 언젠가는 불길에 휩싸이겠지만 생각할 시간이 조금은 더 남은 셈이었다.

"우선 그 옷부터 벗어버리시오!"

공손우가 턱으로 엽혈을 가리키며 말했다.

아닌 게 아니라 불빛에 드러난 엽혈의 몰골은 가관이었다. 흑유를 고스란히 덮어썼으니 마치 먹물로 반죽해 놓은 사람 같았다.

"아직은 괜찮아."

대수롭지 않게 대꾸하면서도 엽혈은 머리를 쉴새없이 움직였다. 물론 이 난관을 타개할 수 있는 방법을 모색하고 있는 중이었다.

"환기구를……."

갑자기 공손우의 등에 업혀 있던 묵귀의 입이 열렸다.

"뭐, 뭐라고?"

"환기구를 찾아."

같은 말이 묵귀의 입에서 한 번 더 반복되었을 때에야 엽혈은 다시 한

번 석옥을 둘러보았다.

여전히 불길은 맹렬하게 타올랐고, 그게 서서히 다가오고 있었다.

그 속에서 엽혈은 이상한 점 하나를 발견했다.

'그렇게 맵지가 않다!'

흑유는 타면서 많은 연기와 그을음을 낸다.

당연히 지금 석옥에도 자욱한 연기가 채우고 있다.

그런데 호흡이 곤란하다거나 눈이 맵거나 하지는 않았다. 물론 정상적인 상황과는 조금 달랐지만 이 정도라면 어딘가로 공기가 통해 연기가 빠져나가고 있다고 봐야 한다. 계단으로 연결된 통로는 빼고 말이다.

'예리한 놈!'

엽혈은 묵귀의 감각에 새삼 혀를 내둘렀다. 저렇게 망가진 상태로도 주변의 상황을 정확하게 파악하고 있다니 몇 번이나 감탄해도 모자랄 정도였다.

엽혈은 유심히 연기의 흐름을 살폈다. 아무래도 가장 많이 빠져나가는 곳은 입구 쪽이었다.

그러나 약간의 시간이 지나자 또 다른 기류가 보였다. 위로 솟구치는 연기는 대부분 입구로 몰렸지만, 비교적 낮은 곳에 있는 것들은 통로의 양쪽 끝을 향해 빠르게 흘러가는 게 보였다.

'그렇다면!'

엽혈은 재빨리 뒤로 돌았다. 연기가 통로의 양쪽으로 흐른다는 건 바로 거기에 바깥과 통하는 구멍이 있다는 의미이다.

"서두르시오! 불길이 가까워졌소!"

공손우가 재촉하지 않아도 엽혈은 똥줄이 탔다. 벌써 등으로 느껴지는 열기가 상당히 뜨거워진 탓이었다.

연기는 천장의 모서리 쪽으로 빠져나가고 있었다.

'지면까지는 삼 장 정도!'

속으로 지면까지의 거리를 가늠하면서 엽혈은 두 손을 맹렬하게 휘둘렀다.

쓰아앗! 파박!

철삭이 날아가 천장의 모서리를 쳤다. 돌멩이 정도는 베어낼 수 있을 터이다.

우수수 !

머리 위에서 작은 돌 조각들이 떨어져 내렸다. 엽혈의 의도가 성공한 것 같았다.

하지만 다음 순간, 엽혈의 눈에 실망의 빛이 스치고 지나갔다. 기대했던 것보다 천장은 훨씬 적게 파여졌기 때문이다.

그러나 마냥 실망하거나 이상하게 생각하고만 있을 수는 없었다. 이제 너울거리는 불빛은 눈썹이라도 그슬릴 것처럼 바짝 다가와 있었던 것이다.

츄웅!

기묘한 소리와 더불어 엽혈의 철삭이 빳빳해졌다. 마치 연검에 힘을 가한 것과 같은 현상이었다.

쓰츙, 파악!

엽혈의 철삭은 다시 한 번 연기가 빠져나가는 천장의 모서리에 가 꽂혔다.

이어 힘을 가하자 석벽이 뭉텅 잘려져 나왔다. 조금 전보다는 훨씬 효과가 있었다.

다시 몇 차례 더 반복했을 때 천장엔 일 장 깊이의 구멍이 파졌다.

"이젠 그 옷을 벗어버리시오! 아무래도 위험하오!"

엽혈에게 바짝 붙어 서서 널름거리는 불꽃을 이리저리 헤치며 공손우는 다시 한 번 옷을 벗으라고 말했다. 기름에 흠뻑 젖었으니 불똥이 하나라도 튀면 그대로 끝장이었다.

엽혈은 대꾸도 하지 않았다. 그 역시 기름에 젖은 옷을 입고 있는 게 얼마나 위험한지는 잘 알고 있었다.

그러나 옷을 벗을 수는 없었다. 그건 자신의 가장 큰 비밀을 지키는 일과 직결되는 것이었으니까 말이다.

파박! 파악!

그 사이에도 엽혈의 양손은 쉬지 않고 움직였다. 불의 접근은 공손우보다 그 자신에게 더 위협적이었으니까 말이다.

"흐으읍, 헉!"

엽혈의 호흡이 조금씩 거칠어지기 시작했다. 매캐한 연기 탓도 있었지만 지금 하고 있는 게 상당한 힘을 요했기 때문이다.

실제로 지금 엽혈은 상당히 무리를 하고 있는 상태였다. 평소처럼 철삭을 사용하는 것에 비해 몇 배의 힘이 들었고, 석옥을 태우고 있는 불꽃은 그의 마음까지 조급하게 만들었던 것이다.

다시 엽혈의 철삭이 석벽을 파헤쳤고, 시원한 바람이 느껴졌다.

"서둘러!"

엽혈은 재빨리 자신이 판 구멍 속으로 날아올랐다. 그 앞에 뭐가 있는지는 지금 따질 계제가 아니었다.

그건 불의 생리를 잘 알기에 선택한 행동이었다. 밖에서 바람이 들어오면 불길은 안으로 밀려들어 가는 게 아니라 오히려 바깥으로 뿜어져 나온다. 불은 새로운 공기를 끊임없이 필요로 하기 때문에 생기는 현상이었다.

지금 엽혈은 공손우를 돌볼 계제가 못 되었다. 시원한 바람을 느꼈다 싶은 순간 벌써 불꽃이 꽁무니까지 따라붙은 것 같아서였다.

다행히 엽혈이 파낸 구멍은 그리 길지 않았다. 한번의 도약으로 도착할 수 있는 거리 옆으로 뚫린 또 다른 통로와 마주쳤다.

그 통로에 도착하자마자 엽혈은 옆으로 몸을 굴렸다.

화르르륵!

맹렬한 불꽃이 그 주변까지 화악 솟구쳤다가 다시 사그라들었다.

"공손우!"

그제야 엽혈은 그 이름을 부르며 자신이 지나왔던 구멍으로 얼굴을 가져갔다.

"비키시오!"

그 속에서 다급한 외침이 들린다 싶더니 마치 커다란 새가 날아내린 것처럼 공손우가 불쑥 솟구쳐 올라왔다.

"저리 피하시오!"

다시 한 번 외친 후 공손우는 그 자리에 몸을 마구 굴렸다. 그와 묵귀의 옷자락 몇 군데 불이 붙어 있었던 것이다. 만약 엽혈이 옆에 있었다면 기름에 젖은 그의 옷에도 불이 옮겨 붙었을지도 모를 상황이었다.

아니, 옷자락뿐이 아니었다. 두 사람의 머리카락과 눈썹도 상당히 그을려 있었다.

"여긴 어디요?"

옷에 붙은 불을 모두 끈 후에 공손우는 궁금한 듯 물었다. 그 사이에도 간헐적으로 구멍을 통해 불꽃이 너울거렸다.

엽혈인들 여기가 어디인지 알 턱이 없었다. 그저 아주 오래 전에 만들어진 곳인 듯 여기저기 이끼가 끼어 있는 게 불빛에 비쳐 보일 뿐이었다.

어쨌든 이 자리는 빨리 벗어나는 게 상책이었다.

그렇다고 어디로 통하는지도 모르면서 무턱대고 갈 수는 없는 노릇. 엽혈은 세심하게 주변을 살폈다.

"왼쪽으로 가!"

다시 묵귀가 입을 열었다. 그 불길을 뚫고 나온 와중에서도 냉철한 이성과 감각을 유지하고 있었던 모양이다.

그 말에 엽혈은 새삼 주변으로 눈길을 돌렸다. 불꽃이 타오르는 방향이나 바닥의 미세한 경사 모두 묵귀의 말처럼 왼쪽으로 가야 한다는 걸 말해주고 있었다.

안 이상 망설일 이유는 없었다. 엽혈이 앞장서고 그 뒤를 공손우가 따르며 그들은 통로를 따라 달려갔다.

앞에 뭐가 있든 이들에겐 별로 상관이 없었다. 어차피 그 숱한 병사들도 뚫고 가려고 했던 터. 어떻게든 이 통로부터 벗어나고 볼 일이었다.

3

석옥을 태운 불길이 진화된 건 새벽이 되어 사방이 희뿌옇게 밝아진 뒤였다.

물론 그전에도 불은 끌 수가 있었다. 또 실제로 병사들의 지휘관은 그전에 진화를 하려고 시도하기도 했었다. 이유야 어떻든 궁성 내부에서 화재가 난 것은 께름칙했으니까 말이다.

그걸 극력 제지한 게 소마였다. 어차피 죽일 묵귀였다면 최대한의 고통을 주고 싶었다. 기름불에 타 죽는 것도 그중 하나가 될 것이다.

아니, 단순히 묵귀만이 아니었다. 한쪽 팔이 잘린 심각한 부상을 당한 천면요희의 말을 들어보니 석옥 안에는 다른 살수들이 최소한 두 명은 더 있다고 했다. 그들까지 완벽하게 죽이기 위해선 오히려 불이 더 타 들어가길 바랐을 정도이다.

그러나 소마의 모든 바람은 석옥 안에 들어가 본 뒤, 철저하게 박살나고 말았다. 그을음만 가득했을 뿐 기대했던 불탄 시신은 단 한 구도 발견되지 않았기 때문이다.

엽혈이 뚫은 탈출용 구멍을 봤을 때, 소마의 뇌리를 가득 메운 건 스산한 공포였다. 묵귀가 살아 있다는 건 앞으로 평생 동안 편한 잠을 자기는 틀렸다는 얘기와도 통하는 것이니까.

그때부터 소마는 허둥거렸다. 생각해 보면 지금까지 묵귀에게 노골적으로 적대감을 표한 적은 없었다. 적어도 이번 일이 있기 전까지는 말이다.

그런데 이젠 그 위태로웠던 평화(?)도 깨지고 말았다. 향지까지 자신의 수중에 있다는 게 알려진 이상 묵귀는 죽을 때까지 자신을 물고늘어지려 할 것이다. 그전에 쓸 수 있는 수단은 모두 동원해야만 한다.

"서둘러, 검로!"

처음 묵귀와 만났던 내전 녹주의 방에 들어서며 소마는 갈라지는 목소리를 높였다.

하지만 검로는 대답도 없이 하던 일에만 열중했다. 갈가리 찢어졌다고 표현하는 게 정확한 마로의 시신을 수습하는 일이었다.

"죽은 몸뚱이 따위는 필요 없어! 그냥 내버려 둬!"

자신의 말을 따르지 않는 검로에게 소마는 신경질을 부렸다. 그만큼 그는 초조해하고 있었다.

사실 소마는 촌각이라도 이 제독부에 머물 생각이 없었다. 살아 있는 묵귀가 지금이라도 뒤통수를 향해 그 섬뜩한 착명조를 휘둘러 올 것 같은 두려움 때문이었다.

"내 말 안 들려? 빨리 여길 떠나자구!"

"어디로 가려는가?"

갑자기 들려온 늙수그레한 목소리에 소마는 험악해진 눈길을 그쪽으로 돌렸다. 주름이 온 얼굴을 덮은 금 대야가 거기 서 있었다.

"영감은 알 거 없어!"

소마의 말투가 거칠어졌다. 천면요희가 무용지물이 되다시피 했으니 금 대야에게 친절할 필요가 없었다.

금 대야의 얼굴 주름이 일시지간 확 펴진 듯했다. 개봉에 상락향을 세운 이래로 이처럼 불손한 태도로 자신을 대하는 자는 처음이었다.

그러나 금 대야는 이내 마음속의 노기를 눌렀다. 그 역시 천면요희는 재기 불능이라고 판단했으니 소마의 손이 절실하게 필요했다.

"거래를 하세."

"거래? 무슨 거래?"

감정을 억누른 금 대야의 말에도 소마는 신경질 섞인 음성으로 대꾸했다.

"내가 누군지는 알겠지? 날 개봉까지만 데려다 주게. 그럼 자네가 원하는 건 뭐든 들어주겠네."

지금 금 대야에게 가장 절실한 것은 개봉 상락향으로 돌아가는 것이었다. 거기까지 가기만 하면 달리 손쓸 방도도 생길 터이다.

"내가 원하는 모든 걸 들어준다고? 그럼 묵귀를 죽여줘. 그 뒤에 개봉까지 데려다 줄게."

소마는 거침없이 내뱉었다. 금 대야가 개봉으로 돌아가는 게 절실하다면 자신 역시 묵귀의 목이 그 이상으로 필요하다.

"다 끝났습니다."

그때 검로가 큼직한 보퉁이를 하나 들고 나직한 목소리로 말했다.

"응, 그럼 가자. 그런데 그 거추장스러운 건 들고 갈 거야?"

턱으로 마로의 시신 잔해가 들어 있는 보퉁이를 가리키며 소마가 쌀쌀
하게 내뱉었다.

"향양점에 묻어주고 싶습니다."

대답하는 검로의 목소리는 눅눅하게 젖어 있었다. 마로가 죽었다는 사
실보다 쌀쌀한 소마의 태도가 더욱 가슴 아렸다.

"잠깐만 기다리게!"

미련없이 등을 돌리는 소마를 금 대야가 단호한 어조로 제지했다.

"자네를 말릴 힘이 내겐 없네. 그러나 묵귀란 자에게 향지가 어디 있
는지는 알려줄 수 있다네."

"뭐?"

다시 몸을 돌려 금 대야를 바라보는 소마의 눈엔 살기가 이글거렸다.
정말이지, 성가시기 짝이 없는 늙은이였다.

그렇다고 죽일 수는 없다. 경위야 어떻든 제독부 내에서 살인을 할 수
는 없다.

"향지가 어디 있는지 알아?"

질문을 던지는 소마의 표정이 약간 밝아졌다. 설마 진짜로 알지는 못
하리란 기대 탓이었다.

"천면요희에게 들었네."

금 대야의 이 대답이 소마의 살의를 더욱 단단하게 굳혔다. 만약 모른
다고 했다면 이대로 두고 떠날 생각이었는데 말이다.

"좋아요. 개봉까지만 데려다 주면 되죠?"

말투까지 바꾸며 소마는 금 대야를 데려다 줄 뜻을 내비쳤다.

"지금 바로 출발할 거예요. 검로, 부른 사람들은 어디까지 와 있지?"

검로에게 물으며 소마는 재빨리 밖으로 걸음을 옮겼다.

"정주(定州)에 집결해 있다는 보고가 있었습니다."

"그렇다면 이 북경을 빠져나가는 게 관건이로군. 묵귀의 동료(同僚)들이 어디서 눈을 번뜩이고 있을지 모르니까 조심해."

그 말엔 대꾸하지 않고 검로는 묵묵히 소마에게 바짝 따라붙었다. 서운한 건 서운한 거고, 그래도 그를 지켜야 한다는 의무감이 앞선 탓이었다.

그 뒤를 금 대야도 따라나섰다. 눈빛이 미묘하게 변한 건 혼자만의 생각을 감추고 있다는 반증이었다.

"어? 이건 또 뭐야?"

내전을 나서자마자 소마는 의외란 듯 기성을 토했다. 수많은 병사들이 앞을 막아섰기 때문이다.

"아무도 이 제독부에서 내보내지 말라는 명령이 내려졌소!"

"뭐? 누가?"

"그뿐 아니라 당신들 모두 곧바로 제독 합하께 모시라는 분부요!"

소마의 표정이 일그러졌다. 촌각을 다퉈 황궁을 빠져나가도 시원찮을 판에 제독이 엉뚱한 명을 내렸다. 갈등하지 않을 수 없었다.

'이대로 뚫고 나갈까?'

그건 별로 어렵지 않을 터이다. 검로 혼자만의 힘으로도 길을 여는 건 일도 아닐 것이다. 어쨌든 향양점에서 온 사람들이 집결되어 있는 정주까지만 가면 안심이다.

소마는 검로를 힐끗 쳐다보았다. 드물게도 그의 뜻을 물어보는 눈빛이었다.

그러나 검로는 그 눈길을 피해 버렸다. 어디까지나 소마의 결정에 따르기만 하겠다는 표정이었다.

다시 돌려진 소마의 시선이 금 대야에게 머물렀을 때, 그의 마음은 결정되었다.

'저 혹을 달고서는 황궁을 빠져나갈 수 없다!'

여기에선 제독의 명에 따를 수밖에 없을 것 같았다.

"제독께서는 어디 계시나요? 안내해 줘요."

마음을 정하자 소마의 표정은 다시 환하게 밝아졌다. 이왕 남을 거면 조금이라도 의심을 사는 행동은 하지 않는 게 좋다.

"따라오시오!"

말을 붙였던 지휘관이 가벼운 군례를 갖춘 후 몸을 돌렸다.

그들이 안내되어 간 곳은 다소 엉뚱한 곳이었다. 제독부를 구성하고 있는 건물들 중 가장 허름하게 보이는 곳이었으니 말이다.

그 이유는 안으로 들어서고 나서야 알 수 있었다. 일반적인 목조 건물이 아니라 구리와 쇠가 섞인, 한마디로 철제 건물이었던 것이다.

그걸 보며 소마는 속으로 웃었다. 묵귀를 막을 수 있는 건 건물의 재질 따위가 아니다. 이건 오히려 제독 자신을 가두는 감옥이 될 공산이 컸다.

"오, 어서들 오라!"

소마가 미처 예를 갖추기도 전에 제독이 벌떡 일어서면서까지 반겼다.

"부르셨다길래 대령했습니다. 하교(下敎)가 있으신지요?"

소마는 정중하게 예를 갖췄다. 제독부에 머물러 있을 동안에는 이런 자세를 견지해야만 한다.

"그대들은 지금부터 내 곁에서 한 발짝도 떨어지지 마라. 알겠느냐?"

"명심하겠습니다."

대답을 하면서 소마는 씁쓸한 침을 삼켰다. 제독이 한 말의 뜻을 잘 알기 때문이었다.

'일국의 제독이라는 작자가……'

목숨이 아까워 무림인들에게 자기를 지키라고 하고 있다. 한심스런 노릇이 아닐 수 없었다. 황제와 황궁의 경호가 주 임무인 제독으로선 결코 입 밖에 내선 안 되는 말인 것이다.

그러나 이것도 소마가 이용하기에 따라선 결코 나쁜 것만은 아닐 터. 소마는 즉각 그 의도를 입으로 표출했다.

"방금의 그 말씀은 제독 합하의 신변을 지키라는 뜻으로 알겠사옵니다. 그런데 우리들만으론 좀 부족한 듯하옵니다. 달리 사람을 더 보충하심이 어떠실는지요?"

"오, 사람이 더 있단 말인가? 믿을 만한가?"

제독의 눈빛이 대번에 밝아졌다. 그 역시 믿었던 개유린과 천면요희가 당하고 나자 사람이 부족하다는 걸 절실하게 깨달은 뒤였다.

"마침 소인이 부리는 사람들이 정주에 있습니다. 그들을 불러오면 합하의 신변은 안심하셔도 좋을 것입니다."

"오, 정주라면 엎어지면 코 닿을 곳이 아닌가? 당장 그 사람들을 불러라!"

제독의 이 말을 기다렸던 소마였지만 입맛은 역시 씁쓸했다. 들어오려는 외부 사람들을 막아도 시원찮을 판에 자청해서 무림인들을 끌어들이고 있으니 말이다. 만약 소마에게 황제를 시해할 의도가 있었다면 이런 기회도 다시없을 터이다.

"그럼 곧바로 시행하겠사옵니다."

정중하게 예를 갖춘 후 소마는 멀찍이 떨어져 있는 검로를 불렀다.

"지금 당장 정주로 달려가서 사람들을 불러와!"

검로로선 거부할 수 없는 명이었다. 소마의 지시대로 할 수밖에 없었다.

물론 자신이 곁에 없을 때 소마에게 무슨 일이 생기지나 않을까 싶은 염려도 없지 않았다.

하지만 그 생각은 이내 털어버렸다. 어쩌면 소마의 무공이 자신보다 더 뛰어난지도 모른다. 신변의 염려는 자신의 몫이 아닌 것 같았다.

게다가 지금 검로는 마로의 시신을 가지고 있다. 항양점으로 돌아갈 때까지는 어딘가에 가매장(假埋葬)이라도 해둬야 할 터. 그 장소가 황궁일 수는 없었다. 어떻게든 밖으로 나가야 한다는 얘기였다.

"지금 당장 다녀오겠습니다."

가벼운 예를 갖춘 후 검로는 총총히 밖으로 나가 버렸다.

그 모든 광경을 지켜보고 있는 금 대야의 눈빛이 더욱 요사하게 물들어갔다.

＊　　　＊　　　＊

간신히 노야차의 집에 도착했지만 그들은 선뜻 모습을 드러내지 못했다. 어쩌면 여기까지 수배가 내려져 있을지도 모르니 부리는 시비들의 눈까지 조심해야만 했던 것이다.

게다가 노야차는 묵귀에게 당한 공격으로 지금 자리보전을 하고 있는 상태였다. 그에 대한 감정이 남아 있을지도 모르니 정확한 심중을 헤아린 후에나 그와의 접촉도 가능할 터이다.

그래서 지금도 노야차의 집에 있는 허름한 창고 안에 은신해 있는 중이었다.

"잠들었나?"

공손우의 등에서 죽은 듯 늘어져 있는 묵귀를 가리키며 엽혈이 나직이 속삭였다.

"깨어 있어."

대답은 묵귀의 입에서 나왔다. 겉보기와는 달리 의식은 말짱한 것 같았다.

그 점이 엽혈로선 이해가 어려웠다. 저 정도로 당했으면 죽지는 않더라도 온전한 정신을 유지하기는 힘들 터이다.

그런데 묵귀는 시간이 지날수록 점점 나아지고 있는 것 같았다. 아무런 치료도 하지 않았음에도 불구하고 말이다.

"내려줘. 좀 편하게 눕고 싶다."

여전히 미약하긴 했지만 이젠 말도 제법 또렷이 하는 묵귀였다.

"상황이 어떻게 될지 알 수 없소. 불편하더라도 이대로 계시오."

공손우가 조심스럽게 반대의 뜻을 표했다. 행여 이 자리도 피할 경우가 생길 때 시간을 조금이라도 아끼자는 의미였다.

"내려줘."

엽혈이 한마디 더 하고 나서야 공손우는 묵귀를 내려놓았다.

"괜찮아?"

"편하군."

엽혈의 말에 묵귀는 나직이 대꾸했다. 실제로야 엄청난 통증에 시달리고 있었지만 그래도 편하다는 말이 저절로 나올 수 있을 정도는 되었다.

"웃기는 놈이로군. 반병신이 되었어도 시원찮을 판에 편하다고? 허참!"

기가 막힌다는 듯 엽혈은 혀를 찼다. 그리고 빙그레 웃었다.

물론 엽혈도 지금은 웃을 상황이 아니란 건 알고 있었다. 다만 이렇게라도 긴장을 좀 풀고 싶었다.

실수에게 있어 가장 중요한 건 당연히 살업이다.

하지만 그 살업을 잘하기 위해선 휴식도 그만큼 중요시해야 한다. 특급 살수라는 이름은 사람을 잘 죽이기도 하거니와 쉬는 것도 남들보다 훨씬 잘 쉬는 자들에게 주어지는 것이다.

"그런데 자넨 어떻게 황궁에 들어오게 됐나?"

그 역시 벽에 기대 다리를 길게 펴며 엽혈이 공손우에게 물었다.

"당신들을 따라 궁으로 가겠다니깐 노야차가 말립디다. 그래서 무턱대고 혼자 뛰어들었는데, 황궁이라는 곳, 확실히 만만치 않더이다."

고개까지 절레절레 흔들며 공손우는 입을 열었다. 그의 말대로 황궁에 들어온 이래 정말 무척이나 고생했다.

특히 파면인과 금의위의 위협은 상당했었다. 그들을 죽일 수 없었기에 더욱 힘들었지만 말이다.

그러던 참에 제독부에 무슨 일인가 벌어졌다는 걸 감지했고, 잠복해서 알아낸 건 묵귀가 석옥에 갇혔다는 거였다.

그 다음부터는 엽혈도 익히 아는 바였다.

"일단 노야차에게 알리는 게 좋지 않겠소? 당장 이 사람의 상태도 위태롭고……."

"조금만 더 동정을 살펴보고……."

엽혈은 묵귀가 왜 노야차에게 그처럼 심한 부상을 입혔는지 알고 있었다.

문제는 노야차도 묵귀의 뜻을 알고 있느냐는 것이었다. 만약 모른다면 그 앞에 나서는 건 섶을 지고 불로 들어가는 거나 마찬가지가 된다. 충분히 조심해야만 한다.

"혹시 밖에 있을 때 장호량이나 다른 사람들 얘긴 듣지 못했나?"

소마가 천면요희를 빼돌렸을 때, 노야차의 집엔 분명히 엽군영과 장호량, 설염봉이 왔었다.

그런데 그 후로 모든 일이 너무나 빨리, 그리고 과격하게 진행됐다. 그들에 대해 신경 쓸 겨를이 없었다.

하지만 공손우라고 해서 알 턱이 없었다. 그는 그 일이 있기 훨씬 전에 이미 황궁에 들어와 파면인과 금의위의 눈을 피하느라 바빴으니까 말이다.

"그들도 북경으로 돌아왔소?"

이렇게 되묻는 게 고작인 공손우였다.

"소마가 향지를 어디에 두고 있는지 모르나?"

갑자기 들려온 묵귀의 말에 엽혈은 기댔던 상체를 세웠다. 그로선 전혀 예기치 못했던 질문이다.

그러나 왜 묵귀가 그런 질문을 던졌는지는 알 것 같았다. 향지를 소마가 데리고 있다는 얘길 한 건 자신이었으니까 말이다.

"그건 정말 모르겠다. 나도 나름대로 알아보려고 애를 썼지만 소마가 워낙 영악해서……."

"짐작 가는 곳은?"

연이은 질문에도 맥없이 고개를 저을 수밖에 없는 엽혈이었다.

"그런데 넌 어쩌다 그런 부상을 당했나? 널 그렇게 만들 자가 중원에 있었나?"

오늘 제독부에 있었던 살수 모두가 덤빈다 해도 쉽게 당할 묵귀가 아니란 걸 엽혈은 익히 알고 있다.

"나도 몰라. 하지만 엄청나게 강한 놈이었다."

묵귀로서도 대답해 줄 게 그리 많지 않았다. 어둠 속에서 싸웠고, 그렇게 어둠 속에서 서로의 생사가 갈렸을 뿐이다.

"어쨌든 여기선 좀 쉬어도 될 것 같군. 밤이 되면 다시 바빠질 테니까."

말을 하면서 엽혈은 세웠던 상체를 다시 벽에 기댔다.

묵귀나 공손우도 말이 없었다. 휴식이 얼마나 중요한지 잘 알기도 했거니와 상당히 지치기도 했다. 이보다 열악한 장소였더라도 조금은 쉬어야 했을 터이다.
　창고 안에 정적이 감돌았다. 잠이 들었지만 누구도 숨소리 하나 내지
않았기 때문이다.

第四十七章
압박(壓迫)

1

당해 누워 있으면서 노야차의 감각은 오히려 더욱 날카로워졌다.

그래서 자정(子正)을 알리는 딱따기 소리가 들려왔지만 이 밤도 잠을 이루지 못했다.

'과연 이대로 있어도 좋은 걸까?'

바로 이게 노야차로 하여금 잠을 잊게 만든 상념이었다.

다른 일이 아니었다. 어떻게든 묵귀의 죄를 가볍게 만들어줘야겠는데 그 일에 적극 나서야 할지 말아야 할지 갈등하고 있는 중이었다.

묵귀의 죄를 가볍게 하는 건 오직 한 가지 방법뿐이다. 그건 당왕 주근덕이 역모의 주모자 중 한 명이란 걸 황제에게 납득시키는 일이다.

바로 거기에 노야차의 고민이 있었다. 관인의 신분으로 황숙을 죽인 자를 위해 변명한다는 인식을 줄 수도 있기 때문이다.

그렇다면 묵귀의 얘기는 쏙 빼고 당왕의 역모 사실만 가지고 황제를

압박(壓迫) 219

설득해야만 한다.

'그건 헛일이 될 공산이 크지.'

설사 황제가 주근덕의 역모를 인정한다고 해도 묵귀를 위해 변명할 수 없다면 말짱 헛일이다. 황숙이 아니더라도 살인은 엄격히 국법으로 금하고 있으니까 말이다.

노야차는 다시 가슴이 답답해졌다. 가장 원망스러운 건 역시 너무 큰 일을 저지른 묵귀였다. 이대로 북경에서 사라져 어디 다른 나라로라도 달아나 줬으면 좋겠다는 생각까지 들었다.

그러나 묵귀는 결코 멈추지 않을 것이다. 적어도 향지를 찾기 전까지는 말이다.

아무튼 이대로 있어서는 안 될 터. 노야차는 상처 부위를 슬며시 만져보았다. 여전히 격심한 통증이 피어올랐다.

'이만하면 내일쯤 움직여도 되겠군!'

부상은 엄중했지만 죽을 정도는 아니었다. 날이 새면 가장 든든한 한편인 사례태감부터 찾아가 볼 작정이었다. 그러면 무슨 해결책을 제시해 줄지도 모른다.

노야차는 바로 옆에 대기하고 있는 의생을 눈으로 찾았다. 갈증이 나서 차라도 한 잔 가져다 달라고 할 생각에서였다.

그러나 의생은 꾸벅꾸벅 졸고 있었다.

깨울까 하다가 노야차는 그만두었다. 어차피 날이 새면 움직여야 할 터. 미리 연습(?)을 해두는 것도 괜찮을 듯했다.

조심스럽게 몸을 일으킨 노야차는 차 주전자가 놓인 탁자로 걸어갔다. 몇 발짝 아니었지만 온몸에 땀이 솟구쳤다.

'이만하면 견딜 만하겠군.'

그래도 노야차는 만족했다. 사례태감 앞에서 쓰러지기라도 한다면 여간 낭패가 아니다. 이만하면 괜찮을 것 같아 적잖이 마음이 놓였다.

노야차는 손을 뻗어 차 주전자를 잡으려 했다.

"목이 마른가?"

후끈한 열기가 느껴지는 나직한 속삭임이 노야차의 귀로 파고든 건 바로 그때였다.

"허억!"

대경실색하며 노야차는 집어 들었던 차 주전자를 떨어뜨렸다.

그러나 차 주전자는 바닥에 떨어지지 않았다. 노야차의 무릎 근처에서 딱 멈추더니 다시 서서히 위로 올라와 얼굴 앞에서 흔들렸다.

"마셔!"

다시 뜨끈하게 들뜬 음성이 들렸을 때 노야차는 비로소 그가 누군지 알 수 있었다.

"엽혈?"

확실히 말을 건 사람은 엽혈이었고, 그건 노야차에게 이중의 충격을 주었다.

"황제 폐하는?"

이게 가장 큰 문제였다. 당왕 주근덕이 죽은 지금 그 어느 때보다 황궁은 어수선하다. 역모의 세력들이 이 틈을 타서 황제 시해를 노릴지도 모르는 마당에 경호를 하고 있어야 될 엽혈이 여기 있다는 건 문제가 아닐 수 없다.

"그건 이제 내가 알 바가 아냐."

"묵귀와… 함께 있나?"

이게 엽혈의 등장이 노야차에게 준 두 번째 충격이었다.

어떻게든 묵귀의 죄를 줄이기 위해 노심초사하고 있던 노야차다.

하지만 아직은 시도조차 하지 못하고 있는 터. 자칫하다가는 묵귀와 같이 있는 사람들까지 연루될지도 모른다. 오히려 죄가 더 커지게 될지도 모른다는 얘기다.

"묵귀도 지금 여기에 있지."

엽혈의 대답에 노야차는 자신도 모르게 졸고 있는 의생 쪽으로 시선을 던졌다. 혹시 그사이 깨지 않았을까 하는 우려 때문이었다.

다행히 의생은 여전히 졸고 있었다. 어쩌면 엽혈이 미리 혈도를 제압해 놓은 건지도 모를 일이었다.

"여기 있다고?"

"데려와도 좋은가?"

노야차의 질문에 엽혈은 반문으로 응대했다.

그 말에 노야차는 흠칫 어깨를 떨었다. 묵귀를 이 집에 들이는 건 쉽게 생각할 문제가 절대 아니었다. 어쨌든 그는 황숙을 시해한 원흉이 아닌가 말이다. 앞으로의 일이 어떻게 전개될지 모르는 상황에서 뒷날 문제가 될 소지가 있는 일은 쉽게 결정할 수가 없었다.

"좋아, 그럼 이대로 사라져 주지."

"잠깐! 잠깐만!"

자신도 모르게 높아진 목소리에 노야차는 다시 찔끔하며 의생을 살폈다. 여전히 깨지 않는 걸 보니 혈도를 제압당한 게 분명한 것 같았다.

그걸 확인하자 노야차는 얘기하기가 한결 수월해졌다.

"지금 묵귀는 어디 있나?"

몸이 성할 때만큼의 큰 목소리가 아니었지만 이제 노야차의 음성엔 조금씩 힘이 들어가기 시작했다.

"여기 있다고 했잖아!"

약간은 퉁명스러워진 엽혈의 대답에 노야차는 다시금 방 안을 세심하게 살펴보았다.

그러나 어디에도 보이지 않았다. 환자가 있는 방 특유의 음습한 그림 자만이 구석구석에 깔려 있을 뿐이다.

'내 눈에 보일 턱이 없지!'

아직 묵귀의 부상에 대해선 모르는 노야차였다. 바로 눈앞에 서 있어 도 그를 볼 수 없을 거라고 여겼다.

"어디 있나? 우선 모습을 보이고 앞으로의 일을 상의해 보세."

방 여기저기에 깔려 있는 그림자에 대고 노야차는 말했다. 엽혈이 여 기 있다고 했으니 묵귀는 틀림없이 이 방 어딘가에 있을 터이다.

"좋아! 들어와!"

노야차의 말이 끝나자마자 엽혈이 그 말을 받아 조금 높은 목소리로 말했다.

그 말에 노야차가 어리둥절해하고 있는 사이 창이 열리며 묵귀를 업은 공손우가 안으로 들어섰다.

"아니, 다쳤는가? 허억!"

자신의 부상을 잊고 황급히 묵귀에게 다가가려던 노야차는 그 자리에 무릎을 꺾었다. 상처 부위에서 엄청난 통증이 밀려온 탓이었다.

"의생을, 의생을 깨우게. 치료를 하려면……."

상처 부위를 누르며 노야차가 힘겹게 내뱉었다. 한눈에도 묵귀가 심각 한 중태에 빠져 있다는 걸 알아봤기에 한 말이었다.

"그의 부상은 염려하지 마. 어찌 된 영문인지 몰라도 시간이 지날수록 나아지고 있으니까."

엽혈은 노야차의 말을 일축했다.

"그럼 여긴 왜… 왔나?"

간신히 몸을 일으켜 의자에 앉으며 노야차는 다시 물었다. 부상을 치 료하러 오지 않았다면 이런 식으로 나타나지 않아도 좋을 묵귀인 것이다.

“치료는 하지 않아도 좋아. 다만 이삼 일간 휴식을 취할 곳이 필요할 뿐이야. 그보다 알아보고 싶은 게 몇 가지 있는데……”

“그게 뭔가?”

“주근덕이 시해됐다는 게 왜 황제에게 보고되지 않았나?”

“뭐라고?”

엽혈의 이 말은 노야차로선 금시초문이었다. 당왕이 묵귀에게 피습되었을 때 같이 부상을 입고 자리보전을 하고 누웠으니 당연한 일이기도 했다.

그건 엽혈도 익히 알고 있는 터. 다시 말을 돌려 질문을 던졌다.

“만약 중간에서 그 보고를 막은 자가 있다면 누구일 거 같나?”

이 질문에도 노야차는 선뜻 대답할 수 없었다. 그보다는 당왕이 시해된 사실이 아직까지 황제에게 보고조차 되지 않았다는 사실이 더욱 놀라웠다.

“거기에 대해선 좀더, 좀더 알아봐야겠네. 그보다 황제 폐하께 보고되지 않았다는 건 어떻게 알았나?”

질문을 던져 놓고서야 노야차는 자신이 어리석었다는 걸 깨달았다. 지금까지 누구보다 황제 가까이 있었던 엽혈이 아닌가 말이다.

“혹시 엽군영이나 장호량에게서 연락은 없었나?”

그 질문엔 노야차도 자신있게 고개를 저을 수 있었다.

“믿을 만한 자가 있나, 노야차?”

갑작스럽게 질문을 던진 건 여전히 공손우의 등에 업혀 있는 묵귀였다.

“서너 명 있긴 하네만……”

“한 명은 지금 황궁으로 보내서 제독부의 동정을 감시하라고 하고, 한 명은 엽군영을 찾아보라고 해.”

“지금 당장 입궁(入宮)시키는 건 어렵네. 자칫 잘못했다가는 오히려 의심을 살 수가 있어.”

“하긴…….”

노야차의 거부를 묵귀는 순순히 수긍했다. 자정이 넘은 시각에 황궁에 사람을 들여보내라는 건 너무 무리한 얘기였다.

“엽군영을 찾을 사람은 곧 보내기로 하겠네. 그보다 저 의생은 어떻게 하면 되겠나?”

‘설마’ 하고 생각은 했지만 이들은 의생을 죽이려 할지도 모른다. 노야차의 말투가 조심스러워진 것도 그 때문이었다.

“어떤 핑계를 대든 내보내. 지금 당장.”

묵귀는 간단하게 내뱉었다.

그 말에 노야차는 마음을 놓았다. 죽이라고 해도 거부할 수 없는 입장이었던 것이다.

“그럼 지금 깨우겠네.”

그렇게 말했지만 노야차는 선뜻 의생을 깨우지 않았다. 사람들에게 피할 시간을 주기 위함이었다.

하지만 누구도 움직이지 않았다. 의생 정도는 깨어나도 자신들을 알아보지 못하리란 자신감에 찬 모습들이었다.

이젠 더 이상 망설이지 않고 노야차는 의생을 깨웠다.

“아니, 대인? 이렇게 움직이시면…….”

“염려 말게. 그보다 자네에게 긴히 부탁이 있네.”

말을 하면서 노야차는 재빨리 방 안을 둘러보았다. 어느새 사람들은 모두 사라지고 보이지 않았다.

“대인, 부탁이라니요?”

의생이 조심스레 물었다.

“다름이 아닐세. 유희설(劉喜楔)을 불러다 주게.”

“예? 이 시각에 유 대인을?”

의생으로선 놀라지 않을 수 없었다. 삼경도 훌쩍 넘은 시각에 사람을 불러오라고 했으니 말이다. 아무리 노야차와 둘도 없는 친구 사이라 해도 너무 무리한 얘기였다.

“그렇다네. 날이 새면 이미 늦을지도 모르는 중대한 사안이 생각났네. 그러니 서둘러 다녀오게.”

“하지만 소생은 대인의 용태를 살펴야 하니 다른 사람을 보내는 게…….”

“믿을 만한 사람이 필요하네. 이 일은 절대로 새어 나가면 안 되는 일일세.”

노야차는 다시 한 번 엄중한 어투로 의생을 눌렀다.

자기를 믿고 일을 맡긴다는 데야 의생도 더 이상 고집을 부릴 수 없었다.

“알겠습니다. 그럼 다녀오겠습니다.”

예를 갖추고 몸을 돌리긴 했지만 의생은 막막하기만 했다. 유희설의 집까지 다녀오려면 밤을 꼴딱 새야 하기 때문이었다.

의생이 나가자마자 노야차는 침상 곁에 있는 설렁줄을 당겼다. 내친 김에 심복까지 불러 엽군영 등을 찾아보라고 시킬 작정이었다.

그 심복은 이내 나타났다. 언젠가 향양점에서 돌아온 엽군영 일행을 안내해 왔던 자이다.

그에게 지시를 내린 후에야 노야차는 다시 탁자에 가 앉았다.

“어디 먼 곳으로 피해 있도록 하게. 이 북경을 빠져나가는 건 내가 책임지고 주선하겠네. 그사이 나도 황상께 고하여 당왕의 죄를 밝히고 그에 연루된 자들을 색출하도록 하겠네.”

묵귀가 다시 모습을 보이자마자 노야차가 빠르게 말했다. 아무래도 무리하게 움직이고 있는지라 호흡이 조금씩 거칠어졌다.

"무리하지 말어. 그리고 그건 너무 늦어. 기다릴 수가 없어."

묵귀는 노야차의 말을 일축해 버렸다.

"그럼 어떻게 하겠다는 말인가?"

"제독을 죽여야지. 그리고 소마도 잡아야 해."

"꼭 제독을 죽여야겠나?"

"그래야 뒤가 깨끗해."

말을 하고 있는 사이에 공손우가 묵귀를 침상에 내려놓았다. 좀 누워서 쉬라는 의미였다.

그러나 묵귀는 눕지 않았다.

"나보다 노야차가 더 심각해 보이는군."

가볍게 대꾸하면서 묵귀는 그냥 침상에 엉덩이를 걸치고 앉았다.

"정말이지, 나도 이해가 되지 않는다. 우리 몰래 좋은 약이라도 먹었나?"

이건 엽혈의 질문이었다. 그로선 묵귀의 놀라운 회복력이 불가사의하기만 했다.

"나도 몰라."

묵귀도 대답할 수 없는 질문이었다. 그저 어떻게든 살아야겠다고 생각한 순간부터 묘하게도 마음이 편해졌다.

그게 석옥의 엄청난 화염에 직면하고 보니 묘하게도 내부에서도 후끈한 열기가 끓어올랐었다. 워낙 경황 중이라 공손우는 느끼지 못했겠지만 그때 묵귀는 엄청난 양의 땀을 흘리기도 했다.

그 뒤로는 실제로 몸이 가벼워지기 시작했고, 창고에서 한숨 자고 일어났을 땐 업히지 않아도 괜찮을 정도로 회복되었다.

그래도 묵귀는 자신의 상태를 입 밖에 내지 않았다. 엽혈과 공손우를 못 믿어서가 아니라 앞으로 어떤 상황이 펼쳐질지도 모르면서 이쪽의 패를 모두 보여줄 수는 없기 때문이었다.

"그보다 내가 갇혀 있던 옥방에 있던 내 무기를 보지 못했나?"

"보, 보긴 했소만……."

갑작스런 질문을 받자 공손우는 당황해하면서 말을 얼버무렸다.

실제로 묵귀를 업으러 옥방으로 뛰어들기 직전 공손우는 입구 옆 탁자 위에 놓여 있던 착명조를 봤다.

하지만 그걸 챙겨 나올 여유까지는 없었다. 그게 공손우는 마치 큰 죄를 지은 것처럼 송구스러웠다.

"아깝군. 좋은 병기였는데……."

실제로 묵귀는 무척이나 아쉬웠다. 자신이 익힌 무공을 가장 잘 펼칠 수 있는 병기가 바로 착명조였다. 그런 무기는 다시 얻을 수 있을 것 같지 않았다.

"내 병기고에도 쓸 만한 게 제법 있다네. 마음에 드는 걸로 고르도록 하게."

그 아쉬움이 고스란히 묵귀의 얼굴이 나타난 모양이었다. 노야차는 위로하는 투로 한마디 던졌다.

아무 뜻 없이 고개를 끄덕이며 묵귀는 엽혈을 돌아보며 입을 열었다.

"소마가 제독부에 그냥 머물러 있지는 않겠지?"

"벌써 떠났다고 봐야겠지."

묵귀의 질문에 엽혈이 가볍게 동조했다. 자기가 소마라도 미련스레 제독부에 머물러 있지는 않을 터이다.

"소마가 제독부에 나타났나? 그렇다면 아직 거기 머물러 있을 공산이 크네."

"무슨 근거로?"

묵귀의 시선이 빠르게 노야차에게 돌려졌다. 지금의 그로선 가장 중요한 게 소마의 거취였다.

"제 목숨 아깝지 않는 사람이 어디 있겠나? 제독은 틀림없이 불러들인 무림인들을 곁에 두고서 자신을 지키라고 했을 걸세."

묵귀는 고개를 끄덕였다. 충분히 있을 수 있는 얘기였다.

"그래도 혹시 모르니까 지금 제독부로 가봐."

묵귀의 이 말은 엽혈을 향한 것이었다.

"내가 왜?"

당연히 엽혈은 불만이었다. 자신이 가야 할 이유도 없었고, 또 묵귀의 말투가 명령조라 마음에 들지 않았다.

하지만 묵귀는 벌써 엽혈에게서 시선을 거둬 노야차에게 돌린 후였다.

"너무 심하게 한 것 같아 미안하군."

"아닐세. 그 덕에 나에 대한 문책은 없을 것 같더군."

노야차의 대답에 묵귀는 가볍게 미소를 지었다. 자신이 부상을 입혔던 의도를 알아주니 기분이 좋았다.

그 모습을 보며 엽혈은 천천히 그 자리에서 물러났다. 불만은 있지만 그래도 제독부에 가려는 참이었다. 어쨌든 소마를 잡아 향지를 찾지 않고는 끝나지 않을 일인 것이다.

2

그럴듯한 관복(官服)까지 구해서 입혀두니 엽군영이나 설염봉 모두에게 너무나도 잘 어울렸다.

그 모습을 보며 장호량은 치솟는 웃음을 참지 못했다. 남장을 하고 있는 설염봉의 어색한 행동이 사뭇 우스웠기 때문이다.

그러나 마냥 웃고 있을 수만은 없는 노릇. 이제부턴 본격적으로 움직여야 한다.

"명심하게. 혹시 누가 신분을 묻거든 내 휘하의 포교(捕校)라고만 해 두게. 나머지는 내가 다 알아서 하겠네."

기껏 관인으로 위장했지만 의심을 사는 언행을 해서는 곤란하다. 그래서 장호량은 다시 한 번 단단히 주의를 준 것이다.

"염려 말아요. 난 아예 벙어리 흉내를 낼 작정이니까."

설염봉이 다부진 표정으로 대꾸했다. 여인의 몸인지라 차라리 그 편이 의심을 덜 살지도 몰랐다.

"어쨌든 노야차의 집부터 먼저 가보세. 그때 자네들은 따라오지 말고 정문 옆 대기실에서 기다리도록 하게. 노야차의 생각이 어떤지 모르니까."

장호량도 노야차가 묵귀에게 당해 심한 부상을 입었다는 걸 알고 있었다. 거기에 앙심을 품고 있다면 관인인 자신은 몰라도 두 사람은 어떻게 대할지 알 수 없었다. 그래서 미리 조심을 시킨 것이다.

물론 사람들이 흩어져 각자 알아보면 보다 능률적으로 일을 할 수 있으리라.

하지만 관부에 대해 전혀 모르는 두 사람에게 단독 행동을 시키는 건 위험하기 짝이 없다. 다소 늦더라도 같이 다니는 수밖에 없었다.

그들은 남의 눈을 조심하면서 후원의 후문을 통해 객잔을 빠져나왔다. 들어갈 땐 일반인이다가 나올 땐 관인이라면 이것부터 의심을 사게 되기 때문이다.

큰길은 물론 너무 외진 길도 피하며 그들은 부지런히 노야차의 집이 있는 곳으로 발길을 옮겼다. 물론 혹시라도 있을지 모를 관인들의 임검

(臨檢)을 피하기 위해서였다.

그들의 부지런한 걸음이 골목의 모퉁이 하나를 돌아 다른 골목으로 접어들려는 찰나,

"잠깐만!"

갑자기 앞장섰던 장호량이 발길을 세웠다. 그리고는 방금 지나쳤던 골목 모퉁이 너머로 조심스레 고개를 내밀었다.

"틀림없군. 그런데 저자들은?"

그 말에 두 사람도 장호량이 보는 곳으로 시선을 던졌다.

"저 사람은 검로고, 나머지는 향양점에 있던 사람들인데…….

설염봉이 놀랐다는 듯 목소리를 약간 높였다. 벙어리 흉내를 내겠다던 조금 전의 말을 잊은 듯한 모습이었다.

"검로가 있다는 건 소마 역시 근처에 있다는 얘기겠군. 묵귀를 만나면 해줄 얘기가 생겼군."

엽군영의 말을 귓등으로 들어 넘긴 장호량의 관심은 다른 곳에 있었다.

'저들이 가는 곳은 궁성 쪽인데……?'

향리의 일개 포두인 장호량인지라 황도의 분위기는 솔직히 잘 모른다.

그렇더라도 서역의 이국인들까지 섞인 무림인들이 궁성으로 들어가지 못한다는 것 정도는 알고 있었다. 알아봐야 할 일이다.

장호량은 검로의 뒤를 미행하고 싶었다. 엽군영의 말처럼 소마의 소재를 파악하는 것도 중요했지만 자신의 예상대로 궁성으로 들어간다면 여간 큰일이 아니다. 비록 관직을 버리겠다고 마음먹었지만 아닌 걸 보고 참아 넘길 수는 없었다.

문제는 엽군영과 설염봉이다. 노야차의 마음을 정확하게 알 수 없기에 둘만 그에게 보낸다는 건 께름칙했다.

'여기서는 먼저 검로를 미행하고…….'

"저들을 미행하시오. 나중에 여기서 다시 만납시다."

장호량의 마음을 눈치챈 엽군영이 밝은 어투로 말했다.

"하지만……."

"나야 어떨지 몰라도 설 소저에게까지 뭐라고 할 노야차는 아니오. 그러니 안심하시오."

걱정할 것 없다는 듯 엽군영은 손을 내저었다.

'그럴지도 모른다.'

장호량은 수긍했다. 설사 노야차가 묵귀에게 화를 내고 있다고 해도 설염봉까지 그 범주에 넣지는 않을 터이다.

"알겠네. 그럼 자넨 절대로 노야차 앞에 나서면 안 되네. 그리고 각자 헤어졌다가 미시(未時) 경에 여기서 다시 만나세."

"조심하시오."

그 말을 던지고 엽군영이 먼저 몸을 돌렸다. 그래야 장호량의 마음이 조금이라도 가벼워질 테니 말이다.

장호량의 주의에도 불구하고 엽군영은 노야차와 정면으로 부딪칠 작정이었다. 상황을 보다 정확하게 파악하기 위한 최선의 방법이었다.

그들은 머지않아 노야차의 집에 도착했고, 시비들을 부르자마자 안으로 안내되었다.

엽군영이 그걸 어떻게 해석해야 될지 어리둥절해하고 있는 사이에 두 사람은 벌써 노야차에게 안내되었다.

거기서 공손우를 봤을 때 엽군영은 더욱 어리둥절해졌고, 묵귀가 모습을 나타냈을 땐 아예 머리 속이 하얗게 비고 말았다.

하지만 다음 순간 엽군영은 미친 듯이 웃고 말았다. 묵귀와 노야차가 이처럼 함께 있는 걸 모르고 여기에 마음을 쓰고 있을 장호량의 얼굴이 떠올랐던 것이다.

“그 말씀을 드려요.”

설염봉의 옆구리를 찌르며 한마디 하고 난 뒤에야 엽군영은 웃음을 그쳤다.

“오다가 검로를 봤네.”

“뭐?”

엽군영의 말은 곧바로 묵귀의 관심을 끌었다. 누구에게도 검로의 존재는 소마를 연상시켰기 때문이다.

“장 포두가 그들을 미행해 갔네.”

“그들? 검로 말고 또 있었나?”

“향양점에서 봤던 인물들이야. 서역인도 섞여 있었네.”

“그럼 소마가 아직 제독부에 있다는 건 거의 확실하군.”

이건 묵귀로선 반가운 일이었다. 만약 소마가 그대로 사라져 버렸다면 세상 어디에서 향지를 찾을지 막막했을 테니 말이다.

“그런데 많이 다친 것 같네요.”

설염봉이 걱정스런 어투로 묵귀에게 말을 건넸다. 어딘지 조금은 어색해 보이는 태도였다.

“걱정할 것 없소!.”

의도한 것은 아니지만 필요 이상으로 퉁명스레 묵귀는 대꾸했다.

“이제 남은 건 소마를 잡는 방법인데…….”

사람들을 둘러보며 묵귀는 화제를 돌렸다.

“그자가 제독부에 있다면 손쓰기가 쉽지 않네.”

노야차의 표정이 어두웠다. 아직 황제는 당왕이나 제독의 역모를 받아들이려 하지 않고 있다. 이런 판에 제독부에 들어가 사람을 찾는다는 건 어불성설이다.

“아무튼 내가 좀 있다 사례태감께 가보겠네. 그분과 논의하면 무슨 방도가 생길지도 모르지."

"어떤 방법이라도 좋아. 이번만은 절대 소마를 놓쳐선 안 돼."

"그럼 여기서 이럴 게 아니라 다시 황궁으로 들어가 보면 어떻겠나?"

"관복을 입었다고 황궁이 아주 우습게 보이는가 보군."

엽군영의 말을 묵귀는 가볍게 잘라 버렸다. 모두가 황궁으로 들어갈 수 있다고 해도 제독부는 결코 쉽지 않을 것이다. 벌써 두 번씩이나 당했으니 그들도 나름대로 철저히 대비하고 있을 게 분명했다.

"어떻게든 소마를 제독부 밖으로 끌어내야 하는데……."

"안의 사정도 모르면서 우리끼리 얘기해봐야 말짱 헛일일세. 엽혈이 사정을 살펴보러 갔으니 우선 그가 돌아오길 기다려 보세."

묵귀가 너무 조급해하는 것 같아 엽군영이 은근히 제지하고 나섰다.

그러나 묵귀에게는 설득력이 없었다. 안의 상황이 어떻든 결국 황궁 밖에서 일을 해결해야만 한다. 무슨 수를 쓰든 소마를 밖으로 유인해 내야 한다는 것에는 변함이 없다는 얘기다.

'만약 내가 모습을 드러낸다면……?'

그것도 아주 엄중한 부상을 당한 상태로 나타난다면 혹 소마는 제독부에서 기어나올지도 모른다.

지금으로썬 그 방법이 가장 나을 것 같았다.

"언제 사례태감을 만나러 갈 거야?"

"지금이라도 갈 수 있네만……."

"그럼 가서 사례태감에게 날 잡아두고 있다고 해. 다른 자들에게도 은밀하게 흘리고."

"대체 무슨 말인가?"

노야차로선 너무 엉뚱하게만 들리는 묵귀의 말이었다. 꼭꼭 숨어 있어도 시원찮을 마당이 아닌가 말이다.

"소마를 끌어내자는 의도로군. 그런데 걸려들까?"

엽군영이 묵귀의 의도를 짐작하고 한마디 거들었다.

"그게 성공한다고 해도 난 반대일세. 지금 자네의 몸 상태로는 너무 위험해."

노야차의 어조는 단호했다. 자신이 부상을 당하고 있으니 묵귀의 상태가 누구보다도 걱정스러웠다.

"시키는 대로만 해!"

노야차의 우려를 묵귀는 한마디로 눌러 버렸다.

그러나 속마음까지 편한 건 아니었다. 제독부에서 부딪쳤던 소마의 무공은 예사롭지가 않았다. 지금의 몸 상태로 과연 이길 수 있을지 의문이었다.

그래도 해야만 한다. 이제 곧 자신에 대한 수배령이 전국에 내려질 터. 그전에 향지를 되찾아 누구도 찾지 못하는 곳으로 사라져야만 한다.

"나도 그 계획은 별로 내키지 않네. 지금 소마는 향양점에 있던 고수들을 대거 북경으로 동원했네. 정면으로 부딪치는 건 너무 위험해."

엽군영도 묵귀의 계획에는 반대였다. 그 역시 예전의 몸 상태가 아닌지라 싸움은 부담이 될 수밖에 없었다.

하지만 말을 해놓고 엽군영은 이내 후회하고 말았다.

'목숨이 아까운 건가?'

듣기에 따라선 방금 자신이 했던 말은 죽기 싫어서 한 걸로도 받아들여질 소지가 있다.

"대인, 지시하신 물건들을 가져왔습니다."

밖에서 누군가가 고하는 소리가 들리지 않았다면 엽군영의 자책은 좀 더 길어졌으리라.

노야차는 공손우와 묵귀에게 눈짓을 했다. 잠깐 자리를 피하라는 의미였다. 엽군영과 설염봉은 당당하게 방문한 사람들이니 상관할 것이 없었다.

"가져오너라!"

두 사람이 몸을 감추고 나서야 노야차는 밖에서 고한 자를 불렀다.

그 말에 따라 네 명의 하인이 커다란 상자를 하나 메고 들어왔다.

"이제 나와서 이 물건들을 구경하게."

하인들을 내보낸 뒤 노야차는 묵귀를 불렀다. 개봉한 상자엔 숱한 병기가 빼곡이 들어차 있었다.

"손에 맞는 걸 골라보게. 난 사례태감에게 갈 준비를 하겠네."

노야차의 말이 끝나기도 전에 묵귀는 벌써 그 상자 곁에서 무기들을 고르고 있었다.

아니, 묵귀만이 아니라 엽군영도 눈빛을 반짝이며 한 다리 끼었다.

"좋은 구경을 하고 있군."

난데없는 말소리와 더불어 엽혈이 홀연히 모습을 드러냈다. 제독부에서 이제 돌아오는 길이었다.

"혹시 장 포두를 만나지 못했나?"

갑작스런 출현에 다른 사람들은 다소 놀란 표정을 지었지만 묵귀는 그저 담담하게 질문을 던졌다. 시선은 여전히 병기에 꽂혀 있는 상태였다.

"이제 곧 나타날 거야."

마치 엽혈의 대답을 기다렸다는 듯 장호량이 안내를 청하지도 않고 문을 열고 들어왔다.

"소마를 찾았네. 지금 제독부에……."

"알아!"

들어서자마자 입을 연 장호량의 말을 묵귀가 그대로 잘라 버렸다.

"소마는 대체 얼마나 많은 사람들을 끌어들였나?"

이어진 묵귀의 질문은 엽혈을 향한 것이었다.

"내가 본 건 대충 백여 명 정도?"

확신을 갖지 못한 엽혈의 대답이었지만 묵귀는 고개를 끄덕이며 수긍했다. 직접 제독부에 뛰어들어 일일이 헤아려 보지 않고서는 정확한 숫자를 파악하기 힘들었으리라.

"그중에서 십여 명 정도는 절정고수로 보였어. 일 대 일이라면 나로서도 선뜻 자신할 수 없더군."

엽혈이 설명을 덧붙였다. 어차피 자신은 제독부를 정탐하러 갔었다. 그 결과는 상세하게 얘기해 줘야 한다.

"대체 소마는 어디에서 그런 고수들을 끌어들였을까?"

"서역!"

혼잣말처럼 내뱉은 묵귀의 말에 엽군영과 장호량이 거의 동시에 대답을 해줬다. 둘 다 향양점에 머물면서 상세히 봐왔던 탓이다.

"나도 그렇게 생각한다. 서장(西藏)의 라마승(喇嘛僧)처럼 보이는 자들도 있었고, 심지어 색목인(色目人)도 끼어 있더군."

"한심하군. 그런 자들을 궁성에까지 끌어들이다니……."

마침 사례태감에게 가기 위한 준비를 끝낸 노야차가 들어서며 혀를 찼다. 관인의 신분인 장호량도 향리의 포두라고 해서 함부로 궁성엔 들어가지 못한다. 그런데 이방인들이 멋대로 드나든다니 새삼 제독에 대한 분노가 치밀었다.

"잘해!"

묵귀는 그 한마디뿐이었다.

"알겠네."

무겁게 대꾸한 후 노야차는 힘겹게 밖으로 걸음을 옮겼다. 아직은 움직이는 게 무리였다.

“뭘 잘해? 그리고 어딜 가는 거야, 그 몸으로?”

사정을 알 리 없는 엽혈이 빠르게 물었다. 자신이 없는 사이에 중요한 얘기가 오간 게 기분 좋지 않은 표정이었다.

공손우가 짤막하게 설명을 해주고 나서야 엽혈의 표정은 약간 풀어졌다.

그러나 걱정까지 지워진 건 아니었다.

“그 몸으로 상대할 수 있겠어? 놈들의 숫자도 많은데……. 차라리 좀 더 기다리는 게 어때? 소마야 일이 없으면 제독부에서 움직일 것 같지도 않은데 말이야.”

엽혈의 걱정과 계획을 묵귀는 한차례 고개를 가로젓는 걸로 일축해 버렸다. 다른 모든 걸 떠나서 시간이 너무 없었다.

엽혈도 그 심정은 잘 알고 있었다. 그래서 화제를 돌리고 말았다.

“그런데 쓸 만한 건 찾았어? 나머지 중에서 내가 하나 골라도 돼?”

노야차가 가져다 놓은 병기를 가리키며 엽혈이 한 말이었다.

묵귀로선 반대할 이유가 없었다. 어차피 자기 물건도 아니니깐 말이다.

“난 이게 마음에 드는군.”

묵귀보다 먼저 엽군영이 자신이 고른 병기를 쓱 내밀었다. 일견 투박해 보이는 넉 자 길이의 직도(直刀)였다.

손잡이도 따로 없었다. 그저 가죽으로만 둘둘 말아 날에 손이 다치지 않도록 해둔 게 고작이었다.

하지만 그 직도를 평범하게 보는 사람은 아무도 없었다. 투박하고 거무튀튀한 도신에 비해 날만큼은 새파랗다 싶을 정도로 예리하게 갈려 있었던 것이다.

“괜찮겠어요?”

누구보다 엽군영의 몸 상태를 잘 알고 있는 설염봉이었다. 가벼운 왜

도도 버거워하는 그가 고른 무기치고는 너무 무거워 보여 걱정스러웠다.

"생각보다 가볍소."

염려 말라는 듯 엽군영은 직도를 흔들어 보였다. 말처럼 그리 무겁지 않은 게 분명한 것 같았다.

묵귀가 고른 건 기이한 병기였다. 칼이나 검이라고 하기엔 너무 심하게 휘었고, 낫이라고 하기엔 그 곡율(曲率:칼이 휜 정도)이 너무 완만했다. 한마디로 하자면 초승달처럼 생긴 것이었다.

생긴 건 이상했지만 이 역시 범상치 않았다. 휘어진 안쪽과 바깥쪽에 모두 예리한 날이 서 있었고, 양쪽 끝이 손잡이였다.

그걸 보며 엽혈은 고개를 끄덕였다. 묵귀가 가장 장기로 삼는 무공은 누가 뭐래도 흑월강이다. 검은 달을 띄우는 무공을 펼치는 데 있어 초승달처럼 생긴 병기만큼 적당한 게 어디 있겠는가.

"나도 하나 골라도 되겠소?"

말은 질문의 형식이었지만 공손우는 벌써 한 자루 검을 골라 들었다.

쌍검(雙劍)이었다. 비록 하나의 검집을 사용하지만 필요에 따라 두 개로 나눌 수 있는 검이었다.

"넌 필요 없어?"

묵귀의 말에 엽혈은 고개를 가로저었다.

"생각해 보니 난 다른 병기가 없어도 되겠더군."

엽혈의 병기는 철삭이다. 그것과 어울리는 다른 무기를 찾는 건 쉽지 않을 터이다.

"너희 두 사람은 다시 제독부로 들어가서 일을 좀 벌여봐!"

묵귀가 엽혈과 공손우에게 말했다. 소마를 조급하게 만들어 자신이 부상을 입은 채 잡혔다는 말에 보다 신속하게 반응하도록 만들려는 의도에서였다.

두 사람은 이의를 달지 않았다. 어차피 시작한 일이면 끝을 봐야 하고, 현 상황에서 제독부에 잠입할 수 있는 사람은 자신들뿐이었다.

"그렇다면 나도 아는 관인들을 만나 자네가 잡혀 있다는 소문이나 퍼뜨려야겠군."

그냥 있는 게 멋쩍었는지 장호량도 총총히 밖으로 나가 버렸다.

"넌 빠져!"

다시 한 번 묵귀는 엽군영에게 말했다. 그가 예전처럼 싸울 수 없다는 걸 잘 아는 까닭에서였다.

"난 괜찮으니 자네 걱정이나 하게."

한마디로 잘라 버리는 엽군영의 눈빛엔 그 어느 때보다 처절한 투지가 불타고 있었다.

3

제독에게 다녀온 뒤부터 벌써 이각 가까이 소마는 말이 없었다.

당연히 실내엔 정적만 흘렀다. 어둠을 밝히고 있는 황촉만이 찌이 하는 소리를 내며 타고 있었다.

'묵귀가 잡혔다고?'

단순히 그뿐이었다면 소마는 귀가 솔깃했을지도 모른다.

하지만 그 정보의 출처가 수상했다. 다른 누구도 아닌 노야차의 손에 잡혀 있다고 했으니 의심이 들지 않을 수가 없었다.

'묵귀가 노야차까지 죽이려고 했단 말이지?'

여러 경로를 통해 확인해 봤으니 이건 분명한 것 같았다.

그런데 여기에 이르러 보면 또 노야차가 묵귀를 잡았다는 걸 믿지 않을 수도 없었다. 아무리 한때는 같은 편이었다고 해도 자기까지 죽이려 했던 자를 그냥 둘 사람은 아주 드물기 때문이다.

'만약 노야차가 정말 묵귀를 잡고 있다면 이거야말로 놓칠 수 없는 기회인데…….'

소마는 벌떡 몸을 일으켰다. 제독에게서 들은 정보를 믿느냐 마느냐 이 간단한 선택이 가슴을 눌러 도저히 의자에 앉아 있을 수가 없었다.

"검로? 검로는 어디 있어?"

갑자기 소마는 언성을 높여 검로를 찾았다.

"부르셨습니까?"

밖에 대기하고 있었는지 검로는 곧장 모습을 보였다. 그 말투에 약간의 반발을 느끼게 하는 건 아무래도 마로의 죽음에서 보여줬던 소마의 냉정함 탓이리라.

"당장 몇 명을 데리고 노야차의 집을 염탐해 봐. 정말 묵귀를 잡아뒀는지 어땠는지……."

의심스러운 건 확인해 보면 된다. 그래서 검로를 노야차의 집으로 보내려는 소마였다.

"알겠습니다."

정중하게 예를 갖추고 검로는 물러갔다. 한마디도 하지 않는 걸 보면 약간의 반항이 남은 것 같았다.

일단 검로를 보내자 소마의 생각이 약간 달라졌다. 묵귀가 잡혔다는 것이 사실이냐 아니냐에서 바뀌어 그 뒤의 대책을 강구하기 시작했던 것이다.

'만약 노야차가 묵귀를 잡은 게 사실이라면, 응?'

생각에 잠겨 있던 소마의 표정이 살짝 굳어졌다. 미세한 기척이 천장한 구석에서 느껴졌기 때문이다.

'쥐새끼가 스며들었나?'

소마는 고개를 갸웃거렸다. 이 제독부는 지금 향양점에서 데려온 고수들로 철통같은 방어막을 구축하고 있는 중이다. 웬만한 자들은 스며들지 못할 테니 이런 기척을 내는 건 쥐가 분명할 게다.

그렇게 생각하면서도 소마는 기척이 들려온 곳을 향한 눈길을 돌리지 않았다. 진짜 쥐라면 그걸로 끝나는 거고, 만에 하나 아닐 때를 대비한 것이다.

기척은 더 이상 감지되지 않았다. 혹은 먹이를 찾아 나섰던 쥐가 미리 은신하고 있던 사람들에게 놀라서 다시 제 구멍으로 들어갔는지도 모를 일이다.

그래도 소마는 긴장을 풀지 않았다. 무공의 고수들이 삼엄한 경비망을 치고 있는 곳에 쥐 따위가 들어설 리 만무하다는 걸 깨달은 탓이었다.

'설마 묵귀는 아니겠지.'

노야차에게 잡히지 않았다고 하더라도 지금 묵귀는 움직일 수 있는 몸 상태가 아닐 게 분명하다. 적어도 제독에게 듣기론 그랬다.

'엽혈이겠군!'

묵귀가 움직일 수 없다면 향양점 고수들의 방어막을 뚫고 여기까지 올 수 있는 건 엽혈뿐이리라.

그 생각을 증명이라도 하듯 한번 사그라들었던 기척이 갑자기 확 피어올랐다.

그리고 다음 순간, 처장의 한 구석에서 진득한 핏방울이 하나씩 떨어지기 시작했다.

그 광경을 보며 소마는 갑자기 조급해졌다.

'사로잡아야 한다!'

한때 손을 잡은 적도 있었던 엽혈이기 때문에 생포하려는 건 아니다. 묵귀에 대해 보다 정확한 정보를 얻기 위해서라도 살려둬야만 한다.

팟!

소마의 발이 바닥을 박찼다 싶은 순간, 벌써 그의 신형은 피가 떨어지고 있는 천장으로 꽂혀 들어갔다.

소마의 예측은 정확했다. 천장 속에 숨어들어 한 명의 향양점 고수를 죽인 건 바로 엽혈이었다.

그러나 소마가 생각지 못한 게 한 가지 있었다. 그건 바로 엽혈이 소마의 의도를 환하게 꿰고 있다는 사실이었다.

당연히 엽혈은 소마가 움직이기 시작했을 때 내심 쾌재를 불렀다.

'됐다!'

엽혈이 제독부에 다시 잠입한 건 소마를 흔들어놓기 위함이었다.

그 의도에 소마가 걸려들었다고 판단된 순간 이미 엽혈은 그 자리에서 모습을 감추었다.

그렇다고 아주 사라진 건 아니었다. 주변에 거미줄처럼 철삭을 펼쳐두며 천천히 멀어지고 있었다.

소마는 꼼짝도 하지 않았다. 그 역시 엽혈이 멀리 몸을 빼냈다고는 생각지 않았다. 그러기엔 시간이 너무 짧았다.

'근처에 있다!'

그건 분명했지만 문제는 어디에 있느냐였다. 호흡까지 통제하며 주변의 기척에 온 신경을 곤두세우는 소마였다.

그런 소마를 지켜보는 건 엽혈의 즐거움이었다. 이쪽은 노출시키지 않은 채 어쩔 줄 몰라하며 숨죽이고 있는 상대를 보는 건 언제나 입가에 미소가 떠오르게 만드는 것이다.

하더라도 결코 긴장의 끈을 늦추지 않는 엽혈이었다. 소마 한 명만도 솔직히 버거운 상대다.

거기다 여긴 지금 향양점에서 온 고수들이 그야말로 빼곡이 들어차 있다. 머리카락 한 올이라도 무심코 움직였다가는 곧바로 생사의 갈림길에 설 게 분명하니까 말이다.

어느 정도 철삭을 쳐둔 엽혈은 다시 주변을 세심하게 살폈다. 근처에 누군가가 있다는 육감이 강하게 작용한 탓이었다.

'잘됐군!'

엽혈의 목적은 어디까지나 소동을 일으키는 것이다. 철삭을 이용한 함정까지 파뒀으니 소마를 비롯한 다른 자들을 유인하는 것도 좋을 듯했다.

육감이 가리키는 곳을 향해 엽혈은 조심스럽게 움직였다. 한 마리 거미가 움직인다 해도 이처럼 은밀할 수는 없을 터이다.

엽혈의 육감은 이번에도 정확하게 들어맞았다. 어깨에 힘이 잔뜩 들어간 향양점 무사 한 명의 모습이 시야에 포착되었다.

잠깐 동안 그자의 모습을 지켜보던 엽혈은 한심스러워졌다. 겉보기야 그럴듯했지만 초보라는 게 너무 티가 났기 때문이다.

그게 나쁘다는 건 아니었다. 오히려 저런 초보가 소동을 일으키는 데는 제격이다.

놈의 뒤로 접근한 엽혈은 조용히 한 가닥의 철삭을 늘어뜨렸다.

철삭은 곧장 놈의 목을 휘감았고, 엽혈은 망설이지 않고 강하게 잡아당겼다. 평상시였다면 놈의 목은 그대로 잘려 나갔을 게다.

하지만 엽혈은 놈을 바로 죽이지는 않았다. 경동맥만 잘라 자신이 쳐둔 철삭의 함정으로 던져 버렸다.

효과는 기대 이상이었다. 목숨이 채 끊어지지 않은 초보 살수는 엽혈의 함정에 걸려 사지가 하나씩 절단될 때마다 심하게 퍼덕거렸다.

다음에 엽혈이 할 일은 오직 한 가지였다. 이 자리에서 벗어나는 것.

엽혈은 신중하게 움직이기 시작했다. 초보 살수가 일으킨 소동(?)이 너무 컸던지라 주변의 대기는 온통 살기로 일렁거렸다.

그 편이 엽혈에게는 오히려 편했다. 은신해 있던 자들이 일제히 움직이느라 그들끼리도 혼란스러워할 정도였으니까 말이다.

엽혈은 웃으면서 자신의 형체를 지우기 시작했다. 혼자만의 힘으로도 소마를 흔들어놓는다는 목표는 충분히 성공한 것 같았다.

그렇게 회심의 미소를 지으며 사라지려는 엽혈의 눈앞에 한 자루 기형도(奇形刀)가 불쑥 내밀어진 건 바로 그 직후였다.

'허억!'

목구멍까지 치민 경악성을 삼키는 것과 동시에, 엽혈의 소매 속에 있던 철삭들이 투망처럼 쫙 펼쳐져 기형도를 휘감았다.

그러나 기어가는 뱀처럼 구불구불하게 생긴 기형도는 엽혈이 펼친 철삭의 빈 공간을 교묘하게 헤치며 밀고 들어왔다.

덜컥!

이런 소리를 낼 것처럼 엽혈의 심장은 크게 떨어져 내렸다.

지금까지 엽혈은 자신의 철삭 공격을 이처럼 쉽게 피하고, 또 역습까지 가할 수 있는 사람은 묵귀밖에 없으리라 생각했었다.

그런데 오늘 여기서 뜻하지 않은 위기에 봉착했다. 상대를 너무 쉽게 생각했는지도 모를 일이다.

그러나 맥없이 당하기만 할 엽혈도 아니었다. 펼쳤던 철삭의 그물을 확 잡아당기며 남은 한 손을 다른 방향으로 쭉 뻗었다.

쓰각, 씨잇!

철삭이 놈의 병기를 친친 얽어맨 것과 동시에, 엽혈의 신형이 옆으로 쭉 미끄러져 나갔다. 마치 얼음판 위를 미끄러지는 것 같은 모습이었다.

적의 공격을 피했다 싶자 엽혈은 다른 곳으로 펼쳤던 철삭을 거둬들였다. 이것에 의지해 옆으로 미끄러질 수 있었던 것이다.

동시에 엽혈은 놈이 있는 곳을 향해 철삭을 확 뿌렸다.

계속해서 싸울 생각은 결코 없었다. 이미 혼란은 충분히 일으켰다. 이젠 이 자리를 무사히 빠져나가기만 하면 될 일이다.

티디딕!

철삭과 놈의 기형도가 서로 부딪치며 약한 불꽃이 숫구쳤다.

바로 그 순간 엽혈은 몸을 숨겼다. 비록 미약했지만 그 불꽃이 사그라들면 순간적으로 사람은 시각을 잃는다. 감각이 누구보다 예민한 살수라면 더욱 심할 터이다.

엽혈의 이번 예측은 빗나가지 않았다. 순간적으로 자신의 모습을 놓친 놈이 약간 당혹스러워하는 게 확연히 보였다.

하지만 안심할 수는 없었다. 지금 여기엔 놈과 자신만 있는 게 아니다. 다른 자들의 눈도 피해야만 한다.

거기다 엽혈을 더욱 당혹스럽게 만든 건 다른 놈들의 가세였다. 어쩌면 향양점의 고수들이 모두 몰려들고 있는지도 몰랐다.

그들이 모두 살수라는 건 아니었다. 그렇더라도 소마의 거처는 놈들에 의해 완전히 포위된 꼴이 되고 말았다. 천장 위든 방이든, 혹은 건물 바깥이든 말이다.

'이놈은 도대체 뭘 하고 있는 거야?'

어쩔 수 없이 엽혈은 공손우에게 욕을 퍼부었다. 지금쯤이면 미리 계획했던 일을 시도해 놈들의 주의력을 분산시켜야 할 때였던 것이다.

그러나 다시 일각이 지나도록 아무런 변화도 없었다. 오히려 천장으로 올라온 놈들의 숫자만 늘어나 엽혈로선 단 한 치도 움직일 공간이 없다 싶을 정도였다.

이제 엽혈은 공손우가 실패했다고 생각하기에 이르렀다.

그러자 그의 뇌리를 메운 오직 한 가지 생각은,

'무사히 빠져나갈 수 있을까?'

실수가 된 이후 처음으로 이처럼 불길한 느낌이 전신을 휩쓸고 지나갔다.

그 다음은 짜증이었다. 묵귀라는 엉뚱한 놈 때문에 생각지도 않았던 곳에서 죽게 되었다는 원망이 크게 작용한 감정이었다.

이쯤 되면 맥없이 놈들에게 발각되기만을 기다리고 있을 엽혈이 아니었다. 선제 기습 공격을 감행해 최대한 많은 놈들을 죽이고 자신도 죽을 작정이었다.

'저놈부터!'

가장 가까이까지 접근한 향양점 고수를 노리고 엽혈이 막 행동을 일으키려는 순간, 침묵에 잠겨 있던 주변의 공간이 크게 술렁거리기 시작했다.

'뭐, 뭐야?'

엽혈도 당혹스러웠다. 막 행동을 시작하려던 참이라 그걸 멈추는 것도 상당히 힘든 일이었다.

그 동요의 원인은 금방 밝혀졌다. 바깥이 훤하게 밝아진다 싶더니 뭔가 타는 냄새가 후욱 끼쳐 왔던 것이다.

"불이야! 제독 합하가 계시는 곳이다!"

밖에서 들려온 고함 소리는 눈과 코로 관찰된 추측을 확신시켜 주었다.

'공손우, 성공했구나!'

엽혈은 속으로 회심의 미소를 지었다. 조금 늦긴 했지만 공손우는 둘이서 계획했던 일을 완벽히 해낸 것이다.

호흡을 더욱 깊숙이 가라앉히며 엽혈은 최대한 짙은 어둠 속으로 잠겨 들었다. 이곳을 벗어나려면 조금은 더 기다려야 한다.

그사이 불길은 더욱 맹렬하게 타오르는지 바깥은 더욱 밝아져만 갔다.

*   *   *

"재미있군!"

제독부 근처에서 불길이 일었다는 얘기를 들은 묵귀의 첫 번째 반응이었다.

그럴 수밖에 없었다. 불과 얼마 전에 제독부의 석옥에서 자신들이 불길에 의해 지독한 고생을 했지 않았나 말이다.

그런데 지금은 제독부가 불에 타고 있는 모양이었다. 말할 것도 없이 엽혈과 공손우가 한 짓이리라.

"지금쯤 황제가 놀라 펄펄 뛰고 있겠지?"

묵귀가 몸을 일으켰다.

"어딜 가려고?"

엽군영도 같이 몸을 일으키며 근심스럽게 물었다.

묵귀는 대답하지 않았다. 뻔할 걸 왜 새삼 묻느냐는 표정이었다.

"안 돼! 못 가네!"

"난 괜찮아."

자신을 막아서는 엽군영에게 묵귀는 가볍게 웃어 보였다.

그건 단순히 말로만 그런 게 아니었다. 실제로 지금 묵귀의 몸은 스스로도 고개를 갸웃거릴 정도로 회복된 상태였다.

그뿐만이 아니었다. 석옥의 그 지독한 불길을 뚫고 나온 이후로 묵귀의 내부에선 이상한 기운이 감돌고 있었다. 가렵다 싶으면 따끔거리고, 후끈거린다 싶으면 다시 차가워지는, 정말이지, 뭐라고 설명할 수 없는 느낌이 전신의 혈관을 빠르게 감돌고 있는 것이다.

짐작되는 점은 없지 않았다. 바로 체내에 잠재되어 있는 차가운 성질의 독이 이번 불길에 의해 어떻게든 자극을 받아 반응한 것이라고…….

이건 묵귀 혼자만의 짐작은 아니었다. 지난번 자신을 진맥했던 어의 육려도 비슷한 말을 했던 게 떠올랐다.

이 정체 모를 기운을 묵귀는 나쁘게 생각지 않았다. 해로운 거라면 벌써 자신은 불귀의 객이 됐을 터이다.

"나도 가겠네!"

더 이상 묵귀를 말릴 수 없다고 판단한 엽군영도 새로 얻은 직도를 들고 나섰다.

묵귀는 말리지 않았다. 어떤 말을 해도 듣지 않는다는 걸 잘 아는 까닭에서였다.

대신 묵귀는 설염봉을 쳐다보았다. '잘 부탁하오' 라고 말하는 듯한 눈빛이었다. 어쨌든 지금으로썬 엽군영보다는 그녀의 무공이 훨씬 강할 것 같아서였다.

설염봉도 그저 말없이 고개만 끄덕였다. 염려 말라고 자신있게 말할 수는 없지만 그녀 역시 언제부턴가 엽군영을 보호해야 된다고 생각하고 있는 참이었다.

"제독부의 입구를 지켜. 혹시 소마가 나오거든 맞부딪치지 말고 그냥 미행만 해라. 놈은 틀림없이 향지를 숨겨둔 곳으로 갈 테니까."

엽군영에겐 다소 불만인 묵귀의 말이었다. 자신도 놈들과 싸우고 싶었다. 설사 죽는 한이 있더라도 말이다.

그러나 따르지 않을 수도 없었다. 묵귀에게 향지가 얼마나 소중한 존재인지를 알기에 그 일이 직접 싸우는 것보다 더 중요할지도 모른다는 판단이 섰던 것이다.

"먼저 가겠다."

엽군영이 고개를 끄덕이는 것을 확인하자마자 묵귀는 몸을 움직였다.

묵귀는 이형분신을 최고조로 펼쳤다. 아무리 안심을 하고 있다고는 하지만 심한 부상을 당한 게 불과 며칠 전이다. 지금의 몸 상태가 어떤지 철저히 점검해 봐야 한다.

결과는 묵귀 자신도 놀랄 정도였다. 이형분신을 펼쳐 달린다는 개념은 이미 없었다. 그저 '저곳'이라고 생각한 순간 이미 몸은 거기에 도달해 있었다.

자연히 묵귀가 제독부의 담장을 넘은 건 노야차의 집을 출발한 바로 직후였다.

제독부는 사람들로 넘쳐 났다. 타오르는 불길을 잡느라 총동원되었기 때문이다.

그러나 묵귀는 거침없이 사람들 사이를 누볐다. 자신의 모습을 발견할 자는 결코 없다는 자신감이 깔린 행동이었다.

이윽고 묵귀는 하나의 건물로 뛰어들었다. 그 안에서 심상치 않은 살기가 흐르고 있는 걸 감지한 탓이었다.

第四十八章
절미(切尾)

1

새로 얻은 병기의 파공성은 착명조보다 훨씬 날카로웠다.

그래서일까. 건물로 뛰어들자마자 펼친 흑월강의 검은 달도 훨씬 짙게 느껴졌다.

그 위력도 대단했다.

쓰파아아앗!

폭산된 검은 달의 편린이 박힌 곳은 그대로 터져 나가 버렸다. 이전에는 결코 없던 일이다.

묵귀는 거기서 멈추지 않았다. 흑월강의 검은 편린이 사라지기가 무섭게 이번엔 유성환의 현란한 광채가 무너져 내리고 있는 건물을 온통 뒤덮었다.

그 순간 묵귀는 마치 잡아 찢어발기는 듯한 가슴의 통증을 느껴야만 했다. 눈앞이 캄캄해지는 현기증도 함께였다.

'역시 무리였나?

이런 불길한 생각이 퍼뜩 뇌리를 스치고 지나갔다. 정말이지, 너무 서둘렀는지도 모른다.

뽀얀 먼지를 일으키는 건물의 잔해 위에 착지했을 때, 묵귀는 휘청거렸다. 물론 현기증 때문이었다.

"컥!"

기어코 묵귀는 한 사발은 넘을 듯한 피를 토하고 말았다. 피비린내와 더불어 고약한 냄새가 후욱 번져 나갔다.

쓰쓰슷, 번쩍!

마치 그걸 기다리고 있었다는 듯 섬뜩한 파공성과 더불어 병기의 날이 발하는 짤막한 빛이 어둠 속에서 피어올랐다.

그건 지독히도 빨랐다. 피를 토하고 비틀거리고 있는 묵귀로선 도저히 피할 수 없을 것 같은 속도였다.

휘청!

묵귀의 신형이 위태롭게 흔들렸다. 어쩌면 고르지 못한 바닥을 잘못 디딘 탓인지도 몰랐다.

하지만 벌써 그 자리에서 묵귀의 모습은 찾을 수 없었다. 휘청거린 건 불안정한 자세에서 이형분신을 펼치기 위한 준비였고, '펼친다'고 생각한 순간 그는 벌써 적들의 공격 범위를 벗어났던 것이다.

지금 묵귀의 몸 상태는 최상이었다. 한 사발은 족히 넘음직한 피를 토하고 나니 전신이 날아갈 것처럼 상쾌해졌다. 어쩌면 몸속을 돌고 있던 울혈(鬱血)이 그렇게 배출되었기 때문인지도 모른다.

어쨌든 그 다음은 반격이었다.

쒸와우웅 !

다시 한 번 초승달처럼 휜 기병(奇兵)이 허공을 누빈다 싶은 순간, 벌써 검은 편린들이 건물의 잔해 더미 구석구석으로 꽂혀 들고 있었다.

앞선 두 번의 공격이 그저 건물을 무너뜨린 것에 불과했다면, 이번의 공격은 순전히 적들을 살상하기 위한 것이었다. 흑월강의 검은 편린이 꽂힌 곳에서 자욱한 피보라가 솟구친 것은 말할 것도 없었다.

"묵귀이!"

찢어질 듯 높고 긴 소마의 외침이 들린 건 바로 그 다음이었다.

묵귀의 눈동자가 시커먼 먹물의 파도처럼 출렁거렸다. 결코 이 자리에 있어선 안 되는 소마가 있었기 때문이다.

지금쯤 소마는 이곳을 떠났어야 했다. 그걸 노리고 건물 한 채를 통째로 무너뜨리는 무식한 공격을 감행했던 것이다.

그건 밖에 있는 엽군영과 설염봉을 믿고서 한 행동이었다. 이 정도 위력을 보이면 영악한 소마는 틀림없이 몸을 뺄 것이고, 그걸 미행하면 향지가 있는 곳을 알 수 있다는 계산이었다.

그런데 그런 계산을 비웃기라도 하는 것처럼 소마가 나타났으니 묵귀의 낭패감은 여간 큰 게 아니었다.

묵귀는 천천히 소리가 들린 곳으로 몸을 돌렸다. 허공에 뜬 소마가 연검으로 흑월강을 시전하며 짓쳐 들고 있었다.

반사적으로 묵귀는 기병을 힘주어 잡았다. 적의 공격에 대한 자연스런 반응이었다.

하지만 다음 순간, 묵귀의 신형은 그 자리에서 씻은 듯 사라져 버렸다. 소마와 부딪쳐지지는 않겠지만 행여 그에게 중상을 입히거나 죽여 버리면 안 된다는 자각 때문이었다.

대신 다른 향양점 고수를 향한 묵귀의 손길은 가차없었다.

쓰와우웃!

달을 닮은 병기가 허공을 한번 휘저을 때마다 거기엔 속절없이 떨어지는 향양점 고수들의 목숨이 차례로 걸려들었다.

다시 한 번 기병을 휘두르며 묵귀는 연신 사방을 살폈다.

'엽혈과 공손우는?'

그 둘이 같이 움직인다고는 생각지 않았다. 그래도 이렇게 세심하게 살피는 데도 보이지 않는다는 건 좀 이상했다.

'벌써 당했나?'

가장 먼저 묵귀의 뇌리를 스친 생각이었다. 백여 명 중 절정고수만 십여 명에 이른다고 했다. 둘만 보낸 게 애당초 무리였는지도 몰랐다.

그 불길한 생각을 떨쳐 버리려는 듯 기병을 휘두르는 묵귀의 손에 더욱 강한 힘이 들어갔다.

하지만 이번엔 그리 큰 효과를 발휘하지 못했다. 어느새 소마가 작은 흑월강을 그리며 묵귀의 공격 반경 안으로 들어섰기 때문이다.

묵귀의 신형이 그 자리에서 반 바퀴 회전했다. 다른 자들에겐 여전히 공격을 가하면서 소마를 제외시킬 수 있는 가장 적절한 방법이었다.

바로 이게 묵귀의 실수였다. 아무리 자신이 있더라도 물불 가리지 않고 덤벼드는 소마에게 등을 보였으니 말이다.

쓰퍽!

소마가 만들어낸 흑월강의 검은 편린 중 하나가 묵귀의 등에 작렬했다.

"컥!"

다시 한 모금의 선혈을 뿜으며 묵귀는 그대로 앞으로 튕겨 나가 바닥에 처박혔다.

'안 돼!'

반사적으로 병기를 휘두르려는 손을 묵귀는 사력을 다해 멈춰야 했다. 아직은 소마를 상대할 때가 아니었다.

그러나 묵귀에게 싸울 뜻이 없다고 해서 적들까지 적의(敵意)를 버린 건 아니었다. 바닥에 처박히자마자 다시 숱한 병기들이 그의 전신을 노리고 꽂혀 들었다.

퉁!

바닥에 쓰러져 있던 자세 그대로 묵귀의 신형이 허공으로 솟구쳤다. 마치 공이 튕긴 것과 흡사한 광경이었다.

씨이웃!

다시 한 번 기병이 날카로운 울음을 토하며 밤이 깔아둔 어둠을 썩둑 베어냈다.

'웃!'

그 순간 묵귀의 미간이 팍 구겨졌다가 다시 펴졌다. 소마에게 당한 등의 상처가 생각보다 심하게 아려왔기 때문이다. 내상은 입지 않았지만 편린에 의해 베어진 근육의 통증은 어쩔 수 없는 모양이었다.

그래도 묵귀는 개의치 않았다. 이 정도 제약도 없다면 너무 폭주할 것만 같았다.

착지와 동시에 다시 한차례 기병을 휘둘렀을 때, 소마의 모습이 다시 망막에 포착되었다. 이번에 그의 연검 끝에 걸린 건 유성환의 현란한 빛무리였다.

묵귀의 신형이 다시 흐릿해졌다. 소마와 부딪치는 것만은 철저하게 피할 생각이었다.

"달아나지 마라, 묵귀!"

발악을 하는 듯한 소마의 외침은 유성환과 더불어 사라지는 묵귀의 형체를 두드렸다.

하지만 소마의 외침과 공격은 부질없는 허공만 찢었을 뿐, 그때 벌써 묵귀는 다른 곳에 나타나 기병을 종횡으로 휘두르고 있었다.

소마도 집요했다. 어느새 묵귀가 있는 곳으로 몸을 날리며 다시금 연검으로 현란한 유성환의 빛을 뿜어 올렸다.

"안 됩니다!"

호통에 가까운 일갈과 더불어 허공에 뜬 소마의 허리를 낚아챈 것은 검로였다. 무너진 건물의 잔해 속을 헤치고 나온 듯 전신이 먼지로 뽀얗게 뒤덮인 모습이었다.

"놔!"

소마는 검로의 손길을 거칠게 뿌리쳤다. 그를 노려보는 눈동자에 세모꼴의 날이 서 있어 마치 먹이를 노리는 고양이의 그것과 비슷했다.

"안 됩니다! 그보다 얼른 이 자리를 피하십시오!"

"피하라고? 지금 묵귀를 치지 않으면 영원히 기회가 없어! 그러니 어서 놔!"

"저 모습을 보고도 묵귀를 오늘 칠 수 있다고 하시는 겁니까? 여기는 소인이 맡겠으니 어서 이 자리를 피하시길!"

묵귀를 가리키는 손짓은 격렬했지만 갈수록 검로의 목소리는 낮아졌다. 행여 묵귀가 들을까 저어해서였다.

"안 돼! 부상당한 지금 묵귀를 치지 못한다면 다음엔 내가 당할 거야! 저리 비켜!"

"저게 부상당한 자의 모습으로 보이시오? 게다가 지금 곧 황군이 여기로 몰려올 거요! 그전에 어서 여길 빠져나가시오!"

너무도 생생하게 설치는 묵귀의 모습에 질린 탓인지, 아니면 황군이 몰려온다는 말 때문인지는 몰라도 소마는 검로를 떨쳐 내려던 몸짓을 멈췄다. 눈동자도 서서히 정상으로 돌아왔다.

"그래, 내겐 이렇게 하지 않아도 묵귀를 완벽하게 제압할 수 있는 인질이 있었지. 알았어. 지금은 참지."

일단 냉정을 되찾자 소마는 무섭게 계산적이 되었다. 그는 잠시 잊고 있던 향지를 떠올렸고, 떠올렸다 싶은 순간 벌써 그녀를 어떻게 이용할까를 생각 중이었다.

"그래 주시겠습니까? 여기는 소인이 남아 묵귀에게 최대한의 타격을 입히겠습니다. 할 수 있다면 그 목을 베어가겠습니다."

"그럼 뒤를 부탁, 응?"

금방이라도 떠날 것처럼 말을 하던 소마의 표정이 다시금 살짝 굳어졌다. 불을 끄고 있던 제독부 사람들이 갑자기 우왕좌왕하며 흩어져 버렸기 때문이다.

우렁찬 함성이 들려온 건 바로 그 직후였다.

"감히 궁성 내에서 소란을 벌인 놈들이다! 한 놈도 놓치지 말고 잡아 들여라! 반항하는 자들은 죽여도 무방하다!"

"아뿔싸!"

그 고함을 들었을 때 검로는 자신도 모르게 한마디 내뱉었다. 벌써 황군이 출동해 버리고 말았던 것이다.

"빨리! 서두르시오!"

검로는 소마를 채근했다. 조금이라도 지체하면 황군에 의해 이 제독부 전체가 포위될 터. 그전에 빠져나가야만 한다.

"이미 늦었어!"

소마는 쌀쌀맞게 내뱉었다.

그 외중에도 묵귀는 향양점 고수들에 대한 도살을 멈추지 않았다. 황군이 포위하고 있다는 걸 알 터인데, 거기엔 조금도 신경 쓰지 않는 것 같았다.

"제독을 잡아야겠어! 그를 앞세워 빠져나가자! 따라와!"

냉정한 만큼 대담하기도 한 소마였다. 무리하게 포위망을 뚫고 나가려고 황군과 충돌하는 것보다는 제독을 인질로 잡아 빠져나가는 게 더 자연스럽다고 판단했다.

"소인은 여기 남아서 묵귀를……."

"따라오라면 따라와!"

빼액 소리를 지른 후 소마는 곧장 제독이 있는 곳을 향해 몸을 날렸다.

어쩔 수 없이 검로도 그 뒤를 따랐다.

소마가 떠나는 것도, 황군이 제독부 전체를 포위하고 있는 것도 묵귀는 모두 알고 있었다.

그래서 웃음을 떠올렸다. 진작에 이랬어야 됐을 일이다.

'부탁한다, 엽군영!'

속으로 그렇게 내뱉으며 묵귀는 기병을 쥔 손에 새삼 힘을 가했다. 이제 보다 홀가분하게 적을 상대할 수 있을 터이다. 몇 명이 되었든 궁성에 들어와 있는 향양점의 이방인들은 모두 죽일 작정이었다.

밀려드는 황군에 대해선 신경도 쓰지 않았다. 마음만 먹는다면 바람보다 더 빠르고 귀신보다 더 은밀하게 그들의 눈을 따돌리고 빠져나갈 수 있으니까 말이다.

툭, 투둑!

다시 기병으로 두 명을 더 베어버렸을 때 묵귀의 주변이 갑작스런 정적에 잠겨 버렸다.

물론 황군은 밀어닥쳐 닥치는 대로 사람들을 잡아들였고, 불길은 더욱 맹렬하게 타오르고 있었다. 묵귀가 고요함을 느낄 이유가 없다는 말이었다.

그럼에도 불구하고 묵귀가 정적을 느끼고 있다는 건 주변에 떠도는 기류 탓이었다.

묵귀는 조용히 지금까지 자신이 죽였던 자들을 떠올려 보았다.

'그러고 보니 제대로 저항한 놈은 하나도 없었군.'

엽혈은 분명 십여 명의 절정고수가 있다고 했다.

그런데 지금까지는 자신에게 제대로 맞서는 자가 없었다. 그동안 쭉정이들만 상대했었다는 것. 진짜 위험은 지금부터가 시작이었다.

쉬이우웅!

묵귀는 별 의미 없이 기병으로 허공을 한차례 그었다. 적을 상대하는 각오를 더욱 굳히는 행동이었다.

그 다음에 묵귀가 한 일은 비우는 것이었다. 놈들에 대한 적개심도 버리고, 목구멍까지 차 올랐던 살기도 지우고, 전신의 근육을 팽창되게 만들었던 힘까지 모두 빼버렸다.

'발가벗자!'

묵귀는 오직 그 생각에만 집중했다. 살고자 하는 의지도, 향지에 대한 집착도 이 순간만큼은 바람에 쓸린 먼지처럼 사라져 버렸다.

그렇게 비워 버린 묵귀의 전신은 온통 허점투성이였다. 싸움에 임한 게 아니라 마침 유람을 나온 것처럼 방심한 사람으로 보였다.

누구라도 그걸 놓치지 않을 터이다. 묵귀의 목을 노리고 있는 향양점 고수들은 더욱 그랬다.

번쩍!

병기가 발하는 강력한 빛줄기 몇 개가 제독부에 만연한 혼란의 와중에서 솟구쳤다. 물론 그 끝은 묵귀를 노리고 있었다.

그래도 묵귀는 움직이지 않았다. 어쩌면 겉으로 보이는 것처럼 정말로 방심하고 있는지도 모를 일이었다.

츄와왓!

병기들은 거침없이 묵귀의 전신을 난도질하고 지나갔다.

하지만 그뿐이었다. 병기에 짓이겨졌어야 됐을 묵귀는 여전히 그 자리에 서 있었다. 온몸으로 적의 병기를 빨아들이겠다는 그 빈틈투성이의 자세로 말이다.

이제 놀란 건 향양점 고수들이었다. 그들은 분명 묵귀를 베었다고 생각했다. 그런데 상처 하나 없는 모습으로 멀쩡히 서 있으니 귀신에라도 홀린 듯한 기분이었다.

그들의 혼란은 고스란히 묵귀에게 감지되었다. 일부러 찾고자 한 건 아니었다. 텅 비워놓은 그의 전신으로 물이 스며들 듯 그렇게 찾아들었을 뿐이다.

혼란스러웠던 만큼 향양점 고수들의 다음 공격은 훨씬 더 신랄해졌다.

쓰파아앗!

다양한 병기들이 내는 섬뜩한 파공성이 들렸다 싶은 순간 벌써 그 소리를 내는 각종 무기들은 묵귀를 벌집처럼 꿰뚫어놓을 듯 빽빽이 꽂혀들었다.

여전히 묵귀는 움직이지 않았다. 그러나 병기들이 온몸에 닿았다 싶은 순간 그는 홀연히 사라져 버렸다.

아니, 사라진 게 아니었다. 마치 유리로 만들어진 사람처럼 투명해졌다고 하는 게 정확할 터이다.

실제로 지금 묵귀는 투명해진 상태였다. 형상의 윤곽은 있었지만 몸통 부분을 통해서 그 뒤에 가려져야 할 사물들이 훤하게 들여다 보였다.

쓰웃!

묵귀의 손에 들린 기병이 움직인 건 바로 그 순간이었다. 단 한 차례, 그리고 짤막하게 휘둘렀을 뿐이다.

두웅!

처음엔 마치 먼 곳에서 친 북소리가 들린 것만 같았다. 단지 그것만으로 대기가 미세하게 진동했고, 묵귀를 노리고 날아들던 향양점 고수들의 무기들이 방향을 잃고 이리저리 휘어졌다.

하지만 그 다음에 터진 폭음은 주변의 모든 움직임을 순식간에 얼어붙게 만들었다.

빠빠빠앙!

바로 곁에서 우레가 친다고 해도 이처럼 큰 소리는 나지 않을 터이다.

그리고 그걸로 모든 게 끝나 버렸다. 이미 허물어져 폐허가 되었던 건물의 잔해가 사방으로 비산했고, 멀쩡하던 건물까지 지진을 만난 듯 심하게 흔들렸다.

자욱한 먼지와 흐려진 별빛, 망연히 서 있는 황군과 제독부 사람들 사이로 묵귀는 홀로 서 있었다. 이미 주변의 상황은 물론 자기 자신마저 잊어버린 모습이었다.

주르륵 !

다시 한줄기 선혈이 긴 꼬리를 끌며 묵귀의 입가에서 흘러내렸다.

그러나 묵귀는 웃었다. 말로 설명할 수 없는 짜릿한 기운이 그의 정수리부터 뒤꿈치까지 그대로 관통해 나간 것 같았고, 까닭 모를 희열로 인해 허공중에 둥둥 떠 있는 것만 같았다.

"괜찮아?"

누군가 어깨를 가볍게 두드리며 물었을 때, 묵귀는 오히려 짜증이 났다. 이런 기막힌 경험은 두 번 다시 얻기 힘들 테니까 말이다.

"얼른 가자! 여긴 곧 황군이 들이닥친다!"

정신을 차리고 보니 엽혈이었다. 무슨 일인지는 몰라도 평소와 달리 놀라움이 가득한 얼굴이었다.

'향지……'

그제야 묵귀는 향지의 얼굴을 떠올렸다. 이젠 움직여야 할 시간이었다.

그렇게 생각했을 때 이미 묵귀의 모습은 그 자리에 없었고, 엽혈이 황망한 발길로 그 뒤를 따랐다.

제독부를 가득 메운 불길과 먼지는 아직도 스러지지 않고 있었다.

2

정화강으로선 아닌 밤중에 날벼락이 따로 없었다. 불과 몇 시진 전까지만 해도 자신의 목숨을 지키라고 했던 자에게 납치를 당했으니 말이다.

"네, 네 이놈들! 이러고도 무사할 줄 아느냐?"

잔뜩 위엄을 갖춘다고는 했지만 정화강의 음성은 어쩔 수 없이 가늘게 떨려 나왔다.

"시끄러워! 만약 황군들이 조금이라도 우리 앞을 막아선다면 가장 먼저 죽는 건 네놈이야!"

말과 함께 소마는 정화강의 팔꿈치 위에 있는 비유혈(臂儒穴)과 옆구리의 장문혈(章門穴)에 동시에 손을 갖다 댔다.

얼핏 보면 부축을 하고 있는 것 같다. 하지만 소마가 살짝 힘을 가하자마자 정화강의 얼굴은 새하얗게 질리며 사색이 되었다.

정화강은 재빨리 주위를 둘러보았지만 믿고 의지할 만한 수하는 한 명도 보이지 않았다. 대신 이국인이 분명해 보이는 쌍둥이가 소마와 검로의 뒤에 서 있었다.

"가자! 명심해! 가장 먼저 죽는 건 네놈이야!"

소마는 정화강을 재촉해 걸음을 옮겼다.

검로는 지금 소마의 행동이 마음에 들지 않았다. 딱히 제독을 인질로 잡지 않더라도 황군 정도는 충분히 피해서 궁성을 빠져나갈 수 있다. 지금의 정화강은 무거운 짐이나 다름없는 존재인 것이다.

그러나 겉으로 그 불만을 표할 수는 없었다. 지금은 모두가 힘을 합쳐 북경을 빠져나가는 게 급선무였다.

궁성을 빠져나오는 건 쉬웠다. 제독이라는 신분은 황군들에게도 여실히 통해 누구의 제지도 받지 않았다.

"정주로 곧장 가시렵니까?"

북경의 밤거리를 달리면서 검로가 물었지만 소마는 대답하지 않았다.

지금 소마의 뇌리를 가득 메우고 있는 건 서둘러 향지에게 가야 한다는 것뿐이었다. 제독부에서 이성을 잃었을 때는 몰랐지만 냉정하게 생각해 보면 아무래도 묵귀는 상대할 수 없다는 답이 나온다.

그렇다고 향지를 돌려주며 묵귀의 용서를 빈다거나, 혹은 그대로 살려둘 생각은 추호도 없었다. 제독을 인질로 잡아가는 것도 훗날을 위한 하나의 포석이었다.

달리면서 소마는 뒤를 힐끗 돌아보았다. 금방이라도 묵귀의 검은 손이 뒷덜미를 잡아챌 것만 같아서였다.

'대체 어떻게 해서 그런 괴물이 생겨난 걸까?

도무지 불가사의하기 짝이 없는 묵귀였다. 회복 불능의 상태라고 들은 지 불과 사흘도 지나지 않아 전보다 더 강한 모습으로 변했으니 이해를 하는 것 자체가 불가능했다.

제독의 장문혈을 짚고 있던 소마의 손이 떨어져 품속으로 들어갔다. 작은 주머니에 싸인 원형의 딱딱한 물건이 손끝에 걸리자 비로소 그의 표정이 조금 부드러워졌다.

"허억! 헉헉! 조금만, 조금만 쉬었다가! 헉헉!"

비록 소마의 손에 이끌려 간다지만 제독으로선 무림인들과 보조를 맞춰 달린다는 건 무리였다. 거친 호흡을 내쉬며 애절한 어조로 간청했다.

소마는 말없이 검로를 돌아보았다. 제독을 업으라는 지시였다.

바로 그때 뒤에서 따라오던 쌍둥이 중 하나가 걸음을 세웠다.

"뭐야?"

묻다가 소마는 갑자기 입을 닫았다. 그리고는 다시 전방을 향해 빠르게 달리기 시작했다.

검로는 물론 쌍둥이 중 한 명도 그 뒤를 따랐다. 그 자리에 멈춰 선 자에 대한 걱정은 조금도 안 하는 기색이었다.

'벌써 묵귀가 따라붙었나?'

쌍둥이 중 한 명이 뒤로 처졌다는 건 누군가 미행이 붙었다는 의미이다. 그럴 리 없다고 생각했지만 그게 묵귀인 것 같아 소마는 또다시 불안해졌다. 향지를 손에 넣기 전에 그와 부딪치는 건 결단코 피해야만 한다.

제독을 업고 나자 오히려 그들의 달리는 발길이 더욱 빨라졌다.

소마 일행을 미행하는 게 쉬울 거라곤 엽군영도 생각지 않았다.

그러나 채 이각도 지나지 않아 발각되었을 땐 자신에 대한 깊은 회의감에 사로잡혀야만 했다.

'몸만 성했어도!'

이처럼 맥없이 발각되지는 않았을 텐데 끝까지 소마를 미행하지 못해 묵귀에게 미안할 따름이었다.

"계속 소마를 쫓으시오! 저놈은 내가 상대하겠소!"

남은 쌍둥이 중 한 명에게 앞을 가로막히자 엽군영은 설염봉에게 먼저 가라고 재촉했다.

"당신 혼자선 무리예요. 저도 남겠어요."

설염봉은 듣지 않았다. 아직 왜도도 제대로 휘두르지 못하는 엽군영이었다. 비록 그보다 가벼운 직도를 새로 얻었다지만 혼자서 누군가와 싸운다는 건 말도 안 되는 얘기였다.

"설 소저의 말을 들으시오! 뒤는 이 몸이 맡겠소!"

이런 난데없는 말과 함께 사람들을 스쳐 바람처럼 달려간 건 바로 공손우였다. 그 역시 싸우는 것보다는 소마의 행적을 쫓는 게 더 중요하다고 생각한 모양이었다.

"조심하세요."

엽군영에게 한마디 한 후 설염봉은 허리에 감고 있던 채찍을 뽑아 들었다.

쫘악!

풀린 것과 동시에 채찍은 한차례 허공을 갈겼다. 아홉 가닥으로 갈라진 그 끝들은 각기 다른 방향을 향한 상태였다.

그러나 남은 쌍둥이 중 한 명은 아무런 반응도 보이지 않았다. 조금 전 공손우가 스쳐 갔을 때에도 그는 전혀 신경 쓰지 않았다.

"귀머거리로군!"

엽군영이 나직이 내뱉으며 한 발짝 내디뎠다. 방금 휘둘렀던 설염봉의 채찍 소리에도 표정 하나 변하지 않았고, 여태 말 한마디 없는 것도 그의 귀가 들리지 않는다는 반증이었다.

그렇다고 돌로 만든 석상은 아니었다. 엽군영이 한 걸음 나서자마자 그는 곧바로 두 사람에게 돌진해 들어왔다.

"핫!"

먼저 움직인 건 설염봉이었다. 맑은 기합성이 터진 것과 동시에 그녀의 채찍은 벌써 대기 중에 스며든 어둠을 아홉 갈래로 잘라내고 있었다.

취리리리링 !

채찍의 위력은 대단했다. 마치 아홉 개의 독사 대가리가 하나의 먹이를 노리고 덮치는 것처럼 살벌한 기세로 귀머거리의 전신을 휘감아갔다.

엽군영도 나름대로 움직였다. 설염봉이 짓쳐 드는 것과 엇비슷하게 비켜선 상태로 직도를 겨누었다.

이 대 일. 실수가 아닌 자객을 고집했던 엽군영의 성격으로는 받아들이기 힘든 싸움이었다.

하지만 결코 이긴다는 생각은 하지 않았다. 저 귀머거리도 자신이 없었다면 결코 혼자 남지 않았을 테니까 말이다.

그리고 엽군영의 그 불길한 예감은 정확하게 맞아떨어졌다. 설염봉의 아홉 가닥의 채찍 끝을 헤집고 귀머거리의 날카로운 손끝이 그녀의 가슴을 꿰뚫을 듯이 쭉 뻗쳤다.

엽군영이 움직인 건 바로 그때였다. 빠르게 밀고 들어오는 귀머거리의 손을 향해 직도를 휘두르며 온몸으로 부딪쳐 갔다. 이게 할 수 있는 최선의 행동이었다.

한마디로 그건 무모한 행동이었다. 귀머거리의 손만이 아니라 설염봉의 채찍이 드리운 살벌한 장막 속으로 뛰어든 꼴이었으니 말이다.

"앗!"

경악성을 토하며 먼저 손을 거둔 건 설염봉이었다. 그녀로선 어떤 경우든 엽군영에게 상처를 입힐 수 없었다.

하지만 그게 오히려 역효과를 낳았다. 채찍을 거둔다는 게 오히려 그 안에 뛰어든 엽군영을 공격하는 꼴이 되었던 것이다.

그 점은 엽군영도 알았지만 결코 멈추지 않았다. 귀머거리의 손이 커다랗게 망막을 채웠을 때, 그 역시 직도를 아래에서 위로 그어 올렸다.

퍼억! 싸각!

가슴에 둔탁한 충격을 느끼며 엽군영은 그대로 뒤로 끌려 나갔다.

  그랬다. 그건 귀머거리의 공격에 의해 튕긴 게 아니라 알 수 없는 힘에 의해 뒤로 끌려 나간 것이었다.

  물론 엽군영은 그 사실을 인식하지 못하고 있었다. 그의 가슴을 온통 차지하고 있는 건 통증이 아니라 더할 나위 없는 희열이었다.

  '베었다!'

  분명 자신이 먼저 공격을 당했지만 거의 동시에 엽군영도 귀머거리의 팔을 베었다. 직도에 전해진 감촉만으로도 그건 확연히 알 수 있었다.

  "그를 데려가!"

  이런 말을 들은 것 같기도 했지만 엽군영은 확신하지 못했다. 벌써 그때는 의식을 통제할 수 없는 혼절 상태에 빠진 탓이었다.

  하지만 똑같이 그 말을 들은 설염봉은 귀가 번쩍 틔었다. 바로 엽혈의 목소리였기 때문이다.

  더 이상 생각할 것도 없이 설염봉은 채찍을 내팽개쳤다. 그리고는 저만치 널브러져 있는 엽군영에게 달려갔다.

  "어디로 갔소?"

  마치 어둠이 얘기하는 것처럼 형체는 보이지 않고 묵귀의 말소리만 들렸지만 설염봉은 정신없이 소마가 간 방향을 가리켰다. 지금 그녀에게 가장 중요한 건 엽군영을 보살피는 것이지 다른 건 생각지도 않았다.

  "공손우가 쫓고 있을 거다! 얼른 따라가!"

  귀머거리와 대치한 엽혈이 큰 소리로 묵귀를 재촉했다. 제독부로 묵귀를 데리러 가기 전에 그 역시 공손우에게 밖에서 대기하다가 소마를 미행하라고 해뒀던 것이다.

  바로 그 공손우의 안위가 엽혈은 염려스러웠다. 지금 이곳에서 벌어진 일이 그에게도 생기지 말라는 법은 없으니까 말이다.

  묵귀 역시 이 자리에 남아 있을 생각은 없었다. 상대가 얼마나 강한지 모르겠지만 이미 한 팔이 잘린 상태로 엽혈을 이길 수는 없을 터이다.

쓰으읏 !

어둠이 일렁거린다 싶자 벌써 그 움직임은 까마득한 골목 끝으로 전파되어 나갔다.

그렇게 사라지는 묵귀의 기척을 느끼며 엽혈은 혀로 입술을 한차례 핥았다.

"오랜만이군, 이 느낌."

잘린 팔뚝에서 흐르는 피를 지혈시키는 귀머거리를 보며 엽혈은 나직이 속삭였다. 후끈 달아오른 들쩍지근한 열기가 느껴지는 음색이었다.

실제로 지금 엽혈은 가슴이 심하게 두근거리고 있었다. 실로 오랜만에 피 냄새 짙은 싸움을 하게 되었기 때문이다.

'달이 있었으면 더 좋았겠는데……'

달 대신 별빛만 무성한 밤하늘이 엽혈은 조금 아쉬웠다.

그래도 엽혈은 마음을 추스렸다. 세상의 모든 일이 자기 뜻대로 되는 건 아니니까 참을 줄도 알아야 한다.

"지금이라도 병기를 뽑는 게 좋아! 아무리 단단해도 맨몸으론 내 공격을 막을 수 없을 테니까!"

달뜬 마음이 고스란히 드러나는 음색으로 엽혈은 귀머거리에게 경고를 주었다.

반응이 있을 턱이 없었다. 팔뚝의 지혈을 마친 귀머거리는 무표정한 얼굴로 엽혈 앞에 버티고 서 있을 뿐이었다.

'벙어린가?'

엽혈은 엽군영이나 설염봉과는 달리 생각했다.

하긴 그건 아무래도 좋았다. 귀머거리든 벙어리든 엽혈에게 있어선 이제 곧 짜릿한 쾌감을 줄 유희의 대상일 뿐 그의 신체 상태는 별 문제가 되지 못했다.

그렇다고 엽혈이 아주 방심만 하고 있는 건 아니었다. 잠깐 동안 본 것에 불과했지만 설염봉의 채찍을 피하는 놈의 몸놀림은 예사롭지 않았다.

또한 놈의 손 공격은 너무도 빠르고 예리했다. 엽군영이 직도를 휘둘렀을 땐 벌써 그의 가슴을 가격했을 정도이다.

씨라라 !

엽혈의 소매에서 가녀린 철삭이 풀려 나와 별빛을 휘감으며 요사스런 빛을 뿌렸다.

쉬리링 !

한차례 손을 떨치자 엽혈의 철삭은 화려하게 별빛을 반사하며 너울거렸다.

엽혈은 지금 최고조의 살기를 일으키고 있었다. 모처럼 경험해 보는 피 냄새 짙은 살인이 될 터이다. 보다 철저하게 한다고 해서 나쁠 건 없었다.

귀머거리도 움직였다. 엽혈의 철삭이 너울거리는 것과 동시에 그 역시 바닥을 박차고 짓쳐 들었다.

그냥 달려들기만 하는 게 아니었다. 보기엔 직선으로 덤비는 것 같았지만 한 발짝 한 발짝 움직일 때마다 귀머거리의 신형은 몇 번씩이나 변화를 거듭했다.

엽혈의 표정이 살짝 굳어졌다. 설염봉의 아홉 가닥 채찍을 손쉽게 피하는 걸 봤을 때 어느 정도 짐작은 했었지만, 귀머거리는 그때보다 훨씬 영활하게 움직였다.

돌연 엽혈의 신형이 빠르게 뒤로 튕겨 나갔다. 어느새 귀머거리의 손이 그의 가슴에 꽂혀들고 있었기 때문이다.

낭패감 같은 건 전혀 느끼지 않는 엽혈이었다. 오히려,

'이거 재미있군.'

상대가 설치면 설칠수록 피는 더 많이 튀게 될 것이다. 대기 중에 훅 번져 갈 그 피 냄새를 상상하는 것만으로도 이 정도 역경(?)은 견뎌야 한다.

엽혈이 뒤로 물러서자 귀머거리는 기선을 제압했다고 생각한 모양이다. 더욱 현란한 몸놀림으로 하나만 남은 팔을 연신 뻗어대고 있었다.

이건 엽혈이 기다리고 있던 바이다.

'저 손목부터!'

라고 생각했을 때 엽혈은 벌써 뒤로 물러서던 발길을 멈추고 두 손을 빠르게 흔들었다.

쒸라라앙!

엽혈의 손길에 따라 허공을 누비는 철삭의 숫자는 기하급수적으로 늘어났다. 귀머거리의 손목을 베겠다고 작정했던 터라 예리함은 한결 더했다.

귀머거리도 엽혈의 날카로운 철삭에 곧바로 뛰어들 만큼 무딘 자는 아니었다. 돌연 달려들던 발길을 멈춘다 싶더니 그 자리에서 빠르게 회전하기 시작했다.

파앗!

동시에 믿기 힘든 광경이 엽혈의 눈앞에서 그려졌다. 하나뿐인 귀머거리의 팔이 순간적으로 수천 개로 늘어난 것처럼 보였던 것이다.

아니, 단순히 그렇게 보인 것만이 아니었다. 수천 개로 늘어난 귀머거리의 손 하나하나가 엽혈이 펼친 철삭을 하나씩 잡아 젖히기 시작했다. 결과 환상이나 착시(錯視)가 아니란 얘기였다.

'헙!'

이제 엽혈은 정말로 다급해졌다. 설마 귀머거리가 저런 무공을 가지고 있을 줄은 상상도 못했다.

다급해진 만큼 엽혈의 손속은 더욱 독해졌다. 처음엔 손목만 노렸지만 이젠 귀머거리의 몸뚱이 전체를 철삭으로 휘감아갔다.

그에 따라 귀머거리의 회전도 빨라졌다. 언뜻 보기엔 금방이라도 중심을 잃을 것 같은 신체의 휘청거림도 기실 절묘하게 엽혈의 철삭을 피하는 동작이었다.

'만공출삭을 펼쳐야 하나?'

단시간 내에 귀머거리를 죽일 수 없다고 판단한 엽혈은 자신이 아는 최후의 한 수를 떠올렸다. 그거라면 쉽게, 그리고 아주 만족스럽게 놈을 죽일 수 있을 터이다.

하지만 그건 말 그대로 최후의 한 수였다. 한쪽 팔이 잘린 귀머거리를 상대로 쓸 수단은 결코 아니었다.

그렇다면 다른 수단을 강구해야 할 터. 엽혈은 그대로 박차고 허공으로 솟구쳤다.

싸라라앙!

지금까지보다 훨씬 부드러운 소리가 철삭이 지나는 허공 중에서 피어올랐다.

그에 따라 철삭의 움직임도 확연히 달라졌다. 지금까지는 다소 뻣뻣하다 싶었던 게 마치 돌을 비껴가는 물결처럼 유연하게 휘늘어졌다.

그 공격은 효과가 있었다. 유연해진 만큼 귀머거리가 잡아 젖히기 힘들게 되었던 것이다.

싸가각!

최초의 절단음이 터져 나왔다. 귀머거리의 허벅지와 옆구리, 어깨 쪽이었다.

그리 깊은 상처는 아니었지만 단지 그것만으로도 귀머거리의 회전은 현격하게 느려졌다.

그건 바로 귀머거리의 최후를 의미했다. 허공에서 그대로 궁중제비를 넘으며 엽혈은 두 손목을 빠르게 교차시켰다.

쓰르르!

마치 거미줄처럼 휘늘어진 철삭은 귀머거리의 전신을 고치처럼 휘감았고, 엽혈은 망설임없이 몸을 회전시켜 바닥에 착지했다.

팟!

소리가 들린 건 아니었다. 다만 철삭에 갇힌 귀머거리의 전신이 잘디잘게 쪼개져 나가며 뿜어진 피가 그런 소리를 연상시켰을 뿐이다.

"흐으으읍!"

엽혈은 길게 숨을 들이켰다. 대기 중에 스며 있는 피 냄새를 한껏 마시기 위해서였다.

그 다음에야 엽혈은 철삭을 거두며 설염봉을 돌아보았다.

"그를 데리고 어디론가 사라지시오. 다시 만나지 못할 곳으로."

다시 만나게 되면 죽일지도 모른다는 말은 차마 하지 못하는 엽혈이었다. 비정하지만 그게 바로 살수의 생리였다.

엽혈은 천천히 걸음을 옮겼다. 지금쯤 묵귀는 소마를 쫓느라 여념이 없을 테지만 결코 서두르지 않았다.

'묵귀도 좀 놀라야지!'

귀머거리를 상대로 엽혈은 최후의 수단까지 쓸까 하는 유혹을 느꼈었다. 묵귀도 그 정도 경험을 해야 공평하다고 할 수 있을 터이다.

귀머거리의 시신 조각과 아직도 희석되지 않은 피 냄새 속에 남은 건 설염봉과 엽군영이었다.

이윽고 그녀는 엽군영을 부축해 어디론가 걸음을 옮기기 시작했다.

3

북경은 진작에 빠져나왔고, 저 앞에 조심스럽게 달리고 있는 공손우를 발견했음에도 묵귀는 아는 척을 하지 않았다.

중요한 건 소마를 죽이는 게 아니다. 어디까지나 향지가 있는 곳까지 그를 미행하는 게 목적이다.

그래서 공손우가 소마의 일행 중 한 명에 의해 피를 흘리며 나뒹굴어도 묵귀는 멈추지 않았다.

'엽혈이 곧 도착하겠지.'

이게 비겁하다고는 생각지 않았다. 이미 죽었다면 멈춰서 살펴본다고 해서 달라질 것도 없고, 부상을 당했다면 뒤에 엽혈이 있다. 그에게 맡겨도 괜찮다.

바짝 접근한다고 해서 발각될 일은 없겠지만 묵귀는 일부러 거리를 두었다. 지금 당장이라도 소마의 뒷덜미를 낚아채고픈 조급증을 누르기 위함이었다.

어디를 어떻게 달렸는지 묵귀는 알지 못했다. 그저 새벽이 연청색 안개와 더불어 밝아왔을 땐 저만치 퇴락한 정자가 눈에 띄었을 뿐이다.

소마는 망설임없이 그 정자로 들어갔다.

'저럴 여유가 없을 텐데…….'

소마가 조금 쉬려 한다고 묵귀는 생각했다. 다른 사람은 몰라도 제독은 이런 강행군을 견디지 못할 터이다.

"이제 그만 나와, 묵귀!"

소마의 말이 들렸을 때 묵귀는 지금까지의 자신의 행동을 돌아보았다. 어떤 점이 부주의해서 발각되었는지 알기 위해서였다.

그렇게 망설이고 있는 사이, 묵귀보다 먼저 모습을 드러낸 자들이 있었다. 라마승 복장을 하고 있는 다섯 명의 이방인들이었다.

'확실히 실수했군.'

씁쓸한 미소를 지으며 묵귀는 의지하고 있던 고목의 그늘에서 천천히 걸어나갔다. 미처 감지하지도 못한 사이에 다섯 명의 라마승이 주변을 포위하고 있었던 것이다. 소마에게 너무 신경 쓰다가 정작 주변의 위험은 간과해 버린 셈이었다.

"내가 그리 쉽게 향지에게 갈 것 같아? 넌 죽어도 향지를 볼 수 없을 거야!"

매서운 소마의 독설을 귓등으로 흘리며 묵귀는 주변을 한차례 둘러보았다. 다섯 명의 라마승 외에 다른 자들이 더 있지 않을까 싶어서였다.

숨어 있는 자들이 더 이상 없다는 걸 확인한 묵귀는 새삼스런 눈길로 라마승들을 쳐다보았다. 소마는 이들 다섯으로 자신을 상대하려고 한다. 그만큼 뛰어난 능력을 지니고 있다는 얘기이다.

"그 사람들은 천축오조(天竺五祖)라고 하지. 오늘 네놈의 목숨을 거둘 분들이기도 하고."

독기를 품고 있던 소마의 어조는 어느새 비릿한 조소로 바뀌어 있었다. 그만큼 천축오조를 믿고 있다는 반증이었다.

그게 묵귀에겐 협박이 되지 못했다. 오히려 얼른 향지에게 가지 않는 소마가 더더욱 마음에 걸렸다.

딱!

돌연 날카로운 타격음이 새벽의 대기를 찢었다.

'웃!'

묵귀의 어깨가 크게 출렁거렸다. 방금의 그 소리가 귀가 아닌 머리로 곧장 파고들었기 때문이다.

서서히 묵빛으로 물들어가는 동공으로 묵귀는 소리를 낸 물건을 쳐다보았다. 청록색으로 변색된 사람의 뼈였다.

따악!

묵귀의 시선이 건너오자 천축오조는 다시 양손에 든 뼈를 서로 부딪쳤다. 마치 쇠끼리 충돌한 것처럼 새파란 불똥이 떨어져 내렸다.

주춤!

자신도 모르게 묵귀는 한 걸음 물러섰다. 조금 전엔 한 명이 소리를 냈지만 이번엔 천축오조 다섯 명이 동시에 뼈를 부딪쳤던 것이다. 충격도 그만큼 컸다.

묵귀는 재빨리 소마 쪽을 훑어보았다. 그들은 소리에 영향을 받지 않는 듯 편한 표정들이었다.

'일찍 끝내야겠군!'

기병을 뽑아 들며 묵귀는 살기를 일으켰다. 천축오조에게 가로막혀 있는 동안 소마가 사라져 버릴 수도 있다. 그런 낭패를 당하지 않기 위해서라도 서둘러야 한다.

딱, 따닥, 딱, 딱!

묵귀가 병기를 꺼내 들자 천축오조도 빠르게 뼈다귀를 두드렸다.

그때마다 묵귀의 전신 근육은 흠칫거렸다. 머리로 곧장 파고든 소리가 몸의 신경을 꼬아버리는 것 같아서였다.

꽈악!

기병을 쥔 묵귀의 손에 힘이 가해진다 싶은 순간, 그는 앞으로 한 걸음을 내디뎠다.

하지만 다음 순간 묵귀는 왼발을 축으로 한 바퀴 돌며 뒤를 향해 기병을 휘둘렀다.

씨잇!

기병의 날이 날카롭게 대기를 갈랐고, 반쪽짜리 흑월강이 배후에 있던 천축오조 중 한 명을 뒤덮어 버릴 듯한 기세로 날아갔다.

따악!

동시에 뼈 부딪치는 소리가 커졌다. 그들 중 한 명이 위기에 처했으니 당연한 일이었다.

주르륵 !

묵귀의 두 귀에서 피가 흘러내렸다. 입 꼬리에서도 한줄기 선혈이 흐르는 걸 보니 이번엔 내상을 입은 것 같았다.

하지만 묵귀는 멈추지 않았다. 공격을 시작했으니 놈들 중 하나는 틀림없이 죽여야 한다. 이 엄청난 소리의 압박에서 벗어나기 위해서라도 말이다.

쑤와왁!

반쪽짜리 흑월강이 천축오조 중 한 명의 상체를 휩쓸고 지나갔다.

그러나 베어진 건 아무것도 없었다. 번뜩이는 검은색 편린들만 이제 막 동쪽에서 얼굴을 내민 햇살 속에서 스러지고 있을 뿐이었다.

그래도 묵귀는 실망하지 않았다. 한번의 공격으로 놈들 중 하나를 죽인다는 생각은 애당초 하지 않았기 때문이다.

놈들의 반격도 즉각 이어졌다. 둘은 여전히 뼈다귀를 두드리고, 나머지 셋은 청록색의 뼈를 묵귀에게 던졌다.

휘류류룡 !

던져진 뼈에서도 귀에 거슬리는 소리가 나며 묵귀를 괴롭혔다.

묵귀는 세차게 머리를 털었다. 사방에서 들려오는 소리 탓인지 아릿한 환각감이 엄습해 온 것이다.

띵하던 머리가 조금 맑아지자 이번엔 사방에서 꽂혀드는 뼈다귀들이 문제였다. 번들거리는 청록색을 띤 걸 보면 극독이 발라져 있는 게 분명했다.

하지만 묵귀는 뼈다귀들을 무시해 버렸다. 어떤 이유인지는 몰라도 독은 통하지 않는 몸이 되었다. 기껏해야 타박상, 심하다고 해도 뼈가 부러지는 정도일 터이다.

그 정도는 견딜 수 있다. 게다가 한두 놈 정도를 죽일 수 있다면 오히려 남는 장사다.

씨이이웃!

묵귀의 기병이 다시 검은 달을 그려냈다. 아침 햇살 아래 보는 그 광경은 으스스한 소름까지 돋게 했다.

그 흑월강이 햇살 속으로 폭산되기 직전,

퍼벅!

묵귀의 상체 몇 군데에 천축오조의 뼈다귀가 작렬했다.

'후욱!'

숨이 콱 막히고 눈앞이 캄캄했지만 묵귀는 기병을 쥔 손에 힘을 빼지 않았다.

"위험해!"

뾰족한 외침과 더불어 소마가 묵귀를 향해 날아들었다. 어느새 뺴 든 연검으로 흑월강을 그려내고 있었다.

쓰파앗!

하지만 그땐 이미 묵귀가 펼친 흑월강이 천축오조의 전신을 노리고 산산이 폭산된 뒤였다.

"끼아악!"

한줄기 비명성이 터져 나왔고, 동시에 묵귀도 섰던 자리에서 거칠게 뒤로 튕겨 나갔다. 소마가 펼친 흑월강에 격중된 탓이었다.

그렇다고 비명을 토한 건 묵귀가 아니었다. 천축오조 중 한 명의 전신이 갈가리 찢기며 지른 것이었다.

묵귀에게 타격이 없었던 건 아니다. 천축오조의 뼈다귀에 가격당한 뒤에 다시 소마의 흑월강을 정통을 맞았으니 두 다리로 서 있는 게 신기할 지경이었다.

휘류류류! 쓰와웅!

간신히 버티고 서 있는 게 전부인 묵귀를 향해 소마의 연검과 천축오조의 뼈다귀가 재차 날아들었다.

비록 부상은 당했지만 묵귀도 그냥 있지만은 않았다. 휘청거리는 다리로 한 발 내디뎠다 싶은 순간, 벌써 그는 형체를 지워 버렸다.

"앗!"

소마의 입에서 짤막한 경악성이 터졌다. 흑월강에 정통으로 격중당한 묵귀가 이처럼 완벽한 이형분신을 시전할 줄은 예상치 못했다.

그건 곧바로 소마의 뇌리에 요란한 경고음을 발하게 했다.

"위험해!"

아까와 똑같은 말을 다시 한 번 반복하면서 소마는 급격히 방향을 꺾었다.

쓰와욱!

소마의 코앞에서 반짝이던 햇살이 뭉텅 잘려 나갔다. 물론 묵귀의 기병에 의한 것이었다.

그 다음엔 잠깐 동안의 정적이 이어진다 싶더니 이내 뼈마디 부딪치는 소리가 급박하게 들려왔다.

딱, 딱, 따닥, 따닥!

이젠 네 명으로 바뀐 천축오조가 두드리는 뼈 소리는 더욱 치명적으로 묵귀를 엄습했다.

"끄으으……."

기어이 묵귀의 입에선 고통에 겨운 신음 소리가 새어 나왔다. 어쩌면 살수가 된 이후 처음으로 표현하는 건지도 몰랐다.

실제로 묵귀의 상태는 엄중했다. 다른 걸 떠나서 소마의 흑월강에 당한 상처는 그의 손발을 둔하게 만들었다.

그러나 한가하게 상처나 돌볼 여유는 없었다. 천축오조는 물론 소마까지 가세한 공격은 더욱 살벌하게 묵귀의 전신을 짓이길 듯 파고들었다.

거기에 검로도 가세했다. 묵귀를 공격한다기보다는 소마를 말리려는 의도였지만 다른 사람들이야 그 심정을 알 턱이 없었다.

돌연 묵귀는 들고 있던 기병을 축 늘어뜨렸다. 얼핏 볼 때엔 대항을 포기한 것처럼 보였다.

묵귀 자신도 의도하고서 취한 행동은 아니었다. 좀전에 제독부에서 한 차례 시도했던 걸 떠올린 순간 저절로 몸이 반응한 것에 불과했다.

"아!"

그 순간 짤막한 외침이 소마의 입에서 터져 나왔다. 지금껏 본 적은 없었지만 지금 묵귀에게서 풍겨져 나오는 기세는 익히 알고 있는 것이었다.

'진멸폭(盡滅暴)!'

숱하게 많은 패도적인 무공을 창안한 향양점이 도달한 궁극의 초식!

하지만 만들어진 이후로 누구도 제대로 익힌 적이 없는 이론상의 초식!

그건 또 하나, 소마의 온몸을 가득 채우고 있는 공포라는 이름이었다.

그건 곧바로 다음 행동으로 이어졌다. 묵귀에게 달려들던 것에서 방향을 돌려 최대한 빨리, 그리고 멀리 몸을 날렸다. 다른 사람들에게 위험을 경고해 줄 여유조차 없었다.

그 사이에도 천축오조의 공격은 멈추지 않았다.

휘류류류 !

뼈다귀 여덟 개가 팔방을 점하고 묵귀에게 날아들었고, 그 뒤를 이어 천축오조의 네 명도 온몸으로 부딪쳐 들어갔다.

쓰와웃!

묵귀의 기병이 움직인 건 거의 동시였다. 단 한 차례, 그의 몸 주위로 아주 작은 원을 그렸다.

그게 시작이었다. 묵귀가 한 바퀴 회전한다 싶은 순간 그의 몸은 투명해지며 햇살을 투과시켰다.

하지만 그건 아주 짧은 찰나에 불과했다. 연이어 휘두른 기병에 의해 묵귀의 전신은 검고 동그란 공에 에워싸인 것 같았다.

타다다닥!

동시에 천축오조가 던진 뼈다귀들이 묵귀가 만든 공에 부딪쳤다.

씰룩!

완전한 원형을 이루고 있던 공의 표면이 조금씩 일그러졌다. 천축오조의 뼈다귀에 부딪친 곳에서 일어난 현상이었다.

놀라운 일은 그 다음에 일어났다. 뼈다귀에 의해 살짝 찌그러졌던 공이 마치 반발하는 것처럼 커다랗게 확산되었던 것이다.

빠빠빠앙!

거대한 폭음이 뒤를 따랐고, 급격하게 팽창된 공은 멀찍이 떨어져 있는 정자까지 뒤덮어갔다.

사방이 어둑해졌다. 태양은 분명 동쪽 하늘에 얼굴을 내밀고 있었지만 다시 밤이 찾아온 것처럼 캄캄한 어둠이 뒤덮었다.

왈그락! 쿠쿵!

그 어둠 속에서 정자가 무너져 버렸다. 확산되는 공의 압력을 이기지 못한 탓이었다.

무너진 건 정자만이 아니었다. 검은 공이 드리웠던 장막이 걷히고 다시 주위가 밝아지기 시작했을 때, 허공엔 선연한 피 안개가 서려 있었다. 천축오조 중 네 명과 뒤늦게 싸움판에 뛰어든 검로의 남은 모습이었다.

시신은 어디에도 보이지 않았다. 검은 공이 미치는 영향권 안으로 들어선 자들은 육편(肉片) 하나 남기지 못하고 죽어버린 것이다.

묵귀는 여전히 그 자리에 서 있었다. 비록 온몸에 입은 상처에선 피가 솟구치고 있었지만 여전히 두 다리로 굳건히 땅을 딛고 선 채 움직이지 않았다.

"무, 묵귀……."

신음과도 같은 소마의 목소리가 들려왔을 때에야 묵귀의 시선은 그쪽으로 향했다.

소마의 모습은 초췌했다. 비록 일찍 방향을 틀긴 했지만 검은 공의 위력을 완전히 피하지는 못한 듯 의복이 너덜너덜하게 찢긴 채 무너진 정자의 먼지를 고스란히 덮어쓰고 있었다.

그러고 보니 지금까지 소마와 함께 있던 제독과 쌍둥이 중 한 명도 보이지 않았다. 정자에 머물러 있다가 그 역시 죽음을 면치 못한 것 같았다.

"결국 네놈은… 네놈은 진멸폭을 이뤘구나."

소마가 힘겹게 내뱉었지만 묵귀에겐 이해되지도 않았고, 귀담아들을 생각도 없었다.

"향지는?"

묵귀의 관심은 오직 이 한 가지였다.

"훙! 내가 그리 쉽게 내줄 거 같아? 그년은 나와 함께 죽는 거야!"

표독스런 말투와는 달리 소마의 다리는 연신 휘청거렸다. 그래도 멈추지 않고 꾸준히 묵귀를 향해 걸어갔다.

치리링, 치링!

소마가 한 발짝씩 걸음을 옮길 때마다 간신히 수중에 쥐어져 있는 연검이 흔들거리며 소리를 냈다.

"자, 이제 나도 죽여봐! 그 잘난 진멸폭으로 어서 날 죽이라구!"

묵귀에게 바짝 다가선 소마는 바락바락 악을 썼다. 정말로 죽지 못해 환장한 모습이었다.

하지만 묵귀는 손을 쓸 수 없었다. 향지가 어디 있는지를 알기까지는 소마를 살려둬야 한다.

"헤헤, 그럴 테지! 네 목숨보다 더 소중한 향지 년이 내 수중에 있는 이상 넌 날 죽이고 싶어도 죽일 수 없을 테지!"

야릇한 웃음을 흘리는 소마의 눈에 번들거리는 살기가 어렸다. 그와 함께 축 늘어져 있던 연검 끝이 생명을 얻은 것처럼 천천히 위로 솟구치기 시작했다.

"그래, 언제까지 너의 그 알량한 사랑이 버티는가 보자!"

다시 한마디 매섭게 내뱉으며 소마는 묵귀의 가슴을 향해 그대로 연검을 내질렀다.

푸욱! 휘청!

소마의 연검은 그대로 묵귀의 가슴에 꽂혔다. 다만 깊숙이 박히지 않고 그대로 휘어지고 말았다.

"에에이익!"

기합도 신음도 아닌 묘한 소리를 내뱉으며 소마는 연검을 쥔 손에 더욱 힘을 가했다.

그러나 연검은 더 이상 파고들지 못했다. 오히려 더 많이 휘어져 자칫

부러질 것만 같았다.

"그럼 그렇지. 뭐? 향지가 네 목숨보다 더 소중하다고? 웃기지 마! 그건 네 입에 발린 소리였을 뿐이야!"

악에 받쳐 내뱉는 소마의 한마디 한마디는 고스란히 묵귀의 뇌리로 파고드는 가시가 되었다.

맞는 말인지도 모른다. 목숨보다 더 사랑한다고 하면서도 정작 생명의 위협 앞에선 이처럼 전신의 힘을 다해 저항하고 있다. 서글픈 본능이고 역겨운 모순이었다.

"향지는 어디 있나?"

바로 눈앞에서 땀을 뻘뻘 흘리며 용을 쓰고 있는 소마에게 묵귀는 나직이 물었다.

"나만 아는 곳에. 네놈을 죽이고 나면 그녀는 안전하게 풀어줄게. 약속할 수 있어."

소마의 말끝은 속삭임으로 변했다. 입가엔 야비함이 물씬 풍기는 미소가 물려 있었고…….

묵귀는 눈을 감았다. 자신을 죽임으로써 향지를 살려주겠다는 소마의 이 신빙성없는 말을 믿고 싶었다.

"정말이야. 약속할게. 그러니 여기서 죽어줘. 응?"

또 한 번 소마가 보챘다. 정말이지, 그건 장난감을 달라고 보채고 있는 어린아이의 말투였다.

푸욱!

돌연 소마의 연검이 묵귀의 가슴을 꿰뚫고 등으로 그 날카로운 끝을 내밀었다. 묵귀가 저항하던 힘을 풀어버린 결과였다.

"악!"

날카로운 여인의 비명성이 들린 건 바로 그때였다.

묵귀가 눈을 뜬 것과 소마의 시선이 소리가 들린 쪽으로 돌아간 것은 거의 동시였다.

"이놈의 늙은이······!"

소마의 입에서 갈아 씹는 듯한 말이 흘러나왔다. 그의 눈길에 머문 곳엔 향지의 목에 날카로운 단도를 들이댄 금 대야의 모습이 잡힌 뒤였다.

"자네만 똑똑한 게 아닐세, 어린 친구! 자네가 불러온 사람들을 조금만 유심히 관찰해도 이 소저가 정주에 있다는 걸 알 수 있겠더군!"

"이, 이 썩을, 죽을······."

아마도 분노가 극에 이른 탓이리라. 이제 소마는 말도 제대로 하지 못했다.

"자, 묵귀라고 했나? 이번엔 자네가 앞에 있는 그 어린 친구를 죽이게. 그럼 이 소저는 살려주지."

금 대야의 눈에 비친 묵귀는 가망이 없어 보였다. 소마를 죽이고 나면 그 역시 살아나지 못하리라고 판단했다.

"에이익!"

기어이 소마는 폭발해 버렸다. 묵귀의 가슴에 꽂힌 연검을 뽑아 곧장 금 대야를 향해 몸을 날렸다.

쒸잇!

그전에 연검이 만들어낸 흑월강이 금 대야를 향해 빠르게 쏘아져 들어갔다.

휘청, 쿠웅!

연검이 뽑히자마자 묵귀의 신형은 그대로 무너져 바닥에 무릎을 꿇었다. 하지만 그전에 들고 있던 기병을 강하게 던졌다.

소리없이 허공을 가르며 날아가던 기병이 돌연 둘로 쪼개졌다. 각기 소마와 금 대야를 향한 것이었다.

묵귀의 기병은 빨랐다. 비록 소마가 먼저 동작을 일으켰지만 벌써 그의 등에 꽂혀들고 있었다.

금 대야도 마찬가지였다. 소마가 행동을 시작하는 것과 동시에 향지의 목에 대고 있던 단도를 찔러 넣었지만 그녀에게 치명상을 입히기 전에 묵귀의 기병 한 조각은 그의 동체를 수직으로 양단해 버리고 말았다.

"휘강……."

향지의 입술 사이로 묵귀의 이름이 나직이 새어 나왔다. 아직도 꿈을 꾸는 것처럼 눈동자는 제자리를 찾지 못하고 연신 이리저리 굴렀다.

하지만 그것도 잠시였다. 저 앞에 무릎을 꿇고 있는 묵귀에게 시선이 머물자 그녀의 모든 동작은 자른 것처럼 멈춰졌다.

"휘강!"

재차 그 이름이 향지의 입에서 토해졌다 싶은 순간 그녀는 벌써 묵귀를 향해 달리고 있었다.

묵귀는 웃었다. 어두운 그늘이라곤 씻어버린 듯 맑아진 동공으로 달려오는 향지를 바라보았다.

쿠웅 !

미처 향지가 도착하기도 전에 묵귀의 전신은 바닥에 쓰러졌지만 그는 이미 아무것도 의식하지 못했다.

여적(餘滴)

제 빈루는

이미 옛날의 모습이 아니었다. 퇴락할 대로 퇴락한 정자 하나가 고작이던 게 불과 일 년 전이었는데 지금은 십여 채의 고루거각을 갖춘 통허의 명물이 되었다.

오늘도 장호량은 밀려드는 빈민들에게 음식을 나르느라 바빴다.

하지만 자신의 등 뒤에서 덮쳐 온 그림자에 의해 장호량의 고개는 저절로 돌려졌다.

"병부시랑(兵部侍郞)으로 승차(陞差)한 노야차의 지원이 막대한 모양이군!"

그림자로 우선 모습을 보이고, 이어서 장호량에게 말을 붙인 건 엽혈이었다. 그의 시선은 제빈루로 밀려들고 있는 마차의 행렬에 고정되어 있었다.

"여긴 웬일인가, 엽혈?"

황궁이, 아니, 나라 전체가 들썩거렸던 북경에서의 일이 있은 지 벌써 일 년이 지났다. 그사이 한번도 보이지 않던 엽혈을 만났음에도 장호량의 말투는 담담하기 그지없었다.

"관인 노릇이 싫다더니 빈민 구제라……. 어울리지 않아. 저들은 괜찮아 보이지만."

엽혈은 말을 돌렸다. 이번에 그의 시선을 잡은 건 열심히 음식을 나르는 엽군영과 설염봉의 모습이었다.

"비록 관부를 떠났지만 여전히 그쪽에 연줄이 있다네. 자네를 발고(發告)할 수도 있다는 말일세."

그 후로도 엽혈은 계속해서 살수 노릇을 했다는 걸 익히 알고 있는 장호량이었다. 지금의 말도 은근한 위협이었다.

"그러려면 묵귀도 같이 발고해야겠지. 아무리 병부시랑이라도 황숙을 죽인 죄까지는 씻지 못한 모양이지?"

이번에도 엽혈은 화제에서 슬쩍 비켜섰다. 조금 전에 장호량이 했던 말이 은근한 협박이었다면 이 역시 같은 종류였다.

"묵귀가 무슨 상관인가? 그날 이후로 어디론가 사라져 버렸는데……."

"과연 그럴까?"

강하게 부정하는 장호량에게 엽혈은 그저 웃어 보이며 몸을 돌렸다.

"참, 왜 여기 왔느냐고 물었지? 일하러 왔어."

그 말을 끝으로 엽혈은 총총히 사라져 버렸다.

장호량은 더 이상 일이 손에 잡히지 않았다. 아직도 배식(配食)을 기다리는 빈민들이 줄지어 서 있었지만 그는 급히 엽군영에게 걸어갔다.

"큰일 났네. 엽혈이 나타났네. 일하러 왔다는 걸 보니 아무래도 묵귀를 노리고 있는 것 같네."

빠르고 나직하게 내뱉은 장호량의 말을 들은 엽군영의 표정이 살짝 굳어졌다. 기실 묵귀와 향지는 바로 이 제빈루에서 보호하고 있었던 것이다.

"묵귀가 여기 있다는 걸 엽혈이 어떻게 알았을까? 혹시 다른 사람을 노리고……."

"아닐세. 틀림없이 묵귀가 여기 있다는 걸 알고 온 게 분명하네."

"말려야 해요!"

심상치 않은 얼굴로 대화를 나누는 두 사람의 얘기를 들은 설염봉이 다급한 어조로 내뱉었다.

"말려야지. 그런데 공손우는 어디 갔나?"

설염봉의 말에 찬성하면서 장호량은 주변을 살펴보았다. 공손우를 찾기 위해서였다.

"창옹의 심부름으로 나갔다네. 좀 있으면 돌아올 걸세."

"흐음!"

엽군영의 대답에 장호량은 무거운 침음성을 토했다. 여기 있는 세 사람만으론 엽혈을 막을 수가 없다. 공손우가 가세한다고 해서 크게 달라질 건 없겠지만 그래도 그의 도움이 절실하다. 일각을 버티면 그만큼 묵귀가 피할 수 있는 여유가 생길 테니 말이다.

"공손우를 기다리기로 하세. 설마 이 훤한 대낮에 일을 벌이진 않겠지."

엽군영의 말에 두 사람은 힘없이 고개를 끄덕였다. 지금으로썬 그게 희망 사항이란 걸 잘 아는 탓이었다.

다음으로 엽혈의 발길이 머문 곳은 양지 바른 곳에서 해바라기를 하고 있는 수파 창옹의 앞이었다.

"준비는?"

창옹이 자신을 보기도 전에 엽혈이 짤막한 질문을 던졌다.

"흘흘흘……."

그저 웃기만 할 뿐 창웅은 대답하지 않았다.

하지만 엽혈은 그걸로 충분했다. 그대로 발길을 옮겨 창웅의 시선이 고정된 곳으로 걸어갔다.

여전히 웃는 얼굴로 그 뒷모습을 보고 있던 창웅이 문득 고개를 돌렸다.

"이젠 끝낼 때가 온 것 같구려. 흘흘흘……."

창웅의 이 말은 오도카니 앉아 있는 향지를 향한 것이었다. 창백하게 질린 표정이었지만 한껏 확장된 동공을 보면 어딘지 방심하고 있는 것처럼도 보였다.

"이로써 묵귀라는 이름은 지상에서 사라지게 될 거요. 흘흘흘……."

나오는 대로 흘리는 듯한 창웅의 웃음소리는 한낮의 햇살 속으로 스르르 녹아들었다.

공손우가 도착한 것은 그로부터 한 시진 후. 네 사람은 부지런히 묵귀의 은신처로 달렸다. 부디 늦지 않았기를 빌면서 말이다.

하지만 그들을 기다리는 건 목없이 나뒹굴고 있는 한 구의 시신이었다.

"묵귀?"

장호량의 입에서 저절로 새어 나온 말이었다. 바닥에 나뒹굴고 있는 시신은 시커먼 피부를 가진 묵귀가 분명했다.

털썩!

공손우가 그 자리에 무릎을 꿇고 무너졌다.

"늦었어."

'설마?' 했던 바람은 그야말로 바람처럼 그들의 가슴속에서 사라져 버리고 말았다. 엽혈은 예상보다 훨씬 빨리 손을 썼고, 그 결과 묵귀는 목도 없는 동체만의 시신을 꼴사납게 내보이고 있을 뿐이었다. 양손엔 두 개로 분리된 예의 그 기병을 든 채로 말이다.

엽군영이 천천히 시신을 향해 걸어갔다. 어디서 온 건지 벌써 파리 떼가 그 잘려진 목에 새카맣게 달라붙어 있었다.

신경질적으로 손을 휘저어 파리를 쫓아낸 엽군영은 옷을 벗어 묵귀의 시신에 덮었다.

이윽고 엽군영의 어깨가 격렬하게 떨리기 시작했다. 복수를 하고파도 그럴 능력이 없는 자신이 너무도 한심스러웠다.

흔들리는 엽군영의 어깨에 설염봉의 고운 손이 살며시 내려앉았다.

"이제 모두 잊고 그를 보내줘요. 묵귀도 그걸 바랄 거예요."

설염봉의 말에 엽군영은 연신 고개를 끄덕였다. 하지만 격렬한 오열은 쉬이 잦아들지 않았다.

잠시 물러갔던 파리 떼가 다시 엽군영이 덮어준 옷 위에 새카맣게 몰려들기 시작했다.

*　　　　　*　　　　　*

노야차는 모처럼 한껏 심호흡을 해보았다. 정삼품에 해당하는 병부시랑으로 승차한 건 나쁘지 않았지만 언제나 황궁에 틀어박혀 있어야만 하는 생활에 가슴이 답답하던 참이다.

그런데 오늘은 휴가를 얻어 멀리 허창까지 왔으니 날아갈 듯 상쾌했다. 늘 어깨를 내리누르던 관복 대신 평복을 입은 효과도 컸을 터이다.

"더 기다려야 하나?"

노야차가 누리던 자유는 이 한마디로 인해 단번에 날아가 버렸다.

그렇다고 아쉬워하지는 않았다. 이 목소리의 주인만 보내고 나면 자신은 그야말로 자유로워질 테니까 말이다.

노야차는 천천히 돌아섰다. 거기엔 묵귀와 향지가 서 있었다.

"엽혈이 일을 아주 잘 처리했구먼. 이번에 그가 맡은 일이 주인을 죽인 곤륜노라는 것도 천운이었고……."

말을 하면서 노야차는 품속을 뒤져 봉서 하나를 꺼냈다.

"나라 안은 물론 국외도 자유롭게 드나들 수 있는 증명서일세. 그런데 그 사람들에게까지 비밀리에 할 필요가 있었나? 듣자니 무척 슬퍼하고 있다던데……."

"모르는 게 그들도 편할 거야."

퉁명스레 내뱉으며 묵귀는 노야차의 손에 든 봉서를 뺏듯이 잡아챘다.

"혹시 궁금해할까 봐 얘기하네만 철옥은 완전히 폐쇄되었고, 거기서 불측한 행태를 일삼던 자들은 모두 참수되었네."

하지만 묵귀는 듣고 있지 않았다. 다만 향지를 이끌고 이제 막 피기 시작한 선홍색 노을을 향해 걸음을 옮기고 있을 뿐이었다.

"어디로 가는가?"

답을 들을 수 없다는 걸 알면서도 묻지 않을 수 없는 노야차였다.

"아무도 찾지 못하는 곳으로!"

이미 예상하고 있었음에도 묵귀의 대답은 노야차를 몹시 실망시켰다.

노을 속에서 점차 검게 퇴색되어 가는 묵귀와 향지의 등을 노야차는 오랫동안 지켜보았다.

그러다 갑자기 노야차는 고개를 쳐들며 빠르게 눈을 깜박였다.

'빌어먹을!'

참는다고 참았지만 눈물 한 방울이 어느새 그의 눈 꼬리를 타고 내렸다.

그렇게 밤은 다시 시작되고 있었다.

〈大尾〉